Emilios Solomou

Im Sternbild der Kykladen

Koordinaten eines Ehebruchs

Literaturpreis der Europäischen Union 2013

Emilios Solomou

Im Sternbild der Kykladen

Koordinaten eines Ehebruchs

Roman

*Aus dem Neugriechischen
von Michaela Prinzinger*

Verlag der Griechenland Zeitung

1. Auflage 2015
© Verlag der Griechenland Zeitung (GZ),
HellasProducts GmbH, Athen
www.griechenland.net

Layout und Umschlagentwurf: Harry Glytsis

Alle Rechte vorbehalten
All rights reserved
ISBN 978-3-99021-010-9
Printed in Greece

Der Titel der 2012 im Verlag Psichogios (εκδόσεις Ψυχογιός, Athen)
erschienenen Originalausgabe lautet: «Ημερολόγιο μιας απιστίας»
Copyrigth © 2012 Emilios Solomou

ISBN 978-3-99021-010-9

Co-funded by the
Creative Europe Programme
of the European Union

Für Maria-Elpida

1

Das Linienschiff, ein alter Pott, der nur wenige Minuten angehalten hat, um eine Handvoll Fahrgäste auszuspucken, fährt schon wieder aufs offene Meer hinaus. Mit ächzenden Eisenplanken durchpflügt es, Schaumkronen hinterlassend, die See. Pechschwarzer Ruß steigt aus seinem Innern bis zum rostzerfressenen Schlot hoch. Ein Vulkan, der Feuer und Asche speit. Der Kohlenstaub spinnt hoch am Himmel ein dunkles Geflecht, das einem Schwarm Krähen ähnelt am Rande des Horizonts. Das Gemisch aus Pech, Heizöl, Jod und Salz macht die Seeluft schwer und stickig.

Wie zum Beweis, dass in dieser vergänglichen Welt nichts von Bestand ist, verbleiben auf dem über die Jahre geborstenen, von den Naturgewalten zerfressenen Zementkai nur wenige Einheimische. Sie holen Angehörige ab, die aus Piräus angereist sind. Der Hafenmeister – in seine Uniform gezwängt, unrasiert, genervt und übellaunig wegen des morgendlichen Frondienstes – und ein paar Fremde, Touristen vielleicht, die von ihrer Route abgekommen sind, wie es so manchen Zugvögeln passiert.

Alle sind übernächtigt, die Gesichter aufgedunsen vom Schlafmangel oder der unbequemen Nachtruhe auf Stühlen und harten Sofas während der mehrstündigen Fahrt. Eine Frau versucht, ihre quengelnden Kinder zu besänftigen, doch schließlich gibt sie erschöpft auf. Ein alter Mann in Weste und Sakko, ein wenig zu warm angezogen für die Jahreszeit, schwankt mit seinen beiden Plastiktüten beim Gehen mal zur einen, mal zu anderen Seite.

Alle haben jemanden, der sie erwartet. Alle, bis auf den einsamen Mann mit dem Koffer in der Hand. Mit seinem weißen Leinenanzug und dem Strohhut passt er weder zu den einfachen Inselbewohnern noch zu den Touristen. Er bleibt allein am Meeresrand stehen, wie ein Schiffswrack, das die Wellen irgendwo am Ende der Welt an Land gespült haben. Irritiert blickt er sich um. Sucht er vielleicht nach einem Träger, der ihm den Koffer abnimmt? Reut es ihn, dass er das Schiff an diesem öden Ort verlassen hat? Er scheint zu zögern und verharrt wie angewurzelt an der Mole. Dann wendet er den Blick und schaut dem Liniendampfer betrübt hinterher. Alles ist seltsam, sehr seltsam. Plötzlich hat er das befremdliche Gefühl, er sei an diesem Ort vom Himmel gefallen, wie der Held eines Buches, den ein Schriftsteller ohne Vorwarnung auf die leeren Seiten versetzt hat. Ein unmerkliches, bitteres Lächeln stiehlt sich auf seine Lippen. So etwas gibt es nicht. Nein, ganz unmöglich. Er ist wirklich, er existiert, er ist kein Geschöpf der Fantasie. So, wie alle anderen Menschen um ihn herum. Doch was soll er hier jetzt tun? Den ganzen Tag mit dem Koffer in der Hand herumstehen? Er lässt den Kai hinter sich, biegt nach rechts, geht an der roten Windmühle vorbei und dem Trockendock mit den blauen, weißen und roten Fischkuttern, die warten, bis sie zum Kalfatern an der Reihe sind, und wendet sich der kleinen Siedlung zu mit ihren typischen Häusern im ägäischen Stil.

Ein paar alte Männer sitzen im Kafenion auf der Anhöhe in der Sonne. Misstrauisch beäugen sie ihn und scheinen sich über jeden einzelnen seiner Schritte zu wundern, der ihn die Stufen hoch zu ihnen führt. Dort hält er inne und blickt sich suchend um. Er wirkt enttäuscht. Nein, was er sucht, ist nicht hier, jedenfalls nicht mehr. Schließlich fasst er sich ein Herz und spricht die alten Männer mit ihren vom Salz zerfressenen und von der Sonne gegerbten Gesichtern an.

„Entschuldigung, wissen Sie, wo die Ferienwohnungen *Zur Windmühle* liegen?"

Ihre Augen leuchten kurz auf, als wären sie schlagartig zum Leben erwacht. Eine unerwartete Lebenskraft regt sich plötzlich in ihnen. Sie sind wie Sterne, die in ihrem Kern ihren Vorrat an Wasserstoff und Helium verbrannt haben. Dennoch fängt der kleine, verkohlte Rest Feuer und glimmt zum letzten Mal auf.

„Nach zweihundert Metern rechts hoch!", sagt einer und deutet mit dem rechten Zeigefinger irgendwo ins Leere zwischen Himmel und Erde. Der erhobene Finger erstarrt zu Stein wie der eines Propheten, der einem Gemälde zum Alten Testament entsprungen sein könnte: dürr, verknöchert, blutleer und ins Ungefähre gerichtet.

„Vielen Dank", erwidert der Fremde und setzt seinen Weg fort.

Die lebenden Leichen kehren für kurze Zeit in ihre Traumwelt zurück, oder besser gesagt in ihr Nichtsein. Schwer zu sagen, ob sie noch träumen können oder ob sie – nach so vielen Jahrhunderten – noch Erinnerungen an ein früheres Leben haben. Bis einer von ihnen, ein schwarz gekleideter, buckliger Alter, der den Fremden die ganze Zeit neugierig musterte und ihm immer noch hinterherstarrt, aus seiner Lethargie zum Leben erwacht.

„Sagt mal ... Der da ... Ist das nicht der Archäologe ... Wie hieß er noch mal ... Der vor etlichen Jahren hier war ... Wie lange ist es her? Zwanzig, dreißig Jahre? Erinnert ihr euch ... Er hieß ..."

„Doukas!", wirft der vom Alter gebeugte Mann mit dem zerfurchten Gesicht, der sein Kinn auf seinen hölzernen Spazierstock gestützt hat, in die Runde.

„Ja, es war dieser ... Doukas!", bekräftigen die Schwarzgekleideten.

„Also ..., das glaube ich nicht. Ehrlich gesagt sieht er ihm nicht besonders ähnlich. Und: Würde er sich denn nach allem, was passiert ist, noch einmal auf die Insel trauen? Was sollte er hier wollen?", fragt sich der Alte mit dem Spazierstock. Während er spricht, erinnert sein Adamsapfel an einen auf und abfahrenden altmodischen Fahrstuhl.

Der Fremde fühlt die Blicke in seinem Rücken wie Messerstiche. *Ein Messer, ein Messer.* Er geht weiter bergauf. Immer wieder bleibt er stehen, um Atem zu schöpfen. Der Koffer scheint schwer zu sein. Trotz des morgendlichen Lüftchens, das sein Hemd bläht und ihm den Strohhut vom Kopf zu reißen droht, bilden sich Schweißtropfen auf seiner Stirn und in den Achselhöhlen, ziehen ihre Spur auf seiner Haut. Er ist kein junger Mann mehr. Er wird bald sechzig. Unglaublich, aber wahr: Die Jahre kehren nicht wieder, das Leben kennt kein Zurück. Er erklimmt eine Stufe nach der anderen, wirkt wie Don Quijote im Kampf gegen die Windmühlen. Da kommt ihm eine Frau auf den Stufen entgegen, ihre raschen

Schritte ähneln dem heftigen Herzklopfen, das ihn immer wieder heimsucht und ihm den Atem raubt.

Weiter hinten rechts erkennt er die Ferienwohnung, die er sucht. Eine sympathisch wirkende, hübsche Frau um die Vierzig tritt anfangs zögernd, doch dann entschlossen auf ihn zu und fragt, ob er der erwartete Feriengast sei.

„Richtig", antwortet er matt. Ohne weitere Umschweife führt sie ihn gleich zum Haus.

„Sie werden müde sein", sagt sie.

„Ja", entgegnet er. In solchen Fällen erübrigt sich jede weitere Konversation. Was sollten sich zwei Unbekannte auch zu sagen haben?

Sie steigen die schmale Treppe hoch. Am Fuß der Treppe steht ein riesiger Rosenbusch. Zwischen den tiefgrünen Zweigen lugen rote Blüten hervor und verströmen einen frischen Duft, der sich schwer auf seine Lungen legt. An der Treppe bleibt er stehen und liebkost eine der Knospen. Lange schon hat er nicht mehr so viel Zärtlichkeit empfunden. Eilig zieht er die Hand zurück, als wäre ihm das gerade bewusst geworden. Sein Blick verdüstert sich. Er geht weiter zu seinem Zimmer, doch der Duft bleibt an seinen Fingern haften wie ein Vergehen, das keine Verjährung kennt.

„Die Rosen sind mein ganzer Stolz", meint die Vermieterin. Es ist ein unerwarteter Versuch, zwischen zwei Fremden ein Gespräch über ein so zartes Thema wie Blumen oder auch Vögel, die Natur oder die Sterne zu eröffnen. Mit etwas gutem Willen wäre es möglich. Doch das Bemühen scheint von vornherein zum Scheitern verurteilt. Der Fremde murmelt etwas zwischen den

Zähnen und zieht sich wieder in sich selbst zurück. Er ist und bleibt wortkarg.

Sein Zimmer ist nett, aber nichts Besonderes. So, wie alle Fremdenzimmer auf griechischen Inseln. Ein Bett, ein Tisch, zwei Stühle – alles im Blau der Ägäis. Auf dem kleinen Balkon erwartet ihn jedoch eine Überraschung. Er verströmt das romantische Flair eines kleinen Liebesnestes: Dolden unreifer Trauben, das weiße Zementbänkchen direkt an der Wand und eine Tischplatte aus Schiefer, die auf einem großen Tonkrug ruht. In den Ecken stehen Balkonkästen mit prächtigen Geranien und Pelargonien mit roten, weißen und rosa Blüten. Von hier aus kann man das Panorama vom Hafenort bis weit hinaus aufs Meer genießen, bis sich der Blick in der Ferne verliert im unendlichen Blau, in den schäumenden Wellen, im Wind und zwischen den Felsen. Kurz versinkt er noch einmal in Gedanken, blickt dann bis zum Horizont – taucht hinab in die Tiefen seiner Seele, versetzt sich zurück in ein anderes, fernes und vergangenes Leben. Hier beginnt der Mensch, hier endet der Mensch. *Die See, diese See, die See.*

„Waren Sie schon einmal auf unserer Insel?", fragt die Vermieterin plötzlich. Ihre Stimme bringt ihn in die Realität zurück. Erst jetzt wird ihm bewusst, dass er sie ganz vergessen hat, obwohl sie immer noch neben ihm steht. Unglaublich, wie viele Erinnerungen in dem kurzen Augenblick zwischen einer Frage und einer Antwort hochsteigen können. Alles zieht in Sekundenschnelle an seinem geistigen Auge vorüber. Sein ganzes Leben verdichtet sich zu einem Licht, das kurz aufblitzt und dann jäh erlischt.

„Ja, aber das ist lange her."

„Dann kennen Sie sich hier ja aus."

„Ich glaube schon", sagt er kurz angebunden und weicht ihrem Blick aus, um das für ihn unangenehme Thema zu beenden.

„Gut, dann lasse ich Sie jetzt allein. Sie wollen sich bestimmt ausruhen. Einen schönen Aufenthalt noch!"

„Vielen Dank!", erwidert er erleichtert. *Wird auch Zeit*, könnte er hinzufügen, doch er bleibt stumm.

„Ich wohne gleich gegenüber. Wenn Sie etwas brauchen, klopfen Sie ruhig bei mir", schlägt sie vor. Was sollte eine Vermieterin einem fremden, übellaunigen Mann, der kaum seinen Namen über die Lippen bringt, sonst sagen? Sie sagt das, was man in dieser Situation von ihr erwarten kann. Nicht mehr und nicht weniger.

Er fühlt sich müde. Sein einziger Wunsch ist, sich aufs Bett zu legen und dem Schlaf, dem Bruder des Todes in die Arme zu sinken, doch er verspürt Hunger. Das zweite körperliche Bedürfnis ist stärker als das erste. Wie sollte er schlafen, ohne etwas im Magen zu haben? Er steigt die Treppen zum Hafen wieder hinunter. Auf dem Weg durch die engen Gassen verursachen ihm die Gerüche nach Fleisch, Fisch und geschmortem Gemüse, die aus den offenen Türen dringen, einen stechenden Schmerz und rufen ihm sein chronisches Magengeschwür in Erinnerung.

Er meidet das Kafenion und geht zum Meer hinunter. Er nimmt die Hauptstraße zum Strand von Finikas und steuert das östliche Ende des Hafens an. Vor einem alten, zweistöckigen Gebäude bleibt er stehen. Die Farbe an der Tür des Herrenhauses im typischen Baustil der

Insel ist abgeblättert, die Holzplanken sind verrottet. Die Fenster im oberen Stockwerk sind zerborsten und erinnern mit den Glassplittern, die immer noch in den Fensterrahmen stecken, an zahnlose Münder. Vor seinen Füßen liegen die Reste des Kalkanstrichs auf der Straße. Alles deutet darauf hin, dass das Haus schon lange Zeit leer steht. Keine Menschenseele zu sehen. Doch einen Versuch ist es wert. Er packt den verrosteten Türklopfer, der das Gesicht eines Dämons zeigt, und klopft ein paar Mal: *Tack, tack, tack.* Keine Antwort, niemand öffnet ihm. Als er sich zum Gehen wenden will, taucht plötzlich eine alte Frau vor ihm auf – in einem weiten Rock, der um ihre fette Taille wogt, und mit einem grauen Haarzopf, der unter ihrem Kopftuch hervorlugt.

„Suchen Sie jemanden?"

„Herrn ... Herrn Anestis, den Tavernenwirt." Sie blickt ihn erstaunt an.

„Was? Der ist doch schon seit zehn Jahren tot. Im vorigen Jahr ist auch seine Frau gestorben. In Athen, bei ihrer Tochter. Was hätten Sie denn von ihm gewollt?"

„Nichts, gar nichts", antwortet er und wendet sich eilig zum Gehen. Er hat keine Lust auf ein Gespräch. Wie ein geprügelter Hund schleicht er sich davon.

Herr Anestis ... Hier, im Erdgeschoss lag Herrn Anestis' Taverne. Drei Sommer lang gingen sie hier ein und aus. Jedes seiner Gerichte war eine gastronomische Reise zurück in die vergessene Welt der alten kulinarischen Inseltradition.

Auf dem Hügel gegenüber lagen, nur ein paar Schritte entfernt, der Geräteschuppen und die alte Scheune, die sich innerhalb von zwei Tagen in eine akzeptable Unterkunft für seine Studenten verwandelt hatte. Am Eingang hatten sie eine provisorische Dusche eingerichtet. Dorthin will er jetzt gehen. Doch er stutzt. Dort, wo früher die Scheune stand, sind nur noch Mauerreste, Steine und vermodertes Holz. *Ruinen, Ruinen, alles Ruinen.* Weiter drüben, wo Herrn Anestis' Gemüsegarten mit den Zucchini, Auberginen und Tomaten lag, erstreckt sich eine Brache, überwuchert von Dornengestrüpp, Buschwerk und Mariendisteln. Abrupt macht er kehrt.

In der erstbesten kleinen Taverne am Meer kehrt er ein. Die traditionellen Gargerichte, die ihm der Kellner anbietet, schlägt er aus. Die Liebdienerei des Angestellten, das ständige „Danke" und „gnädiger Herr", das man ihm eingetrichtert hat, ist dem Gast verhasst. Bräuchte er einen Stiefelknecht, wäre er Offizier geworden. Er nimmt ein paar kleine Speisen zu sich: Ziegenkäse, eine Portion Pommes frites und blanchierte Wildkräuter. Dann bricht er auf. Wie von Furien gehetzt flüchtet er sich zunächst in die Ferienwohnung *Zur Windmühle*. Später, als er in seinem weißen Leinenhemd müde durch die Straßen wandert, beobachten ihn die Inselbewohner die ganze Zeit argwöhnisch. Schließlich nimmt er wieder in einer Taverne Platz und blickt verloren um sich. Seine Gedanken sind offensichtlich ganz woanders. Selbst als er aus ihrem Blickfeld längst verschwunden ist, sehen sie ihn immer noch durch die engen Gässchen schlendern. Zumindest halten sie das helle Leinenhemd, das wie ein Segel im Wind flattert, für seine Gestalt.

2

Er zieht die Tür hinter sich ins Schloss. Die Welt muss draußen bleiben. Die menschlichen Stimmen, das Schrillen der Zikaden, das Kreischen der Möwen – alles verstummt langsam. Das Licht knallt hart und unerbittlich an die Außenwände, gleitet die Giebel entlang, flutet die Terrasse und versucht, durch Ritzen und Spalten ins Zimmer zu dringen. Er hat das Gefühl, er könne das Licht hören. Es klingt wie ein dumpfes Glucksen, wie Meereszungen, die sich bis ans Ende der Welt erstrecken. Er flüchtet sich in die Stille seiner Einsamkeit. Er hat das Gefühl, er versinke im Nichts. Er hört nur noch das beharrliche Scharren an den Wänden und das durchdringende Pfeifen des Windes, der sich zwischen den Fensterläden verfängt. Dann legt er sich angezogen aufs Bett. Sein Koffer steht herrenlos mitten im Zimmer am selben Ort, wo er ihn am Morgen abgestellt hat. Sonst bildet Ordnung in seinem Alltag das oberste Gebot. So hat es ihn die Archäologie gelehrt: regelmäßig geführte Aufzeichnungen, Klassifizierung, Typologisierung. Jede Abweichung bringt sein Tagesprogramm und sein gewohntes Leben durcheinander. Wie Herzrhythmusstörungen, die zu Atemnot führen.

Gleich gleitet er hinüber in den Schlaf. Es ist, als versinke er immer tiefer in einer Wolkendaunendecke. Er stürzt hinunter in einen Abgrund, sein Leib verliert an Schwere, an Körperlichkeit, langsam treibt er hinüber ins Reich des Unbewussten, in den ersten kindlichen

Tiefschlaf. Es heißt, im Schlaf lebst du das Leben eines anderen, wirklich existierenden Menschen. Und während du wach bist, träumt er dein Leben. Also erlebt ein anderer gerade irgendwo Doukarelis' Lebensalptraum.

Er schläft so ruhig und fest, wie die ganzen letzten sechs Monate nicht. Als er spät nachts weit nach Mitternacht erwacht, verliert er kurz das Gefühl von Raum und Zeit. Er fühlt sich ausgehungert und möchte wieder zum Hafen hinunter und eine Kleinigkeit essen. Als er nach draußen geht, muss er feststellen, dass sich die Welt seinem Rhythmus widersetzt. Alle Fenster sind zu, alle Türen versperrt. Die Lichter der Hafenlokale sind schon lange erloschen. Von hier oben kann er sie einsam und verlassen, leblos und blass im Dunst schwimmend erkennen. So macht er wieder kehrt. Auf den leeren Straßen begegnet er keiner Menschenseele. Er fühlt sich wie ein Verdammter, der über seinen eigenen Schatten stolpert. Ihm scheint, das Rauschen der Wellen klinge von der Mitte des Meeres bis hierher. Wütendes Hundegebell ist in der Ferne zu hören. Er muss an das Hundeskelett mit dem Halsband denken, das in einem frühzeitlichen Grab auf den Kykladen gefunden wurde. Seltsam, wohin die Gedanken so führen. Sie gleiten ab, holen aus der Tiefe des Gedächtnisses verblichene Bilder, vergessenes Wissen, verstaubte Erinnerungen empor. Er fragt sich, ob es der tote Hund sein könnte, der aus seinem Grab heraus bellt. Befindet auch er sich möglicherweise in einer anderen Zeit als derjenigen, in der er nach außen hin lebt?

Im Zimmer angekommen wird sein Blick wieder klar, er reibt sich die Augen: Überrascht stellt er fest, wie erbärmlich er aussieht. Sein Leinenanzug sitzt schlecht, ist verdrückt und zerknittert. Die Haare stehen ihm zu Berge und deuten hoch zum himmlischen Chaos, das drohend über ihm schwebt. Gut, dass ihn draußen niemand in diesem Zustand gesehen hat.

Sein Magen streikt und verlangt wie ein verrosteter Motor nach Öl. Da erinnert er sich an die Packung Kekse, die er vorsorglich vor der Reise gekauft hat. Die Kekse veranlassen ihn, die Habseligkeiten, die er auf die Insel mitgebracht hat, zu sortieren: Kleider, Bücher, ein Kosmetiktäschchen voll mit Medikamenten, eine ganze Apotheke, die dicken Grabungstagebücher, die mit ihren verblichenen Umschlägen wie die altmodischen Notizhefte aussehen, in denen man früher beim Krämer anschreiben ließ, dazu noch Fotografien und Gott weiß, was sonst noch alles aus seinem Gepäck ans Licht kommt. Das hätte er besser schon am Morgen erledigen sollen, denkt er mit einer kleinen, selbstkritischen Anwandlung und ein paar Gewissensbissen wegen seiner Nachlässigkeit. So überlässt er sich den Niederungen des Alltags, denn die anderen, die grundlegenden Fragen, die abzuarbeiten sind, müssen noch warten. Die Dinge haben ihren Lauf genommen. Er fühlt sich verloren wie in einem Labyrinth und unfähig, den Anfang des Garnknäuels zu finden.

Er wünscht sich sehr, sein Leben neu zu ordnen. Ganz so, wie er es schon einmal getan hat. Doch jetzt ist es womöglich zu spät. Er hat es nicht mehr in der Hand. Das Einzige, was er neu ordnen kann, ist der Inhalt seines Koffers. Er breitet die Hemden und die beiden Jacketts aus. Ihr zerknitterter Zustand verstärkt seine maßlose, unerklärliche Traurigkeit. Dann hängt er sie in den Schrank und beschließt, sich erst am nächsten Morgen darum zu kümmern. Er tut die Bücher und die Notizhefte auf die Kommode, das Kosmetiktäschchen mit den Medikamenten auf den Boden, die T-Shirts und Unterwäsche in die Schubladen und die Schuhe unters Bett.

Dieses Zimmer wird für die nächsten zwei, drei, vier oder wer weiß wie viele Wochen sein Zuhause sein. Ein Raum, vier mal vier Meter, ein Mauseloch, nicht viel größer als ein Grab. Nur, dass die Toten in ihren Gräbern keine solchen Annehmlichkeiten haben wie Betten, Stühle, Toiletten, Duschen und einen kleinen Balkon mit Blick auf das Ägäische Meer. Es kommt natürlich auf die Sichtweise an. Er ist sich gar nicht sicher, wofür er sich entscheiden würde: Für die kleinen Annehmlichkeiten des irdischen, vergänglichen Lebens oder für die unerschütterliche Ruhe der Friedhöfe und die Ewigkeit des Jenseits.

Nein, er weiß noch nicht, wie lange er hier in der Sommerfrische bleiben wird. Das Zimmer hat er mit offenem Abreisedatum gebucht. Sein Aufenthalt auf der Insel hat kein eindeutiges Ablaufdatum. Nicht so, wie eine Ware im Supermarkt, die bei dessen Überschreitung aus dem Regal genommen werden muss. Seiner Vermieterin schien er die Wahrheit zu sagen, als er auf ihre Frage antwortete: *So lange wie nötig.* Der Sinn seiner rätselhaften Worte blieb jedoch dunkel. So lange wie nötig? Was hatte dieser Fremde auf einer gottverlassenen Insel wie Koufonissi zu suchen? Wonach suchte er in diesem Exil, in diesem *Stillen Hafen*, wie es in der

Antike hieß. Und wozu diese Geheimniskrämerei um seinen Aufenthalt?

Er tritt auf den Balkon. Da er endlich seinen Magen beruhigen muss, greift er nach den Keksen und setzt sich auf die kleine Bank. Satt wird er davon nicht, doch sein Hungergefühl kann er kurz überlisten. Dann stopft er seine Pfeife mit aromatischem Tabak. Das Feuerzeug spuckt eine bläuliche Flamme aus und die Tabakmischung fängt Feuer. Er macht einen Zug vom Kraut des Vergessens, bis tief hinab in seine Seele, und seufzt. Der Rauch steigt zusammen mit dem Kirscharoma auf. Er blickt ihm so lange nach, bis er sich, an der Decke angekommen, wieder auflöst.

Aus der dunklen Ecke, in der er sitzt, überblickt er die ganze Siedlung und das Meer. Es ist fast Vollmond, die Scheibe ist nahezu rund. Der Große Bär erstreckt sich über den Nachthimmel, 46 Lichtjahre von der Erde entfernt. Alle zwei Sekunden entfernt er sich weitere 12,6 Kilometer. Ihm ist bewusst, dass er dort oben ein Licht sieht, das sich vor Milliarden Jahren von der Materie losgelöst hat. Es hat keinen Sinn, die Entfernung zu messen, denn sie übersteigt das menschliche Fassungsvermögen. Alles, was passiert ist, geschah in der Zeitlosigkeit. Es ist wie ein Geheimnis, das vom äußersten Ende des Universums zu ihm reiste, sichtbar und existent, und gleichzeitig unsichtbar und inexistent. Dort oben herrscht ein ewiger Kampf zwischen Licht und Dunkel, zwischen Tod und Geburt. Ihm fallen alte Geschichten ein, die vor vielen Sommern geschahen, Träumereien und im Geiste unternommene Reisen. Damals glaubte er, die Zeit, die vor ihm liege, sei endlos.

Die Vorstellung fiel ihm schwer, er könne einmal ans Ende einer so langen Strecke gelangen. Doch die Sanduhr läuft irgendwann ab. Ja, und jetzt ist es nur noch *ein Schritt bis zum Ende* ..., denkt er entmutigt. Die Silhouette der Bergkette von Keros gegenüber ist klar zu erkennen. Man sagt, Apollo und Artemis seien dort geboren. Lange bleibt sein Blick an dem Punkt haften, wo Himmel und Erde sich berühren. Dort formt sich vor seinem geistigen Auge ein riesiges Kykladenidol, eine Frauengestalt, die *aufreizend hingebettet auf den Wassern der Ägäis* liegt. Die Einheimischen behaupten, der erste Vollmond nach der Sommersonnenwende um den 21. Juni entsteige ihrem Bauch. Er wundert sich über seine Gedanken und fürchtet, er könne langsam den Sinn für die Wirklichkeit verlieren. Zugleich ärgert er sich, dass er sich pseudoromantische Fantasiegebilde gestattet.

Unten im Dorf sind die ganz normalen Leute zu Hause und finden, ihren täglichen Sorgen kurzfristig entronnen, in ihren Betten einen unruhigen Schlaf. Nur er wacht hier oben, einsam und allein, gefangen in seinem Tunnelblick.

Was quält ihn? Es gibt kein Drehbuch, sein Leben ist keine Fernsehserie. Im wirklichen Leben schreibt eine unsichtbare Hand die Drehbücher, während sich die Dinge ereignen. Er hielt sich selbst immer für vorausschauend, immer wollte er sein Schicksal selbst in die Hand nehmen. Doch das hier übersteigt seine Kräfte. Das Einzige, was er will, ist, seine Gedanken zu ordnen und sein Leben neu zu gestalten, das ihm durch die Finger rieselt wie die Sandkörner durch die Sanduhr.

Er, der Zeit seines Lebens darum kämpfte, die ewigen Rätsel der Menschheit zu lösen und das Dasein des urzeitlichen Menschen wissenschaftlich zu beschreiben, ist vollkommen ohnmächtig, wenn es darum geht, sein eigenes Leben unter Kontrolle zu bringen und die Rätsel seiner eigenen Seele zu lösen. Bei jedem seiner Entschlüsselungsversuche verirrt er sich im finsteren Labyrinth seiner Gedanken. Hier und da stößt er auf die Frage nach dem „Warum?", doch Antworten, wie er sie in seinen Ausgrabungen und Büchern fand, gibt es dort nicht. Gern würde er sich eine Atempause gönnen. Und ja, er leugnet es nicht: Kurz ist ihm der Gedanke durch den Kopf geschossen, es wäre doch ganz passend, seine sterblichen Überreste in diesem Winkel der Ägäis zur ewigen Ruhe zu betten. Natürlich nur im Falle eines unausweichlichen Unfalls oder eines plötzlich eintretenden natürlichen Todes. Und wer weiß, vielleicht würden künftige Archäologen ihn nach Jahrtausenden versteinert in einem Hohlraum neben einem Grab aus der Urzeit finden und seine Knochen datieren. Der Vergleichswert, das weiß er, für die Feststellung ihres Alters wird 5.730 Jahre sein, die Halbwertszeit der Atome des radioaktiven Kohlenstoffs ^{14}C. Ja, dann würde sein Leben eine neue Dimension gewinnen. Jetzt wirkt es bloß lächerlich, die paar Jahrzehnte seines Lebens mit den 5.730 Jahren in Relation zu setzen. Noch lächerlicher wäre der Vergleich mit dem Alter der Erde von 5 Milliarden Jahren oder mit den 13,7 Milliarden Jahren des Universums in der Ewigkeit der Zeit.

Nun sitzt er da und sein Körper fühlt sich an, als hätte seine Seele den Leib bereits verlassen. Da wird ihm der Gegensatz bewusst, den diese Wahrnehmung zu dem lebendigen Anblick bildet, der sich ihm bietet. Vielleicht haben in seinem Herzen falsche Romantik und Sentimentalitäten solcher Art keinen Platz, da er sie als Schwächen betrachtet. Doch die unbeseelte Welt ringsum hat in all ihrer Unbeweglichkeit die Kraft einer außerordentlichen Schönheit, die den beseelten Wesen dort draußen Anstoß zu den verschiedensten Taten geben kann.

Traurig und gedankenverloren streicht er in der Dunkelheit über seinen dichten grauen Bart, und immer wieder nimmt er einen tiefen Zug aus seiner Pfeife. In der Ferne seufzt die See und die kühle Meeresbrise, die seinen Balkon erreicht, fährt ihm durchs Haar. Er fröstelt unter den Windstößen und spürt, wie ein Schauder sein Rückgrat entlang streicht, als berühre ihn ein unsichtbarer, vorbeifliegender Erzengel. Er wickelt sich in eine Decke, die neben dem Schrank liegt. Im Juli sind kühle ägäische Nächte keine Seltenheit.

Jedem kann es wie ihm heute Abend ergehen: Mutlose und unangenehme Gedanken kommen als ungebetene Gäste. Das Denken spielt uns bizarre Streiche, dreht sich in wundersamen Vorstellungen um sich selbst, irrlichtert in düsteren Wasserwirbeln und fragt sich, wann der Tag eintritt, den das Schicksal bestimmt hat. Wie er sich anfühlen wird, wie das Leben nach dem Tod sein wird. Auch er stellt sich die Frage, ob das menschliche Leben wahr oder falsch sei, und kommt zu dem Schluss, dass es eher falsch als wahr ist. Er hat das Gefühl, auch er selbst sei falsch, sein Leben, und die Bilder, die heute Abend vor ihm auftauchen, seien bloß elektrische Entladungen, graue Zellen, Gedanken im Hirn eines anderen Menschen.

Der Leuchtturm von Glaronissi blinkt den Schiffen zu, die wie glitzernde Sandkörner auf dem offenen Meer vorüberziehen und verschwinden. Als die Sterne über ihm langsam verblassen und im Osten der Porphyrschatten der Sonne aufschimmert, gibt er auf, schleppt sich ins Zimmer, zieht seinen Leinenanzug aus und schlüpft unter die Decke.

3

Doukarelis stand vor dem Planquadrat, das sein Team am Vortag mit Schnüren und Pfosten gezogen hatte, um Grabungsschnitte und Zwischenwege zu begrenzen. Der Ort war ihm vertraut. Im letzten Jahr war er regelmäßig zwischen Athen und Koufonissi hin und her gependelt, um die Grabung vorzubereiten. Mit dem Theodoliten hatte er den Grabungsplan erstellt, Länge und Breite genau vermessen, die Höhenunterschiede mithilfe von Umrissen aufgezeichnet und das weitere archäologische Umfeld sondiert.

Er hielt zwei Scherben in der Hand, die einst untrennbar verbunden waren zu einem *Krateriskos*, einem tönernen Gefäß und Werk eines prähistorischen Bewohners dieser Gegend vor fünftausend Jahren. Auf dem gebrannten Ton war ein Vogelkopf mit spitzem Schnabel eingeritzt.

Wie jeder Archäologe, der sein Handwerk ehrt, trug auch er die übliche Verkleidung im Safari-Look der afrikanischen Savanne: khakifarbene Shorts und Hemd, Strohhut und Halbstiefel. *Eins zwei ..., eins zwei ...* Erinnerungen an traumatische Erfahrungen während seines Militärdienstes wurden wach. Er verfügte nicht über den Hochmut arrivierter Archäologen, die an ihrem Nachruf bastelten und ihre Errungenschaften schon zu Lebzeiten auf ihrem künftigen Grabstein eingravierten. Doch auch für ihn sollte dieser Tag kommen. Noch war er ein unbekannter Wissenschaftler, ein archäologischer Pirat, der seinem Glück von Felseninsel zu Felseninsel der Ägäis nachjagte. Aber hatten nicht auch Evans und Schliemann genauso angefangen?

Um ihn herum summten die Stimmen seiner Untergebenen, *Herr Professor*: seine Assistenten, die Konservatoren, die Studenten, die Arbeiter. Alle tanzten nach seiner Pfeife. Er war der Mittelpunkt des Universums, er war die Sonne, welche die Trabanten mit ihrer Schwerkraft in der ewig gleichen Umlaufbahn gefangen hielt. In Wahrheit beschränkte sich seine Macht allerdings auf ein demütigeres, menschliches Maß. Sie würden drei Sommer miteinander verbringen. Darauf hatte er sie eingeschworen, ein jeder mit seinem ganz bestimmten Aufgabenbereich. Nun standen sie vor ihm, alle mit Sonnenhüten und in Habachtstellung – wie ein bunt zusammengewürfeltes Heer, das in den Krieg zieht. Sein Herz war aufgewühlt, er fühlte eine große Anspannung, zeigte sie jedoch nicht. Er wirkte, ganz im Gegenteil, so entschlossen, als wisse er ganz genau, was er wolle. Er konnte sich gut verstellen. Doch fühlte er eine große Verantwortung auf seinen Schultern lasten, als sei er ein Heerführer, der auf dem Schlachtfeld das alles entscheidende Signal geben musste. Von ihm hing ab, wie viele seiner Soldaten den Heldentod sterben und wie viele überleben und in ihrem weiteren Leben Ruhm und Ehre erlangen würden. Vorläufig jedoch wartete das Grabungsteam in vollkommener Stille auf seinen Befehl. Nur das Rauschen des Meeres drang an sein Ohr. Dort drüben irgendwo, etwa dreihundert Meter entfernt, erstreckte sich die See.

Seine beiden Assistenten Angeliki und Pavlos, waren junge Archäologen und kürzlich von der 21. Aufsichtsbehörde für Prähistorische Altertümer eingestellt worden. Sie hielten Grabungsmappen mit noch leeren Blättern in den Händen, um die Funde abzubilden, und trommelten mit dem Bleistift auf den festen Umschlag – ein Anzeichen von Verlegenheit, vielleicht auch von Anspannung. Den Studenten, alle von Doukarelis persönlich ausgewählt, schien nicht ganz klar zu sein, was sie tun sollten. Sie starrten auf ihren stirnrunzelnden Professor, wie Sportler, die auf der Startlinie voller Aufregung auf den Startschuss warten. Eine Hacke glänzte in der Sonne. Die einheimischen Arbeiter hielten ihr Werkzeug fest in der Hand und schienen es als Einzige nicht besonders eilig zu haben. Egal, wie viel Zeit verging, ob's regnete oder schneite, was an diesem wasserlosen Ort selten vorkam: Sie würden ihren Lohn bekommen. Antonis, der Konservator, der momentan auf der Grabung noch nicht im Einsatz war, ließ seinen Blick über die mit Asphodelen und Reisig bedeckte Einöde gleiten, über die Felsen mit den mit Meersalz gefüllten Kehlungen, über die Salzpflanzen, die sich an den entlegensten Felsvorsprüngen festklammerten und, zerzaust von den heftigen Windböen, über dem Meer zu schweben schienen. Doch weit und breit kein anständiger Baum, der ein wenig Schatten spendete. Oder an dem man sich wenigstens erhängen konnte.

Wäre Doukarelis gläubig gewesen, hätte er das Kreuzzeichen geschlagen, *Im Namen des Vaters, des Sohnes und des heiligen Geistes*, hätte er geflüstert. Dann hätte er in die Hände gespuckt, die Hacke ergriffen und den Anfang gemacht.

„Also, los geht's!", gab er schließlich die Anweisung, und mit diesen knappen Worten sprang die Grabungsmaschinerie an, als hätte er einen Schalter umgelegt. Und die Maschinen der Fabrik brummten los.

Mit einem Mal verwandelte sich die Grabung in eine eifrig wuselnde Baustelle, auf der Archäologen keinen Platz hatten. Die eisernen Werkzeuge hallten auf den Steinen wider und wühlten die Erde auf, eine Staubwolke erhob sich hoch über den aufgerissenen Schächten. Einige husteten, da sie, nur gewöhnt an die Abgase in den Städten, mit Staub, Sand und Erde nicht vertraut waren.

Doukarelis stand immer noch da wie ein osmanischer Offizier, wie eine Aufsichtsperson, die alles im Blick behielt, wie ein kleiner Tyrann. Er schrie einen der Arbeiter an, der mit seiner Hacke auf den Boden eindrosch.

„Kostis, he, hör mal, langsam! ... Wir wollen hier keinen Weinberg anlegen!", herrschte er den Inselbewohner mit dem zahnlosen Mund und der dunklen Haut an, der kurzfristig vom Fischer zum Grabungsarbeiter mutiert war, um ein Auskommen zu finden.

„In ... in ... in Ordnung", stotterte er eingeschüchtert.

Doukarelis nahm ihm die Hacke weg und starrte ihn seltsam berührt an. Dann riss er sich zusammen und zeigte ihm, wie man die Erdkruste auf schonende Art aufkratzte. Wie seltsam! Einen Moment lang fragte er sich, was der Typ bei der Grabung zu suchen hatte. Wie war er hierher geraten? Er fiel durch seine ungehobelte Art auf und wirkte, als hätte er sich heimlich ins Bild geschlichen. Oder wie ein blinder Passagier an Deck eines Linienschiffs.

Kostis blieb verlegen und mit offenem Mund stehen. Dann beugte er sich wieder zu Boden. Bei jedem Arbeitsschritt wurden kleine Tonscherben mit an die Oberfläche geschleift. Andreas und die kleine, dunkelhaarige Myrto sammelten sie ein, bürsteten sie sauber und stapelten sie in Pappkartons. Angeliki und Pavlos, *Herr Professor,* wanderten vom einen Grabungsschnitt zum nächsten, registrierten die Fundstücke und fertigten Skizzen an: Mundstück, Hals, Henkel und Boden der Gefäße, der manchmal den Abdruck von Schilfröhricht trug. Darauf hatte vor Tausenden von Jahren eine unbekannte Hand den feuchten Ton abgestellt. Sie kodifizierten sie und unterteilten sie grob in Kategorien. Antonis nahm die Bruchstücke zur Hand, tauchte die Scherben in eine Wanne mit destilliertem Wasser und säuberte sie mit einer weichen Bürste, um die Poren der Keramikgefäße von löslichen Salzen zu befreien. Später würden Pavlos und Angeliki unter Doukarelis' Anleitung die getrockneten Bruchstücke, soweit es ging, wieder zum ursprünglichen Gefäß zusammenfügen. Und nach Tausenden von Jahren, nachdem es in unzählige Stücke gesprungen war, würden die Fragmente wieder vereint sein. Genauso, wie die spröden und verblichenen Knochen beim Jüngsten Gericht wieder Nerven, Fleisch, Haut und dann auch Geist und Seele annehmen, bevor sie vor ihren Schöpfer treten.

Die Arbeiter und Arbeiterinnen, allen voran Frau Evlalia, die mit ihrer ausladenden Figur und dem weißen Kopftuch besonders auffiel, schaufelten die Erde in die Schubkarren. Schon bald war der *Humus*, die dunkelbraune Deckschicht, abgetragen. Die Studenten lenkten die Schubkarren zwischen den Grabungsschnitten auf den Seitenwegen zu einem abseits gelegenen Platz, der für die Kontrolle des Schutts vorgesehen war. Dabei riefen sie einander Scherzworte zu und verliehen der Ausgrabung Stimme und Leben. Doukarelis saß an seinem Klapptisch und beobachtete sie mit ausdrucksloser Miene. Doch er fand Gefallen daran, auch wenn er es nicht zeigte. Er gehörte nicht zu den Menschen, die ihre Stimmungen und Gefühle offenlegten. Er zündete sich seine Pfeife an, lehnte sich zurück und erholte sich ein paar Minuten, bevor er wieder zu den ausgehobenen Schnitten zurückkehrte.

Ihm war nicht entgangen, dass Makis und Antigoni vertraut miteinander umgingen. Die beiden waren nicht in seinen Vorlesungen gewesen. Er erinnerte sich, dass sie zusammen in sein Büro gekommen waren. Apostolos, ein Kollege, hatte sie für die Grabung empfohlen. Er beobachtete, wie sie an den Sieben hantierten, um die mikroskopisch kleinen Funde, die auf den ersten Blick bedeutungslos wirkten, von der Erde zu trennen. Doch gerade sie konnten helfen, grundlegende Fragen zu klären und das Bild zu erhellen, das sich Stück für Stück von dieser fernen Epoche abzeichnete. Danach wurden die Überreste nochmals mit Wasser gesiebt, um Pollen, aus Pflanzenresten bestehendes Sedimentgestein und Spuren von verkohlten Samen herauszufiltern. Doch in den Sieben blieben nur kleine Teilchen von Fischgräten und Weichtieren zurück, die den Bewohnern der Siedlung einst als Nahrung gedient hatten. Es war keine einfache Tätigkeit, sie zählte zu den schweren und gesundheitsschädlichen Ausgrabungsarbeiten. Doch sie beschwerten sich nicht. Immer wieder lächelten sie einander zu, wischten sich den Schweiß von der Stirn und unterhielten sich flüsternd in ihrer ganz persönlichen Privatsprache. An ihren Mienen, ihren Augen und ihrem Verhalten konnte man ablesen, dass sie sich nicht erst auf der Grabung kennengelernt hatten. In den Grabungsschnitten, zwischen den prähistorischen Relikten, diesen Zeugen einer sehr fernen Zeit, führten die beiden ihr eigenes Leben ungehindert und unerschütterlich fort, wie zum Zeichen, dass sich Gegenwart und Vergangenheit hier ganz kurz verbündeten. Es sah so aus, als hätte sich die Zeit in der Abfolge der archäologischen Schichten verschoben. Makis fuhr mit der Schubkarre hin und her, dann sortierte er die Funde in eine Kiste und kippte den Rest auf den Abraumhaufen, der auf abschüssigem Gelände neben dem Lagerraum aus Wellblech lag, der extra für die Ausgrabung errichtet worden war. Sein dunkles, fülliges Haar war vom Staub ganz weiß. Antigoni wollte er die schwere Ladung nicht übertragen, obwohl sie schon ein paar Mal ausdrücklich darum gebeten hatte.

„Das hier ist Männersache", lehnte er ab und fügte schelmisch hinzu: „Wie andere Dinge auch."

Beide lächelten sich verschmitzt zu, auch Doukarelis' Mundwinkel zuckten, während er seine Pfeife rauchte und zu einem neuen Rundgang über das Grabungsgelände ansetzte.

„Nicht wahr, Herr Professor?", wandte sich Makis plötzlich an Doukarelis.

Der Professor senkte den Kopf, warf einen Blick auf das Sieb und die mikroskopischen Fundstücke. „Wohl wahr", antwortete er knapp. „Die Erde muss sorgfältig untersucht werden."

Bevor er weiterging, erklärte er ihnen noch einmal, worauf sie achten und wie sie die Funde herausfiltern mussten. Aus purer Neugier warf er einen letzten Blick in ihre Richtung. Da sah er, wie Antigoni ihn eindringlich musterte. Er hatte keine Ahnung, was dahinter steckte: Missbilligung, Feindseligkeit oder Ablehnung? Wie sollte er das auch wissen. Dann drehte er sich um und ging.

4

Die Höhenmesser zeigten eine Negativhöhe von fünfzehn Zentimetern an. Die Studenten und die Arbeiter legten die Grabungsschnitte mit kleinen Besen, Hacken und Spitzkellen frei. Größere Teile von Ton- oder Steingefäßen, manche davon fast vollständig erhalten, zeichneten sich nach und nach ab wie Inseln im ägäischen Meer. In zwei Grabungsschnitten kam der Überrest einer Mauer zum Vorschein. Eine fünftausend Jahre lang verschüttete und vergessene Welt tauchte aus dem Innern der Erde empor. So stellte er sich den Tag des Jüngsten Gerichts vor. Die vorübereilende Zeit wurde vor ihren Augen in der horizontalen räumlichen Dimension greifbar. Es war ein seltener Augenblick der Erkenntnis, Raum und Zeit stimmten vollkommen überein.

Doukarelis nahm wiederholt seine Position für die Messungen mit Theodolit und Nivelliergerät ein. Während Andreas den Staub von seiner Schlaghose – ein Überbleibsel der blumigen Siebzigerjahre – klopfte, bemerkte er halb im Ernst und halb im Scherz, *Herr Professor,* die altmodischen Messgeräte erinnerten ihn an die graue Vorzeit der Vermessungstechnik. Und er wollte ihren Sinn und Zweck wissen. Mit Blick durch das Nivelliergerät erläuterte Doukarelis, dass man damit den Höhenunterschied zwischen den Funden und den anderen Elementen in den Grabungsschnitten maß. Den Theodoliten brauche man für die Abstände sowie die Neigung des Bodens. Dann hob er den Kopf mit ernstem Blick und fragte streng: „Hat dir dein Professor an der Universität das denn nicht beigebracht?"

Andreas blickte ihn überrascht an. Nach einer kurzen Denkpause rechtfertigte er sich: „Aber ... das waren doch Sie, Herr Professor!"

Doukarelis' Miene änderte sich schlagartig, und er brach in Lachen aus. Na also, auch er lachte dann und wann. Die Maske der Ernsthaftigkeit hatte Risse bekommen, war porös geworden. Andreas entspannte sich und grinste erleichtert.

Angeliki und Pavlos hielten die Messstäbe in die Grabungsschnitte. Sie lächelten einander zu. Andreas kam ihnen naiv und komisch vor. Sie bewunderten Doukarelis' Geduld.

„Und wozu das Ganze? Ich meine die Messungen", gingen die Fragen mit der Stimme eines kleinen Mädchens weiter, *Herr Professor*.

„Weil die Fundstellen genau festgehalten werden müssen, damit die entsprechenden Zusammenhänge hergestellt werden können. Denn sie bilden die Voraussetzungen für die Teil- und Endergebnisse unserer Forschungen."

Mit der Pedanterie eines Insektenforschers notierte Doukarelis die Messungen in sein Tagebuch. Zahlen spielten eine wichtige Rolle bei dem Versuch, die Botschaften aus der Vergangenheit zu entschlüsseln. Zahlen, Wörter und Bilder wurden detailreich protokolliert. Pythagoras hatte es als Erster ausgesprochen: Alles bestand aus Zahlen. Sie waren mit dem Grabungsschnitt erst bis zum Anfang der zweiten Schicht vorgedrungen.

Doukarelis wusste genau, dass man bei einer Ausgrabung nichts überstürzen durfte. Jedem Grabungstag entsprachen fünf Tage Studium und Niederschrift. Sie mussten umsichtig vorgehen.

Die Sonne sirrte über ihren Köpfen und brannte mit aller Macht auf sie nieder. Der Schweiß durchfeuchtete ihre Kleider, entzog dem Körper die Flüssigkeit, ließ die Haut austrocknen. Sie fühlten sich wie die in der Sonne auf einer Leine aufgereihten Tintenfische, die sich langsam dunkel verfärbten, hart wurden, eintrockneten und schrumpften. Doukarelis mahnte, sie sollten regelmäßig trinken und stets Wasser und Saft dabei haben. Die Mittagshitze setzte die ätherischen Öle der Lupinen, Dornbüsche und Wildkräuter frei. Die Grillen zirpten. Die Hände schmerzten vom Graben. Doch sie waren zufrieden, denn sie waren gut vorangekommen. Mittlerweile wussten sie, was sie zu tun hatten. Die Neulinge hatten an Selbstvertrauen gewonnen. Gemecker und Hufgeklapper drang an ihre Ohren, und als der Wind drehte, umwehte sie Bocksgestank. Ein paar hielten sich angeekelt die Nase zu.

„Schluss für heute!", kommandierte Doukarelis – *Gewehr bei Fuß!* „Genug verbrochen!"

Es war, als hätte er erneut den Schalter umgelegt, die Maschinen brummten ein letztes Mal auf, dann verstummte die Fabrik. Auf ihren lächelnden Gesichtern zeichnete sich Erleichterung ab.

Doch die Studenten blickten ihn verständnislos an, *Herr Professor.* Sie waren seine rätselhafte Ausdrucksweise noch nicht gewöhnt.

„Genug verbrochen?", fragte sich Myrto laut. Verwunderung malte sich auf ihren Zügen, spiegelte sich in den Linien zwischen Augen und Mund.

Doukarelis erklärte es ihr. „Wir sind hier, um die uralte Starre der Menschen zu lösen, die vor fünftausend Jahren gelebt haben. Dabei müssen wir immer im Auge behalten, dass wir im Grunde das zerstören, was von ihnen übrig geblieben ist. Wir vernichten die Zeugnisse dieses früheren Lebens. Was wir davon registrieren und beschreiben, wird nur das sein, was wir für wichtig erachten. Aber Schluss damit, jetzt wollen wir nicht über moralische Fragen der Archäologie oder unser persönliches Gewissen philosophieren. *Vorwärts, Abmarsch!*"

Die Werkzeuge wurden im Lager gestapelt und die Tür mit einem Vorhängeschloss abgesichert. Auf den Pappkartons mit den Fundstücken waren Inhalt und Fundstellen vermerkt, zerknülltes Zeitungspapier wurde zwischen die Tongefäße gestopft. Die Arbeiter und die Studenten machten sich über einen Feldweg mit verdorrten Gräsern, Büschen mit dornigen Zweigen und Steinen, die wie Lava glühten, auf den Rückweg. In den Händen trugen sie die Pappkartons. Zu anderen Zeiten hätten man sie Sklaven genannt. Und Herren diejenigen, die am Ende des Zugs gingen: Doukarelis und seine Assistenten. Es war ein Frondienst, doch ein freiwillig geleisteter, die Zügel waren unsichtbar, *Sklaven in ihren Ketten*, und für die meisten von ihnen war von Bezahlung keine Rede.

Bis zu ihrer Ankunft im Dorf mussten sie die zwölf Aufgaben des Herakles bewältigen, in der Sonnenglut harte Prüfungen bestehen, die Höhle durchqueren, die man Teufelsauge nannte, das Felsenbecken durchwaten und die zerklüfteten Hänge überwinden. Und an den Stränden von Platia Pounta und in Fanos wurden ihnen die Beine, ehe sie von Dornen zerstochen wurden, im dichten Sand schwer wie Blei.

5

Die Kisten wurden in der Abstellkammer des Gemeindeamtes eingeschlossen. Der Bürgermeister, kurz geraten und dickwanstig, mit dem Gesichtsausdruck einer Bulldogge mit Schnauzer, das Hemd unter den Achseln zerrissen, zog die Tür hinter sich zu und versperrte sie. Doukarelis roch seinen Schweiß, vermischt mit dem Duft der feuchten Erde, und wandte sein Gesicht von der runzeligen Grimasse, den geschürzten Lippen, dem halb offenen Mund ab. Wäre er ein Fischer, so dachte er, in diesem Fischerdorf, würde er wohl danach riechen, und irgendwo an der Küste läge sein Einbaum, um die uralten Wasser zu überqueren.

„Ist das hier auch sicher, Herr Koukoules?", fragte Doukarelis, und jener nickte und fühlte sich genötigt, in seiner Eigenschaft als Autoritätsperson Stellung zu beziehen.

„Keine Sorge, hier ist der sicherste Ort auf ganz Koufonissi", sagte er, während seine Wieseläuglein funkelten.

Auf ganz Koufonissi. Die Worte klangen in Doukarelis' Ohren nicht sehr beruhigend, doch was sollte er tun. Er wusste, dass Antikenraub, *Herr Bürgermeister,* in dieser Gegend Tradition hatte. Die Altertümer der Insel Keros gegenüber waren geplündert worden. Und der Staat verabschiedete Gesetze und stellte einen Antikenwächter auf der unbewohnten Insel an. *Vorsicht ist besser als Nachsicht.*

Die Aufsichtsbehörde für die Altertümer der Kykladeninseln hatte die Überwachung des Grabungsgeländes gefordert und auch erreicht. Gleich am Morgen war Doukarelis zur Polizeistation gegangen und hatte den Beamten im Befehlston ihre Pflichten in Erinnerung gerufen. Ihm wurde gesagt, ein Polizeibeamter würde regelmäßig auf Streife gehen, er könne ganz beruhigt sein, die Polizei wisse genau, was zu tun sei. Beim Weggehen hörte er noch, wie sie ihn zum Teufel schickten wegen der unangenehmen Aufgabe, die er ihnen aufgehalst hatte.

Doukarelis schritt voran wie ein Anführer, und die Schar von Studenten, Archäologen und Arbeitern, *eins zwei ... eins zwei*, folgte ihm gehorsam, *Herr Professor!* Ein bunt zusammengewürfelter Haufen, genauso erschöpft wie Kriegsgefangene auf dem Todesmarsch ins Unbekannte, zur Hinrichtung, wer weiß, ins Arbeitslager, schleppte sich dahin, seinem Schicksal überlassen. Was auch immer ihnen bevorstand, es sollte einfach nur schnell gehen!

Dann hielt die Truppe vor einem Gebäude an, und das Getrappel ihrer Schritte erstarb, als wäre der Befehl *Abteilung – Halt!* erteilt worden.

Doukarelis begrüßte vom Eingang der Garküche aus einen Schatten, der drinnen im Zwielicht hantierte und langsam auf ihn zutrat, während sich sein Gesicht mehr und mehr erhellte. Herr Anestis trocknete sich die Hände mit dem karierten Geschirrtuch. Er kam näher und erwies dem Wissenschaftler die entsprechende Reverenz, verbeugte sich leicht und bot ihm einen Stuhl an.

„Alles ist bereit, Herr Doukarelis. Bitte, setzen Sie sich, ich decke gleich den Tisch."

... *Marsch!* Seine Untergebenen traten ein, *Rührt euch!,* sie nahmen erleichtert Platz, die Muskeln entspannten sich, der Puls normalisierte sich, *Uff!* hörte man ein paar Stimmen, dann trat – *Das vergängliche Fleisch möge schweigen* – Stille ein, die jedoch nicht lange anhielt.

Bald darauf traf der eisgekühlte Retsina in Weingläsern ein, *Zum Wohl!, Viel Erfolg!* Das Leben kehrte in die müden Gesichter zurück, die ihre natürliche Farbe wieder annahmen. Einige Studenten warfen Scherzworte in die Runde, wobei sie immer wieder zu Doukarelis blickten. Sie machten sich Sorgen, ob er ihre Späße verstand. Doch er schien zu lächeln, ein unmerkliches Zucken umspielte seine Mundwinkel, ja, es gefiel ihm. Die Maske war erneut gefallen. Da fassten die Studenten Mut, *Herr Professor!* Ein seliges, oder vielmehr stieres Lächeln umspielte seine Lippen. Er war zufrieden. Endlich hatte das Abenteuer begonnen, von dem er jahrelang geträumt hatte. Ihm wurde bewusst, dass er all sein Geld hier investiert hatte. Entweder würde er reich werden oder alles verlieren.

Teller, Gläser und Besteck klapperten auf dem Tisch. Herr Anestis und seine Gattin, Frau Annio, liefen unermüdlich hin und her. Das Wildzicklein aus Keros, so köstlich weich gegart im Tontopf, dass man sich die Finger leckte, lag bereits auf der großen Servierplatte vor ihnen. Mit diesem fürstlichen Mahl entschädigte Doukarelis seine Mitarbeiter reichlich für den strapaziösen Arbeitstag.

6

Sie krochen am Morgen ans Licht wie die Schnecken nach dem Regen. Die Studenten strömten aus der Scheune und die Oberschicht – Doukarelis und seine Assistenten – kam aus den von der archäologischen Behörde angemieteten Zimmern. Der Bürgermeister sperrte die Tür zu den Fundstücken auf: *Na, was hab ich gesagt? Alles noch an seinem Platz.* Die Kisten wurden nach draußen auf die Straße gebracht, die Funde auf Holztischen platziert, in Plastiktüten sortiert und genau beschrieben: Fundtiefe und -zeitpunkt, Quadrant und Koordinaten. Antonis trug ein verblichenes Hawaihemd, murmelte ein Lied vor sich hin und unterzog, ganz lässig und entspannt, die Funde einem zweiten Säuberungsprozess. Er legte sie in eine chemische Lösung in einer Metallwanne, die unter schwacher Stromspannung stand. Die Korrosionssalze sammelten sich an dem Metallrost am Rand des Eimers. So wurden die angesammelten Sedimente entfernt. Kurz darauf gelang es ihm, einige Bruchstücke mithilfe von Gips zusammenzufügen und die alten Gefäße zu rekonstruieren. Doukarelis saß rauchend an einem Holztisch und schrieb Notizen in sein Tagebuch. Als die Pfeife leer geraucht war, stopfte er sie erneut. Dabei fielen winzige Tabakkrümel zwischen die Seiten. Der Duft des Pfeifentabaks strömte in die umliegenden Viertel. Die alten Frauen, die auf Baststühlen und Hockern im Gässchen saßen, beobachteten die Arbeiten des Grabungsteams, als verfolgten sie ein

Theaterstück mit Schauspielern und Komparsen. Es war nicht schwer, den Hauptdarsteller auszumachen, *Herr Professor!* Alle naselang versammelten sich ein paar Steppkes, die sich schwer wunderten, was hier vorging. Ein paar hatten kleine Pappkartons dabei. Darin waren Grillen eingesperrt, die sie mit Zucker fütterten. Bei Einbruch der Dämmerung würden sie ihr seit Anbeginn der Welt ewig gleiches Lied anstimmen. Danach liefen die Kinder fort, um auf den Brachen zu spielen. Wozu sollten sie ihre Zeit mit diesen seltsamen Leuten verschwenden? Es dauerte nicht mehr lang bis zum Sonnenuntergang, bis zum Einbruch der Dunkelheit, wenn die Eltern sie nach Hause rufen würden. Dann fiel ihr Blick auf Koukoules, der mit Argusaugen über die Archäologen wachte, *Herr Bürgermeister*. Prompt formten sie ihre Hände zum Trichter und riefen rhythmisch, wie ein gut aufeinander abgestimmter Chor, *Kou-kou-les ... Kou-kou-les ...* Dazu ahmten sie den Kuckucksruf nach. Er nannte sie *Rasselbande* und verfolgte sie mit seinem Stock bis zum Ende des Dorfes. Sie wollten sich ausschütten vor Lachen, formierten sich neu und riefen wieder: *Kou-kou-les ... Kou-kou-les ...*

Doukarelis ließ von seinen Notizen ab und betrachtete die Kinder gedankenverloren. Er fühlte sich in seine Kindheit zurückversetzt. Er sah vor sich, wie er auf dem Nachhauseweg von der Schule war. Am Ende der Straße lag ein hölzerner chinesischer Kreisel auf dem Boden. Er blickte sich um, niemand war zu sehen. Schnell steckte er ihn in seinen Ranzen und schlich eilig wie ein Dieb nach Hause. Stundenlang saß er da und betrachtete den wirbelnden Kreisel auf dem Tisch, dessen rote, grüne und gelbe Muster sich ständig veränderten. Er ähnelte einem bösen Geist, einem Wirbelsturm, einer Nebelwand, die vorüberzog und sich am Horizont verlor.

Irgendwann kam Doukarelis wieder zu sich, der erste Akt der Vorstellung war zu Ende und die Funde verschwanden wieder in den Kisten. Der Bürgermeister drehte mit wichtiger Miene den Schlüssel im Schloss, wie es ihm das höchste Amt im Dorfe gebot, *Herr Bürgermeister*, und das Grabungsteam zerfiel in lauter Einzelpersonen. Jeder konnte nunmehr tun, was er wollte – *Abtreten!* Sie hatten sich genug mit der Vergangenheit beschäftigt, jetzt konnten sie sich ein wenig der Gegenwart widmen.

Dann ging die Truppe aus Studenten und Assistenten vereint zum Strand von Fanos, um ihr nachmittägliches Bad zu nehmen und sich zu erholen. Das Meerwasser perlte von ihren jugendlichen Leibern, wusch den salzigen Schweiß fort, netzte den Sand. Sie keuchten, die Adern schwollen an, das Leben pulsierte. Eigentlich wollten sie gleich wieder zurück ins Dorf, doch schließlich blieben sie länger als geplant. Schon war es Abend, und sie schichteten ein Lagerfeuer am Strand aus Reisig und Schwemmholz. Wie Beduinen in der Wüste lagerten sie um das Feuer. Andreas und Makis holten aus dem Dorf Bier und Kleinigkeiten zum Essen. Die eine Hälfte sang: *Yo ho ho, yo ho ho ...* Und die andere Hälfte: *Mit einer Buddel voll Rum ...* Sie diskutierten über Gott und die Welt, bis es Mitternacht war. Dann schlugen sie den Heimweg ein, denn frühmorgens, noch vor Sonnenaufgang, in der Kühle der Nacht, würde es mit militärischem Drill heißen: *Aufgestanden!* Bereits am Nachmittag hatte es ihnen Seine Durchlaucht Doukarelis in Erinnerung gerufen, bevor er sie aus dem Frondienst entließ. So vergnügten sie sich jeden Nachmittag bis zum Abendlicht am Meer, danach weiter unter den Sternen, unter dem Kleinen und dem Großen Bären, unter denselben Sternen und an denselben uralten Wassern, an denen sich schon die Menschen der Urzeit erfreut hatten. Es stimmte, hier fühlten sie sich frei, fern von Doukarelis' unermüdlich über sie wachendem Blick. Dennoch hatten sie ihm anfangs ein paar Mal – aus Anstand und mit allem Respekt – angeboten mitzukommen, *Herr Professor*. Doch er hatte immer einen Vorwand parat, stets hielt er sich fern und achtete auf Abstand, denn Herr und Knecht lebten nicht in derselben Welt.

7

Türen und Fenster gehen hinter seinem Rücken auf, sobald er durch die Gassen geht. Seine Schritte sind schwer, wie die eines zum Tode Verurteilten, den man eines Morgens zum Galgen geleitet. Laut hörbar hallen sie wider auf dem einsamen Hauptsträßchen. Er fühlt, wie sich die Blicke in seinen Rücken bohren. Sie verfolgen ihn bis zur nächsten Biegung, wo wieder andere Augenpaare die Beschattung übernehmen bis hinunter zur Polizeiwache. Sein Besuch dort dauert gerade mal zehn Minuten. Lange genug, um ihre Neugier anzustacheln und ihre Fantasie in Gang zu setzen. Am Ausgang fällt sein Blick auf einen Chor von Müßiggängern, der flüsternd von der gegenüberliegenden Seite zu ihm herüberblickt.

Betreten dreht er seinen Hut in der Hand. Dann geht er mit gesenktem Kopf an ihnen vorbei, als fühle er sich schuldig, und beschleunigt den Schritt. Er lässt den Strand von Ammos hinter sich und, vorbei an den letzten südlichen Ausläufern des Dorfes, wendet er sich nach Osten.

Während er am Küstensaum entlangspaziert, stolpert er immer wieder über Geröll, durchquert dann das Wäldchen mit dem Phönizischen Wacholder und wandert oberhalb der Bucht von Fanos nach Palia Pounta. Er setzt sich auf einen Felsen, mit Blick auf die Insel Keros, und wischt sich den Schweiß von der Stirn. Er schaut hinaus aufs Meer, auf die Wellen, die aus der Ferne heranrollen und auf den Sand schwappen, und auf das Fischerboot, das draußen in der Bucht das Wasser durchpflügt. Er heftet den Blick auf die Höhlen neben dem Strand und versinkt in Erinnerungen an damals, als er noch jung war und in Pori die Ausgrabung leitete.

Wieder sieht er die Abdrücke ihrer Fußsohlen im Sand, hört das schwere Seufzen, das Keuchen, schmeckt den salzigen, jugendlichen Schweiß auf der Haut. Er verliert sich in Bildern und Erinnerungen, die in Wellen über ihn hereinbrechen, und fühlt sich als Fremdkörper in dieser einsamen Landschaft, in der er wie versteinert dasitzt. Seine Seele und sein Körper sind im Zwiespalt. Er ist nur ein vergänglicher Schatten im leuchtenden Morgenlicht. Ihn überkommt das seltsame Gefühl, im einen Moment hier und im nächsten ganz woanders zu sein, bis ihn der kühle, peitschende Wind wieder in die Wirklichkeit zurückholt. Dann erkennt er die Steine ringsum wieder, die Fossilien, die Felsbrocken, die einst fest gefügt und unzerstörbar schienen, Psammit und Mergel, tonhaltige Kalksteinablagerungen, den Strand, die Höhlen und das Fischerboot, nur noch winzig wie ein Sandkorn am Horizont. Hätte er die Gelegenheit, die Welt als Maler neu zu schaffen, würde er genau diese Felsen, genau dieses Blau des Meeres und des Himmels auf die Leinwand bringen.

Doukarelis ermahnt sich, seine Tour fortzusetzen, und lässt die Sandstrände hinter sich. Die Küste gewinnt jetzt eine nie gekannte Wildheit. Er klettert über die aufs Meer blickenden Felsen – scharfkantig und steil abfallend, zernagt von den ununterbrochenen auf sie einhämmernden Wellen. Er erreicht Pisina, wo er damals sein nachmittägliches Bad genommen hat, umgeht das Teufelsauge und gelangt oben an der Bucht entlang nach Pori. An Steinmauern vorbei führt der Weg auf ein kleines Plateau. Von dort blickt er hinunter aufs Meer bis zur kleinen Insel Kopria gegenüber von Amorgos, nach Gala und zu den hoch aufragenden Felsen mit den Meeresgrotten. All das bildete, vor achtzehntausend Jahren, den südlichen Abschnitt von Kykladia, einer gewaltigen, sechstausend Quadratkilometer großen Insel, die im Süden fast bis nach Santorin reichte und nur fünf Kilometer vor den nördlichen kontinentalen Küsten endete. Das heutige Koufonissi ist nichts als eine winzige Reminiszenz an jene im Meer versunkene Welt.

Doukarelis ruft sich in Erinnerung, dass er nicht für geologische Beobachtungen, philosophische Selbstbetrachtungen und romantische Spaziergänge hierhergekommen ist. Er sollte sich besser auf das menschliche Zeitmaß beschränken, das sein Geist gerade noch erfassen kann. Auf dem kleinen Plateau sieht er zum ersten Mal nach all den Jahren das archäologische Gelände und die vom Rost zerfressene Tafel wieder: *Die Grabungsarbeiten werden von der Präfektur der Kykladen und der Firma Atlantic Ocean Fish and Shrimps Import gefördert.* Das Zinkblech hat sich vom Dach des Lagerraums gelöst. Der Wind rüttelt daran, und das scharfe, metallische Klirren bohrt sich wie eine Klinge tief in sein Fleisch. Alles ist von Wildkräutern überwuchert, Gestrüpp hat sich zwischen den Ruinen eingenistet. Es ist ihm, als könne er hören, wie sich die Dornen ausbreiten, über den Boden gleiten und dabei Steine und Erde aufrauen. Die schützende Nylonplane hat sich aufgelöst, zurückgelassen von den Menschen und zerrissen von den Naturgewalten. Die Zwischenwege sind, Sonne und Regen ausgesetzt, eingebrochen. Die Grabungsschnitte haben sich mit Erde und Wurzelgeflecht gefüllt. Jahrtausendelang lagen die Werke der Menschen aus der Urzeit tief vergraben und geschützt im Innersten der Erde. Dann wurden sie innerhalb von nur zwanzig Jahren vom Sturmlauf der Zeit fortgerissen und zerstört.

Er könnte darauf wetten, dass in diesem Augenblick der graue Schatten der Zeit über die Ruinen und über seinen vergänglichen Leib streicht. Doch was er damals gedacht oder gesehen hat, ist längst vergangen. Er erinnert sich an die Worte aus Stefan Zweigs Erzählung „Buchmendel". *Wozu lebt man, wenn der Wind hinter unserm Schuh schon die letzte Spur von uns wegträgt?* Es gibt keine Vergangenheit, und es ist zweifelhaft, ob die Zukunft noch kommt. Die Zeit brandet heran wie ein Orkan, der nicht mehr aufzuhalten ist. *Wir sind nichts als Schatten, Wind und Rauch.* Sein Haar ist schon ganz weiß, sein Gesicht gegerbt und zerklüftet, von Tag zu Tag wird er älter und älter. Sein Körper, kraftlos und schlaff, hat sich dem Wirbelsturm der Zeit überlassen und verfällt – unfähig, das Gewicht der Zeiten zu ertragen. Er fühlt, wie sich der Staub – ganz wie auf die archäologischen Relikte – auch auf seine Lippen, seine Augen und seinen ganzen Körper legt, und wie er in Vergessenheit versinkt. Die Zeit ist schließlich das einzig Wahre. *Die Zeit ... diese Zeit ... die Zeit ...*

Aus den Grabungsschnitten ist das Geräusch der Hacken zu hören, dazwischen die Rufe der Arbeiter. Eine Staubwolke steigt in die Höhe und zieht über Frau

Evalia mit ihrem weißen Kopftuch hinweg, über Angeliki und Pavlos, Antigoni und Makis, Antonis, den Konservator, Andreas und Myrto, *und den werten Herrn Professor.* Er erblickt die Kisten, das Nivelliergerät, die Maßbänder und die Lineale. Dann verschwindet alles mit einem Schlag, die Geräusche kreisen um sich selbst und verlöschen in seinem Schweigen und seinem Gedächtnis, so wie sich früher sein chinesischer Kreisel auf dem Tisch drehte, plötzlich wie tot umsank und sich nicht mehr rührte.

Er erinnert sich daran, wie er zum ersten Mal zu diesen Klippen kam, um die Oberflächenfunde zu inspizieren, die eine Besiedlung seit der frühen Eisenzeit bezeugten. Er wendete eine primitive archäologische Technik an, um zu erforschen, ob im Boden Hohlräume, architektonische Überreste oder anderes, von Menschenhand geschaffenes Kulturgut vorhanden waren. Als er den Boden mit einem schweren Holzhammer abklopfte, war der Klang manchmal lauter und weniger dumpf als bei Böden, die von Menschenhand unangetastet geblieben sind. Zum Glück täuschte ihn diese Methode nicht, obwohl sie nicht sehr zuverlässig war. Und dann, als das erste Grabungsbudget genehmigt war, bestätigten sich seine Thesen durch das Elektrometer, die Feststellung der Bodenleitfähigkeit und die Messung der elektrischen Ladung des Bodens.

Der Wind der Ägäis bringt ihm den Duft des Meeres, vermischt mit dem Geruch der Kräuter, der ihm auch früher, vor so vielen Jahren, die Lungen füllte. Es ist derselbe Ort, ganz unberührt, derselbe Himmel, dasselbe Meer.

Doukarelis holt aus diesen Erinnerungen die Tage seiner späten Jugend wieder ans Licht. Er blickt sich noch einmal um. Möglich, dass sich immer noch dieselbe Landschaft bis hinüber zum Horizont erstreckt. Doch er ist nicht mehr derselbe, viel Zeit ist vergangen. Allein in der Ödnis, wie ein Überbleibsel aus der Urzeit, der Letzte seiner Art. Im Bewusstsein dieses tragischen Schicksals wandert er auf das Dorf zu. Die Sonne, ein purpurner Feuerball, bohrt sich in seinen Rücken. In Pisina sucht er ein wenig Abkühlung. Er blickt sich um, ob auch niemand in der Nähe ist, zieht schnell die Kleider aus und stürzt sich ins Wasser. Das gurgelnde Zischen seines in die Fluten tauchenden Körpers schreckt einen Möwenschwarm auf, der unbekümmert auf den Felsen saß und nun kreischend hochfliegt. Das Meer ist eiskalt, sein Körper zittert, es verschlägt ihm kurz den Atem, der ganz aus dem Takt geraten ist. Doch bald schon gewöhnt er sich an die Kälte, der Atem kehrt wieder und es überkommt ihn ein Wohlbefinden wie schon lange nicht. Er taucht ein paar Mal unter, schüttelt sich beim Auftauchen und spritzt mit wohligem Seufzen die Tropfen von sich. Dann zieht er sich aus dem sogenannten „Schwimmbecken" hoch und legt sich zum Trocknen hin wie eine Eidechse, die sich zwischen den Steinen sonnt. Die Felsvertiefungen sind voll mit groben Meersalzkörnern, und in den Spalten und Ritzen wachsen Strauchgliedermelde, Kapern und Meerfenchel. Vor seinen Augen erwacht die unverdorbene homerische Landschaft zum Leben. Für ein paar Minuten schließt er die Lider. Ein leises Geräusch dringt an sein Ohr, aus der Ferne klingen unverständliche Wörter herüber, wie ein erschrockener Flügelschlag. *Ein Flüstern ... ein Flüstern ... ein Flüstern ...* Glockengebimmel tönt in seinen Ohren. Überrascht springt er auf. Auf dem Abhang, zwischen den Büschen, klettern Ziegen umher, auf der Suche nach Futter. Ein Hirte blickt zu ihm herüber. Beschämt zieht er sich schnell an und verlässt den Strand, während ihm die feuchten Kleider am Körper kleben.

8

Das Dorf hat sich verändert. Fortschritt und Wandel haben alles Alte platt gewalzt, und Neues ist entstanden. Überall sind *hotel apts, luxury villas, resorts, bungalows, inns,* Tavernen, Restaurants und Supermärkte aus dem Boden geschossen. Sogar die staatlichen Behörden sind eingetroffen – ein spätes Interesse des Staates an den Vergessenen, die an wenig befahrenen Fährlinien wohnten. Jetzt, da die Gelder flossen, saugte auch er sich wie ein Parasit am wunden Körper des Landes fest. Doukarelis erinnert sich, dass es in den Jahren, als er hier den Indiana Jones spielte, kein Gymnasium, keinen Arzt, keine Apotheke und keine Bank gab. Es fällt ihm sogar ein, dass damals die Serie *Insel am Ende der Welt* im Zweiten Staatlichen Fernsehen lief, wo es um eine abgelegene Insel ohne Schule und Arztpraxis ging. Der einzige Kontakt zur Außenwelt war der verrostete alte Pott, der den Hafen alle heiligen Zeiten mal anlief. Sein Rumpf stöhnte nicht nur beim Anlegen, sondern auch, wenn er wieder abfuhr und auf dem Meer davonschwankte. Natürlich hatten weder er noch die Inselbewohner je die Serie gesehen, denn damals gab es keinen einzigen Fernseher auf Koufonissi. Trotzdem hatten sie davon aus den Zeitungen erfahren, die sporadisch bei ihnen eintrafen. Und genauso wie die Bewohner Dutzender anderer vergessener Ägäisinseln wollten sie gerne daran glauben, dass die Serie ausschließlich für sie gedreht worden war. Woher sollten sie auch wissen, dass der Staat sich überhaupt nicht um sie scherte. *Wie sich die Welt verändert hat,* denkt er melancholisch. Diese pessimistische Anwandlung erinnert ihn daran, dass die äußerlichen Zeichen der Zeit um uns herum und die Veränderungen das Maß sind, an dem uns der Verfall unseres Körpers und unsere sterbliche und zerbrechliche Natur bewusst werden. Er weiß, dass sich nur die äußere Hülle verändert und nicht die Essenz und die Seele der Dinge. Die Zeit ist nichts als die Abfolge von Geburt und Tod. Sie ist eine Erfindung des Menschen, um das Chaos zu ordnen. Das ist ihm klar. Sein ganzes Leben lang zieht er vertikale und horizontale Schnitte von der Gegenwart in die Vergangenheit, von der Oberfläche in die Eingeweide der Erde. Es ist an der Zeit, ähnliche Schichtprofile in seiner Seele anzulegen, am besten in seiner Vergangenheit beginnend, jetzt, da sich alles nach und nach in verblichene Schatten verwandelt. Nur so, denkt er, kann er verstehen, wie ihn die Welle der Zeit nur noch als Schatten seiner selbst an diese einsame Insel gespült hat.

Er setzt sich ein paar Minuten ins Kafenion, um sich zu erholen, und bestellt beim jungen Kellner einen Mokka. „Ilir", rufen sie ihn. Er ist blond und stämmig, mit schweren Knochen, weit auseinander stehenden Zähnen und einem kantigen Gesicht. Er ist Albaner – wer weiß, wie er hierherkam, wer weiß, welche Odyssee er hinter sich hat vom fernen Illyrien bis nach Koufonissi, wie viele Berge, wie viele Meere er überqueren musste.

Eine Gruppe von Fischern, alles alte Veteranen, sitzt müßig am Nebentisch. Es sind die Nachfahren der Freibeuter, die einst ihr Piratennest in diesen Gewässern hatten. Doukarelis erinnern sie an Kapitän Stekoulis aus dem bekannten Volkslied und an Tourkodimitris, Katingos und Iskos, die während des Griechischen Aufstands Anfang des 19. Jahrhunderts hier gekämpft haben. Er mustert die Männer gegenüber. Ja, sie könnten Korsaren sein. Einer sieht aus wie der andere, als gehorchten sie dem Diktat einer gängigen Mode: schwarzes Hemd, grauer Vollbart, sonnenverbranntes Gesicht. Er zögert seinen Aufenthalt im Kafenion hinaus, um ihrem Gespräch zu lauschen. Heute schlüpft Doukarelis in die Rolle des Sozialanthropologen.

„Mein Vater hatte vor einer einzigen Sache Angst, nämlich, wenn Nordwind aufzog", beginnt der offensichtlich Jüngste. „Eines Tages sahen wir beim Rausfahren eine Nordwindfront und beschlossen, uns in Sicherheit zu bringen. Bis Antikeri blieben wir beide an Deck und holten die Netze ein. Die zweite Welle des Unwetters hat uns dann die Luken verrammelt. Wie wir das überlebt haben, weiß nur Gott allein."

Die anderen nicken. Sie verstehen. Sie wissen Bescheid. Solche Dinge haben bestimmt auch ihre kykladischen Vorfahren vor fünftausend Jahren erzählt. Sie hatten bestimmt die gleiche, von Sonne und Seewind gegerbte Haut. Wie eine unsichtbare tektonische Platte, die sich unmerklich und lautlos unter ihren Füßen verschiebt, ist es die ferne Vergangenheit, die plötzlich, wie ein schlafender Vulkan, wieder aktiv wird, an die Oberfläche drängt und Zeichen in ihren Leben hinterlässt.

Ein anderer erinnert sich an eine Pechsträhne, die er mal hatte.

„Wir waren rausgefahren, aber kein einziger Fisch

war zu sehen, überhaupt kein Lebewesen. Zwei Stunden später fährt der selige Venetis an dieselbe Stelle und fängt hundertfünfzig Oka Rotbarben. Einmal, kann ich mich erinnern, sind wir mit Stavros rausgefahren, Gott hab ihn selig. Innerhalb einer Zigarettenlänge hatte er vierzig Rotbarben gefangen. Obwohl ich denselben Fischköder benutzt habe, gingen mir nur drei Drachenköpfe und drei Rotbarben ins Netz."

Danach versinken die Fischer in Schweigen. Sie betrachten das Meer, streichen über ihre Bärte und rauchen. Ihre Schnurrbärte und Finger sind vom Nikotin gelb verfärbt. Ihre Hände sind rissig und schrundig vom Auswerfen und Einholen der Netze, sommers wie winters. Wie oft waren sie wohl schon in Gefahr, in diesen schwarzen Wassern unterzugehen? Sie blicken auf ihre Hände und denken an die Seewinde: *Maestro, Levante, Garbis, Ponente, Gregale, Schirokko, Ostria.*

Da entschließt sich Doukarelis zum Aufbruch. Er zahlt, wirft ein Abschiedswort in die Runde, worauf sie nur müde nicken. Sie haben andere Dinge im Kopf.

An der Treppe, die zu den Gästezimmern *Zur Windmühle* führen, trifft er seine Vermieterin. Sie hängt im Hof gerade die Wäsche auf. Sonst wechseln sie nur einen Blick und ein paar Höflichkeitsfloskeln, um den Schein zu wahren. Doch jetzt wagen sie sich aus der Deckung.

„Sie haben wohl ihr Handy auf dem Zimmer vergessen, Herr Doukarelis. Den ganzen Morgen hat das Telefon geläutet."

„Richtig, ich hatte es nicht dabei."

Doukarelis blickt sie diesmal ein wenig länger an.

Sie macht einen freundlichen und sympathischen Eindruck. Bevor er sich in sein Zimmer zurückzieht, fasst er Mut und fragt sie, ob er eine Knospe von dem riesigen Rosenbusch brechen darf. Im selben Moment bereut er es schon. Er hat das Gefühl, rot geworden zu sein, und schämt sich dafür wie ein kleines Kind.

„Da fragen Sie noch? Pflücken Sie, so viele Sie wollen", sagt sie mit einem scheuen Lächeln.

Er holt das Taschenmesser hervor, das er immer bei sich trägt, und schneidet die Knospe ab, die es ihm angetan hat. Er stammelt ein „Dankeschön", geht die Stufen hoch und stellt die Rose in ein Wasserglas. In diesem Augenblick läutet sein Handy erneut.

„Hallo, du hast mich ja ganz vergessen. Fünfmal habe ich heute schon bei dir angerufen. Ich mache mir Sorgen", sagt die Stimme am anderen Ende.

„Ich war spazieren und hatte das Telefon im Zimmer liegen lassen."

„Wie geht's dir?"

„Wie soll's gehen? So halbwegs ..."

„Vielleicht war es doch keine so gute Idee, nach all den Jahren ausgerechnet dorthin zu fahren."

„Nein, Ismini, das ist schon in Ordnung."

„Gibt's was Neues von der Polizei?"

„Nein, sie ermitteln immer noch."

„Bist du wenigstens schwimmen gewesen?"

„Ja ... ja. Das Meer ist herrlich."

Einige Sekunden lang herrscht Schweigen. Der eine lauscht dem Atem des anderen.

„Papa ..."

„Ja?"

„Pass gut auf dich auf ... Jetzt hab ich nur noch dich."
„Mach ich, keine Sorge."
„Halt mich auf dem Laufenden. Und ... nimm das Handy mit."
„In Ordnung", sagt Doukarelis, dann bricht die Verbindung ab. Ihr Gespräch hat gerade mal zwei Minuten gedauert.

Doukarelis erinnert sich an lange zurückliegende Geschichten. An jenen Abend zum Beispiel, den er nie vergessen konnte, an dem ein Unbekannter ins Zimmer seiner Tochter eingedrungen war. Den Gedanken daran ist er nie los geworden. Seine Frau hatte zwar damals nichts mitbekommen, doch der weibliche Instinkt ließ sie anscheinend doch etwas ahnen. Seit damals wirkte sie distanziert, als wäre etwas in ihr zerbrochen. Zuweilen ertappte er sie, wie sie ihn seltsam und durchdringend anblickte. Manchmal war er versucht, sie darauf anzusprechen, um eine Erklärung für ihr Verhalten zu finden. Aber er wagte es nicht. Er hatte Angst, vielleicht unfreiwillig zu offenbaren, was damals in Isminis Zimmer geschehen war. Und so schwebte all die Jahre ein dunkles Geheimnis über ihrem Leben.

Er blättert das Fotoalbum durch. Sie stand am Trevi-Brunnen, zusammen posierten sie auf der Karlsbrücke, an der Moldau, vor dem Buckingham Palace, vor dem Wiener Musikverein, kurz nach dem Neujahrskonzert. Dann wieder zusammen am Mälaren-See bei Stockholm. Er klappt das Album zu. Wozu jetzt in der Vergangenheit wühlen?

Stattdessen nimmt er das handschriftliche Grabungstagebuch zur Hand, das einfache Notizheft, das er auf dem Tisch liegen gelassen hat, und beginnt, die darin enthaltenen Skizzen zu studieren, seine Aufzeichnungen zu lesen, die windschiefen, winzig kleinen Buchstaben, die er eilig und notdürftig hingeworfen hatte. Archäologen legen großen Wert auf ihre Tagebücher. Einige glauben, der Verlauf einer Ausgrabung müsse mit allen Messungen und Beobachtungen vollkommen getreu niedergeschrieben werden. Andere sind der Meinung, sie müssten neben den ausgrabungsrelevanten Ereignissen auch ihre persönlichen Eindrücke und Erinnerungen festhalten. So ist am Schluss der Beobachter selbst der Beobachtete und wird zum Untersuchungsobjekt. Obwohl Doukarelis der ersten Ansicht zuneigt, ist er doch der Versuchung erlegen und hat am Rand des Tagebuchs oder unter den letzten Zeilen am Seitenende, zwischen Messungen und der Beschreibung von Gefäßen, seine Gedanken niedergelegt, Hilfsnotizen für seine *endgültige Theorie* verfasst, Vorfälle und Auszüge aus Diskussionen im Grabungsteam dokumentiert. Einzelne Wörter, zweideutige Sätze und Andeutungen waren dort in chronologischer Reihenfolge eingedrungen, offensichtliche Beweise für Doukarelis' innere Wandlung. Das Grabungstagebuch war die Chronik eines Ehebruchs. Immer noch lagen nach all den Jahren die winzigen Krümel seines Pfeifentabaks zwischen den Seiten, greifbare Zeugen jener fernen Urgeschichte seines Lebens, damals, als er während der Grabung mit dem Tagebuch in der Hand rauchte, an den Nachmittagen, wenn die Funde klassifiziert wurden, oder abends, bevor er erschöpft ins Bett fiel. Er hält das Heft an seine Nase und atmet den kaum merklichen Tabakduft ein. Nur *eine schwa-*

che Spur, ein unmerkliches Vanillearoma, vermengt mit dem Geruch des vergilbten, muffigen Papiers, bleibt als Erinnerung an jene persönlichen Momente zurück. Da ist sie wieder, die vergangene Zeit vor seinen Augen. *Die Zeit* – wie der Sand, der ihm durch die Finger rieselt, *die Zeit*.

Vor seinem geistigen Auge sieht er Antigoni und Makis vor sich, die übrigen Studenten, die Arbeiter und seine Assistenten, die Grabungsschnitte am Ausgrabungsgelände und die Fundstücke. Erneut hört er ihre Stimmen, *Herr Professor,* die Geräusche der Hacken und Kellen. Er liest eine vergilbte Seite nach der anderen, bis er zum zweiten Grabungssommer kommt. Bis in jede Einzelheit erinnert er sich an alles Erlebte in jenem *schicksalhaften* Sommer, wie er mit blassen Buchstaben am Rand des Hefts notiert hat, das zum Tagebuch seines Ehebruchs werden sollte.

9

Wie ein riesiger purpurroter Wal, der aufs Meer hinausschwimmt und in den dunklen Wassern abtaucht, versank die Sonne langsam in der Ägäis. Meer und Himmel fingen Feuer. Die Möwen suchten sich einen Schlafplatz auf den Felsen und die letzten Fischkutter kehrten in den Hafen zurück. Für die Inselbewohner war dieser paradiesische Anblick nichts weiter als ein buntes abendliches Trugbild. Es illustrierte das unerbittliche Fortschreiten der Zeit, die durch die Sanduhr rieselte und die ewige, reglose Ordnung des Universums widerspiegelte. Für die Archäologen und die Studenten waren die Augenblicke, wenn sich das Zwielicht zwischen die letzten Sonnenstrahlen und das heraufziehende Dunkel schob, der Beweis, dass es eine andere Welt gab, eine geheimnisvolle Welt, die jenseits ihrer Wirklichkeit existierte. Hundemüde nach ihrem Arbeitstag unter der sengenden Sommersonne, wollten sie nicht glauben, dass ihr Leben so prosaisch sein sollte. Die meisten Menschen hoffen ja auf ein Leben jenseits ihres vergänglichen irdischen Daseins. Inzwischen war die Abenddämmerung hereingebrochen und der Strand von Fanos würde sich gleich mit ihren Schatten füllen. Es waren Schatten wie in der Odyssee, Schatten, die wie Schmetterlinge über die Asphodelenwiesen flatterten. Nur, dass die Menschen hier aus Fleisch und Blut bestanden. Wenn man sie mit einer Nadel piekste, würden sie aufschreien vor Schmerz.

Sie saßen nebeneinander am Strand und lauschten dem Meeresrauschen, dem Windhauch, den Atemzügen des Nachbarn und, wer weiß, vielleicht auch Odysseus' Stimme, der einst mit seinen Gefährten durch diese Meerengen gekommen sein könnte. Andreas unterhielt sich mit Myrto und beschwerte sich leise, ihm fehle das Athener Nachtleben. Dann sprachen sie über Läden, Einkäufe, Parfüms. „Wir sollten mal zusammen ins Kaufhaus *Mignon* gehen", hörte man Myrto sagen. Auch Doukarelis befand sich unter ihnen, kaum zu glauben. Dort saß er, tatsächlich, im Schneidersitz, *der Herr Professor,* schließlich hatte er den Aufforderungen seiner Untergebenen Folge geleistet, war von seinem Thron herabgestiegen und hatte beschlossen, sich an diesem Abend unter die Sterblichen zu mischen. Und, seltsam, jetzt in der Dunkelheit wirkte er gar nicht mehr so groß. Es war, als ließe ihn das Tageslicht größer erscheinen und die nächtliche Dunkelheit schrumpfen. Er sagte nicht viel, blieb schweigsam und hörte lieber zu. An diesem Abend wollte er nur eine Komparsenrolle spielen. Ein Bier wurde ihm weitergereicht. Obwohl er kein großer Biertrinker war, wollte er sich keine Arroganz nachsagen lassen. Da es sich nun mal so ergeben hatte, netzte er seine Lippen damit und erfreute sich am kühlen, frischen Geschmack. Sich selbst konnte er nicht täuschen, *der Herr Professor,* sich selbst konnte er nichts vormachen: Zugegeben, es war schön dort, als die Sterne am Firmament aufleuchteten und ihn die Aura dieser jugendlichen Körper umwehte. Eine ganze Weile blickten sie schweigend auf Himmel und Meer, die miteinander verschmolzen.

Da war er, der Kleine Bär, mit den sieben leuchtenden Sternen und dem Nordpolarstern, der früher zum Sternbild des Drachen gezählt wurde. Der Polarstern rief ihnen das pfannenartige Gefäß mit dem eingeritzten Stern in der Mitte in Erinnerung, das sie vor ein paar Tagen in einem urzeitlichen Brunnen gefunden hatten. Wer weiß, vielleicht war es ein nautisches Instrument, ein Astrolabium, ein Spiegel, ein Kultgegenstand? In ihren Köpfen schwirrten unterschiedliche Vermutungen herum, schließlich waren sie ja Archäologen, ihre Fantasie war grenzenlos. Sie wären sogar imstande gewesen, den Kleinen Bären auf dem pfannenförmigen Gefäß zu erkennen. Wären sie Priester, würden sie behaupten, diese Abbildung symbolisiere einen Leichenzug, dem die Angehörigen in tiefer Trauer folgten. Wären sie Taxifahrer, würden sie die Theorie entwerfen, diese Abbildung sei ein Wagen, der ihre antiken Kollegen ehren sollte. Die Diskussion war müßig, ob die Abbildung auf dem pfannenartigen Gefäß der Nordpolarstern war, die unabdingbare Wegmarke für die Seeleute, die einst diese uralten Wasser zwischen Koufonissi, Keros, Amorgos, Naxos und Paros befuhren. Ihre Gedanken verloren sich in Galaxien und Sternennebeln.

„Ja, und dort ist das Sternbild Cepheus", ertönte eine Stimme in der Dunkelheit. „Da ist sein dreieckiger Kopf, dort der Fuß, der auf dem Nordpolarstern steht, und seine Hände, die sich zu Cassiopeia hinstrecken."

Doukarelis war beeindruckt und ließ sich zu der Frage hinreißen: „Woher weißt du das alles, Antonis?"

„Das haben wir in der Schule gelernt, in Physik. Das Übrige habe ich mir angelesen."

Er streckte seine Finger aus und malte das Sternbild Cepheus in die Luft, links vom Nordpolarstern. Daneben lag das Sternbild Cassiopeia, das aus fünf Sternen bestand.

„Cepheus und Cassiopeia waren, glaube ich, ein Paar", fügte Angeliki hinzu. „Nicht wahr, Herr Professor?"

„Richtig", dozierte Doukarelis gezwungenermaßen, da es nicht anders ging. „Cepheus war ein äthiopischer Herrscher und Cassiopeia war so frech, sich für schöner als Hera und die Nereiden zu halten. Fast hätte sie wegen ihrer Unbedachtheit ihre Tochter Andromeda verloren, als der zornige Poseidon ein Meeresungeheuer schickte, um die Küsten heimzusuchen. Um ihn zu besänftigen, sollte ihm Andromeda geopfert werden. Doch schließlich hat Perseus sie gerettet. Nach ihrem Tod wurde Cassiopeia in ein Sternbild verwandelt. Deshalb solltet ihr Frauen euch hüten ...", meinte er lachend, doch als er Antigonis Blick auffing, bereute er den kleinen Scherz.

Sie schaute ihn mit diesem geheimnisvollen, vagen und doch forschenden Gesichtsausdruck an, genauso wie am ersten Grabungstag. Diesmal wich sie seinem Blick jedoch nicht sofort wieder aus. *Das archaische Lächeln*, dachte er. Neben ihr saß Makis, ihr ständiger Begleiter, wie ein Mond, der einen Planeten umkreist, von dessen Schwerkraft und Ausstrahlung er magisch angezogen wird. Genauso wie Cepheus, der zu Cassiopeia hinüberblickte – ein Spielball ihrer Sehnsüchte und ihrer Ränkespiele. Danach lösten sie die Blicke voneinander und blickten zu Cepheus und Cassiopeia am fernen Ende der Milchstraße hoch, dem ewigen Paar unter all den anderen Sternbildern, sichtbarer Beweis unsterblicher Liebe und Hingabe.

„Die Sterne in Cassiopeias Sternbild ergeben die Form eines Lakonischen Schlosses", bemerkte Pavlos, und Doukarelis nickte zustimmend.

Antonis fuhr beharrlich fort: „Die alten Griechen haben ihr Sternbild als eine auf einem Thron sitzende Frau beschrieben." Das Interessanteste hatte er sich für den Schluss aufgehoben. „In den jüdisch-christlichen Darstellungen der Himmelskörper wurde Cassiopeia als Maria Magdalena wiedergegeben. Warum wohl? Manche glauben, dass das Sternbild die Schlange zeigt, die Eva aus dem Paradies vertrieben hat."

Jene Abende waren kleine Atempausen in ihrem anstrengenden Grabungsalltag. Es waren Sternenreisen, die sich in den unendlichen Weiten des Universums und der Seele verloren. Selbst wenn das Universum, mal angenommen, endlich war, so war sich Doukarelis gar nicht sicher, ob auch seiner Seele Grenzen gesetzt waren. Sicher war jedenfalls, dass ihr Begriff der Wirklichkeit von A bis Z mit der Grabung verknüpft war. Und dort hatte es Doukarelis nicht nur mit den Rätseln der Urzeit zu tun, sondern auch mit Antigonis geheimnisvollem Blick, der ihn aus dem Gleichgewicht brachte. Er dachte, bei den Frauen könne man nie wissen, *wo der Engel aufhört und der Teufel beginnt*. Während Scherben, Wasserkrüge und Gefäße in Tiergestalt aus den Eingeweiden der Erde zutage traten, spürte er ihren irritierenden Blick auf sich ruhen. Die Sonne dröhnte über ihren Köpfen. Der Wind wirbelte den Staub aus den Gräben hoch und peitschte ihn in ihre Gesichter.

Die Zikaden schrillten ohrenbetäubend, die Steine warfen einen glühend heißen Windhauch auf ihre Körper zurück. Doukarelis fühlte, wie er immer tiefer in einem Schwindelgefühl versank. Wellen heißer Luft stiegen den Hügel hoch und schienen in seinen Schädel einzudringen. Immer wieder meldete sich Kopfschmerz, er meinte zu halluzinieren, verloren in einer fernen Zeit, an diesem unfruchtbaren und unveränderlichen Ort, zwischen den antiken Steinmauern, zwischen vertrockneten Asphodelen und Thymian. Das Meer schäumte, schlug an die hohlen Felsen und zernagte den festen Boden unter seinen Füßen. Mit den Windstößen drangen unbekannte Stimmen und Wortfetzen vom Meer her an sein Ohr.

Übelkeit stieg in ihm hoch, vielleicht die Biere vom Vorabend. Er war nicht daran gewöhnt und hatte zu viel getrunken. Schließlich wurde ihm klar, dass es sein Magengeschwür war, das wieder blutete und chronisch zu werden begann. Er übertrug Angeliki und Pavlos die Aufsicht, verließ das Grabungsgelände und kehrte ins Dorf zurück. Er nahm seine Medikamente, eine kalte Dusche brachte ihn wieder zu sich und bis zum Nachmittag ging es ihm wieder besser. Er kannte die Ursache, er hätte besser aufpassen und Vorkehrungen treffen sollen. Es war gefährlich, unter dem raffinierten Sternbild der Schlange zu spielen, *Herr Professor*.

Trotzdem ging er wieder hin, zum Strand von Fanos, und saß mit der Jugend zusammen am Lagerfeuer. Er konnte sich einfach nicht zurückhalten. Ein frischer Wind war aufgekommen, es wurde kühl. Diesmal hatte er Bierdosen aus Herrn Anestis' Taverne mitgebracht, um sich für die Einladung zu revanchieren. Da sie nicht sehr kalt waren, steckten die jungen Leute sie in den Sand, wo die Wellen sie umspülten. Jeder konnte sich ein kühles, erfrischendes Bier holen. Sie waren zufrieden, auf einigen Gesichtern zeichnete sich ein sanftes, befreites Lächeln ab. Die morgendliche Grabung war sehr erfolgreich verlaufen. Unter anderem hatten sie einen kleinen Schatz an Schmuckgegenständen entdeckt, darunter Vasen, Salbtiegel, kleine Schmuckdosen, Metallpinzetten, Bronzenadeln mit Griffen aus Grünquarz, Broschen und Halsbänder mit bunten Steinen.

„Sind das Frauensachen?", fragte Andreas Doukarelis.

„Ja, höchstwahrscheinlich. Die Salbtiegel und die Schmuckdosen dienten der Schönheitspflege, die Nadeln zur Tätowierung. Sogar auf kykladischen Idolen wurden Spuren von Punkten, Linien und eintätowierten Augen gefunden."

„Die Frauen waren also immer schon eitel ..." fügte Antonis hinzu. „Ein notwendiges Übel, wie schon Menander sagte", meinte er spöttisch und ihm entfuhr, *hihihi*, ein dünnes Altmännerlachen.

„Auf den Wandmalereien von Santorin sind die Frauengestalten sehr elegant", meldete sich Angeliki zu Wort. „Ihr Haar ist kunstvoll frisiert und mit Perlen geschmückt, um den Hals trugen sie Colliers, Lippen und Wangen sind – vermutlich mit Bleiweiß – geschminkt."

„Ja, es wurden Frauenfiguren mit Farbspuren auf Wimpern und Lippen gefunden", erläuterte Doukarelis. Dabei fing er wieder Antigonis rätselhaften Blick auf. Neben ihr saß wie immer Cepheus in der Rolle des begleitenden Mondes. Doukarelis warf ihm verstohlene Blicke zu. Er wollte ihn etwas genauer betrachten. Seine schwarzen Klamotten, die Armeestiefel, das lange Haar. Er war nicht sehr gesprächig und hielt mit seiner Meinung hinterm Berg. Der klassische Fall eines jungen Mannes, der mit der Begeisterung des neu Bekehrten den Anarchismus für sich entdeckt hatte. Dennoch hatte er, daran erinnerte sich Doukarelis gut, beim Vorstellungsgespräch mit Antigoni, ein altmodisches Sakko und ein Hemd mit langem, spitzem Kragen getragen.

„Im Allgemeinen scheinen die Kykladenbewohner sehr auf Farben versessen gewesen zu sein. Sogar Röhrenknochen, die man bei Grabungen gefunden hat, enthalten Reste von Farbpigmenten wie Azurit und Cinnabarit", übernahm Pavlos seinerseits das Ruder mit ernster, fast ausdrucksloser Miene, den Oberkörper in Verteidigungshaltung ein wenig nach rechts geneigt. Er schien Doukarelis Konkurrenz machen zu wollen. Möglicherweise glaubte er, archäologische Autorität beginne und ende mit der Seriosität, die man ausstrahlt.

„Ganz richtig", bekräftigte Doukarelis.

„Welche Stellung hatten die Frauen in der kykladischen Gesellschaft denn tatsächlich inne?", wollte Antigoni plötzlich und unerwartet wissen. Feine Lichtstreifen, ein Widerschein der Flammen des Lagerfeuers, spiegelten sich auf ihren Zügen. Sie war hübsch, das musste Doukarelis zugeben.

„Warum fragst du? Schon wieder dieser hysterische Feminismus?", versuchte Cepheus zu scherzen, aber keiner hörte ihm zu. Alle warteten auf Doukarelis' Antwort. Seine wissenschaftliche Autorität würde ein Urteil über die Geheimnisse der Urgeschichte fällen, welche die Neugier der Studenten anstachelten.

„Von den Idolen her zu urteilen, die fast immer Frauenfiguren darstellen, mit einer zumeist betonten weiblichen Silhouette, der Vulva, den Schamlippen, der Brust, manche hochschwanger oder in Gebärstellung, wird klar, wie wichtig ihre Stellung war. Nicht nur, was die gewöhnlichen Frauen betraf, sondern auch die Gottheiten wie die Große Göttin."

„Die Kykladenbewohner waren ihrer Zeit weit voraus. Überall haben sie die sexuelle Natur der Frau hervorgehoben ...", wirft Antonis ein. „Hihihi ..., ein schönes Zeitalter damals ..."

Doch Antigoni war nicht zu Scherzen aufgelegt, unter ihrem strengen Blick sank er in sich zusammen. Dann richtete sie ihre Augen wieder auf Doukarelis und wartete, *Herr Professor!*

„Die Fähigkeit, neues Leben hervorzubringen, wird der Grund für ihre herausragende Position gewesen sein. Für die Menschen der Urzeit war diese Tatsache eines der größten Geheimnisse des Lebens. Jedenfalls werden sich die Frauen bestimmt um die alltäglichen Bedürfnisse, die Aufzucht der Kinder, den Haushalt gekümmert haben, sie haben gewebt, gebacken, Gemüse angebaut, getöpfert und Körbe geflochten. Also, was auch die moderne Frau heutzutage so macht ...", sagte er und blickte, ein seltener Moment, Antigoni direkt in die Augen.

„Pff!", machte sie mit einem Kopfschütteln. Hier war sie, ihre Missbilligung. „All das sind Arbeitshypothesen, keine sicheren Erkenntnisse. Die Archäologie benötigt sichere Erkenntnisse", sagte sie.

Makis stieß sie mit dem Ellenbogen an. Wie konnte sie nur die Ansicht des Professors in Frage stellen? Doukarelis erkannte das schwache, rätselhafte Lächeln auf ihren Lippen wieder. Machte sie sich über ihn lustig? Er verstummte. Und er erinnerte sich an Solons Ausspruch: *Das Schweigen ist die Zierde der Frau.* Ja, sie machte sich über ihn lustig.

Antonis suchte wieder nach Sternbildern am Nachthimmel. Er deutete mit den Händen zum Sternbild des Adlers und auf seinen hellsten Stern, den Altair. Dann zeigte er hinüber zum Skorpion, der sich weithin über die Milchstraße erstreckte.

„Mit seinem todbringenden Stachel", sagte er, „hat er Orion getötet. Deshalb hat Orion selbst dort oben noch Angst vor ihm. Sie sind nie zusammen am Himmel zu sehen. Wenn das eine Sternbild aufgeht, geht das andere unter."

Dann verstummten alle. Wie nebeliger Dunst machte sich die Stille zwischen ihnen breit. Nur Pavlos und Angeliki unterhielten sich am Rand der Gruppe leise miteinander. Die übrigen fragten sich, was los war. Die Fantasie braucht nicht viel Nahrung, um in Gang zu kommen.

Doukarelis erhob sich, stopfte seine Pfeife mit duftendem Tabak und zündete sie an. Sein Gesicht lag verborgen im Schatten. Nur kurz erhellte es sich im Licht der aufflackernden Flamme, dann wurde es wieder von der Dunkelheit verschluckt. Barfuß, mit bis zum Schienbein hochgerollten Hosenstulpen, lief er auf dem Sand bis zum Ende des Strandes. Er war genervt. In jedem anderen Fall hätte er sich solche Äußerungen verboten. Ihm war selbst nicht ganz klar, warum er keinen Ton gesagt hatte. Er lehnte sich mit dem Rücken gegen einen Felsen und blickte mit seinem jüngst erwachten Interesse für die Geheimnisse des Universums hoch zu den Sternen. So sehr er sich auch bemühte, den Giftstachel des Skorpions zu entdecken, es gelang ihm nicht. Eine schäumende Welle nach der anderen schlug an den Rand des Sandstrandes und berührte seine nackten Füße. Ein Kälteschauer überkam ihn, als er Seetang und Sandkörner zwischen seinen Zehen spürte. Dann hörte er, dass sich jemand näherte. Ein Schatten bewegte sich auf ihn zu.

„Wer ist da?"

„Ich bin's ...", war ihre erstickte Stimme zu hören.

Sie blieb zwei Meter vor ihm stehen und verhielt den Schritt. Doukarelis versuchte, ihre Augen in der Dunkelheit zu erkennen. Er wollte, wenn möglich, ihre Absichten erkunden. Wollte sie sich rechtfertigen? *Es ist mir nur so rausgerutscht, ich habe mich danebenbenommen.* Er konnte zwar nichts sehen, hatte jedoch das Gefühl, ihren Atem zu spüren. Diese eine Minute des Schweigens, die sie trennte, schien eine Ewigkeit zu dauern. Und dann verließen ihn plötzlich Mutlosigkeit und Zaudern. Sie leistete keinen Widerstand, sondern schien es erwartet zu haben. Sie berührten einander, seine Finger betasteten ihre glatte Haut, sie erzitterte, ihr Leib spannte sich an, ihre Lippen vereinten sich, tastend zunächst, dann leidenschaftlich und wild. Als ihn Antigoni in die Lippe biss, schrie er kurz auf, doch das Rauschen der Wellen übertönte seine Stimme. Er spürte den salzigen, blutigen Geschmack im Mund. Sie verharrte noch einen Moment in seiner Umarmung und kehrte dann als Erste zum Lagerfeuer zurück, das in der Mitte des Strandes loderte. Bevor sie ging, flüsterte sie ihm zu: „Ich habe ihnen gesagt, dass ich zu dir gehe, um mich bei dir zu entschuldigen." Das hatte sie aber nicht getan.

Doukarelis zündete seine Pfeife wieder an und starrte kurz ins Dunkel, das sich ringsum ausgebreitet hatte. Beeinflusst von Antonis' Worten, dachte er darüber nach, dass sie an diesem Strand nichts anderes waren als Überbleibsel aus der Zeit, als das Weltall entstanden war. In ihren Körpern trugen sie immer noch die Relikte, die in den ersten Sekunden des Urknalls ins All geschleudert wurden: die Elementarteilchen. Und diese winzig kleinen Bausteine würden auch nach ihrem Tod noch weiterexistieren, sie verkörperten einen Hauch oder auch eine Illusion von Ewigkeit. Gegenüber konnte er in der Ferne die schwachen Lichter der kleinen Dörfer auf den Nachbarinseln erkennen. Jetzt wusste er, was Antigonis rätselhafter Blick bedeutete, *Herr Professor.* Alles, was in der Landschaft und im Meer wurzelt, führt der Mensch weiter.

10

Sie schienen beide zu zögern, ganz überrascht von ihrem unerwarteten Zusammentreffen am Rand des Meeres. In den nächsten Tagen wagten sie nicht, aufeinander zuzugehen. Doukarelis zog sich in sich selbst zurück, wie eine Schnecke, die bei anhaltender Trockenheit in ihrem Haus auf die ersten Regenfälle wartet. Weder hatte er je außereheliche Affären gehabt noch stand ihm der Sinn danach. Doch jetzt steckte er mitten drin in einer Geschichte, bei der er nicht begriff, wie sie angefangen hatte, und bei der er nicht wusste, wie sie enden würde. Sie tauschten wortlose Blicke vom einen Grabungsabschnitt zum nächsten. Fast könnte man meinen, alles sei schon zu Ende, bevor es überhaupt angefangen hatte. Zaudern, Angst und Vernunft schienen mehr zu zählen als die Spontaneität des Augenblicks und als das Gefühl. Doch nur scheinbar.

Nur scheinbar, weil Doukarelis nach dem kurzen Heimaturlaub, den er seinem Team nach der Hälfte der Grabungszeit zugestanden hatte, an den ersten Abenden nach seiner Rückkehr wieder in jugendlicher Gesellschaft unter dem Sternbild der Cassiopeia saß. Und diesmal versagte seine Selbstkontrolle. Er trank ziemlich viel. Gegenüber streichelte Makis, versunken in seine eigene Düsternis, Antigonis' Hand. Doch es schien sie nicht zu kümmern. Sie sah Doukarelis an, der ein Bier nach dem anderen leerte. In seinem Kopf hatte sich das Bild dieser jugendlichen Hand festgesetzt, deren

Finger Antigonis' Hand umschlossen hielten. Fast konnte er es spüren, das heiße Blut, das in den Adern floss, die weißen und roten Blutkörperchen, die Blutplättchen, die Schweißperlen, die zwischen ihren Fingern in den Handlinien saßen. Zwischen ihnen lagen das Lagerfeuer, die Holzscheite und das sirrende Reisig. Doukarelis' heutiger Zuspruch zum Alkohol beeinflusste auch die anderen, sodass sie durch den ungewohnten Trinkgenuss kurz vor Mitternacht alle auf dem Sand eingeschlafen waren.

Doukarelis zog sich wieder zu dem Felsen am Ende des Strandes zurück. Die Grillen verursachten in ihrem Liebesrausch am Strand und auf dem Hügel einen Höllenlärm, durch den sie die Weibchen zur Paarung anlockten. Die vorangegangenen Tage war er zu Hause nervös und unruhig gewesen. Trotz seiner Begeisterung für die reichen Funde der Ausgrabung war er nicht derselbe Doukarelis wie zu Beginn des Sommers. Ein paar Mal war ihm seiner Frau gegenüber ein unhöfliches Wort herausgerutscht, auch wenn er sich bemühte, zugewandt und hilfsbereit zu sein nach seiner langen Abwesenheit. Und als sie ihn fragte, was los sei und ob ihn etwas bedrücke, wich er einer Diskussion aus. Um seine Verlegenheit zu verbergen, zog er das Ganze ins Lächerliche und wechselte das Thema. Er merkte, dass sein Verhalten unglaubwürdig war. Das konnte er am Gesicht seiner Frau ablesen. Er reise einen Tag früher als geplant ab und verbrachte die Nacht auf Naxos. Dort, auf der Insel, wo einst Theseus Ariadne zurückgelassen hatte, wartete er auf die morgendliche Fähre, um zusammen mit den anderen nach Koufonissi überzusetzen. Doch warum ging ihm die Sache nicht aus dem Kopf? Warum fühlte er sich schuldig? Es war nur ein Kuss gewesen, nicht mehr. Wieso verhielt er sich, als betrüge er seine Frau? Oder war es vielleicht so, dass ... *Wer an die Sünde denkt ...*

Gerade wollte er wieder zum Lagerfeuer zurückkehren. Doch als er die vertrauten Schritte auf den Kieselsteinen hörte, stutzte er. Diesmal stand keine Schweigeminute und kein Moment des Zögerns zwischen ihnen. Wild und vom Instinkt getrieben fielen sie neben dem Felsen übereinander her. Doukarelis kostete ihre Lippen, ihren Schweiß am Halsansatz, unter ihrem Ohr und dann Stück für Stück an ihrem ganzen Körper, *Herr Professor.*

11

Es hatte eine ganze Weile gedauert, bis die Anfangsschwierigkeiten überwunden waren und die Ausgrabung Realität wurde. Zunächst existierte sie nur in Doukarelis' Vorstellung und war ein Plan, wie Tausende andere auch, die oft nur Skizzen auf dem Papier blieben. Das ganze Vorhaben erwies sich als eine harte seelische Prüfung. Immer wieder stand er kurz davor, alles aufzugeben. Die Hindernisse, die sich ihm in den Weg stellten, waren offenbar unüberwindlich. Sie schienen seine Kräfte zu übersteigen. Doch zum Glück enden Märchen immer gut, da sie eine Fee in Reserve haben, die für den Notfall bereit steht. Doukarelis war angetreten, sich bei der 21. Aufsichtsbehörde für Prähistorische und Klassische Altertümer die Grabungsgenehmigung zu sichern. Ein paar Mal hatte er an Winterwochenenden Koufonissi besucht und eine erste, grobe Oberflächensondierung vorgenommen, hatte das Ausgrabungsgelände fotografiert und abgegrenzt. Einmal überraschte ihn dort draußen in der Einöde ein Unwetter. Schon eine ganze Weile hatten sich dunkle Wolken zusammengebraut, doch er, ganz versunken in seine Messungen, hatte sich nicht darum gekümmert. Mit einem Schlag verfinsterte sich der Himmel, die ersten Donnerschläge waren zu hören, Blitze zuckten über den Horizont. Dann fühlte er die Regentropfen, die rasch in dicken Schnüren vom Himmel stürzten und ihm bis unter die Haut zu dringen schienen. Da es keinen Unterstand in der Nähe gab, lief er mit seinen Messinstrumenten im Arm einfach drauflos. Dabei stolperte er, blieb an den Schlingen der Wildkräuter, an Wurzeln hängen, verlor das Gleichgewicht und rutschte ungeschickt auf den Steinen aus. Ein stechender Schmerz durchfuhr ihn. Er schleppte sich zum nächstgelegenen steinernen Pferch und versteckte sich dort, bis das Schlimmste vorüber war. Er kauerte sich in eine Ecke, Auge in Auge mit den Ziegen und ihrem Bock, der sich drohend vor ihm aufbaute, mit den Hörnern auf ihn zielte und das menschliche Wesen vor sich neugierig musterte. Diesen Eindringling wollte er nicht an seine Futterkrippe lassen, der sollte ihm seinen Harem nicht abspenstig machen. Doukarelis' Schienbein war unterhalb des Knies angeschwollen und hatte sich blau verfärbt. Langsam ließ der Regen nach. Schließlich wagte er sich nach draußen, sog den Duft der feuchten Erde und der Feldblumen ein. Mehr schlecht als recht gelangte er ins Dorf. Doch schon nach ein paar Tagen war alles wieder gut.

So reichte er, nachdem er im wahrsten Sinne des Wortes dafür geblutet hatte, seinen ausführlichen Bericht ein, zusammen mit der Zusage einer Teilfinanzierung der Grabung durch die Präfektur der Kykladen und der kleinen Beteiligung einer privaten Firma. Dann wartete er auf die Antwort der Aufsichtsbehörde. Er lehnte sich zurück und träumte von seinen Werken und Tagen in den kommenden Ägäis-Sommern.

Das Schlimme allerdings war: Er war in die Mühlen der Bürokratie geraten, ins Labyrinth mit den endlosen Fluren und den zahllosen Türen links und rechts. Um welche Ecke er auch bog, an welche Tür er auch klopfte, das Ergebnis war immer dasselbe, nämlich gleich Null. Im Krieg hätte das militärische Bulletin gelautet: *Im Westen nichts Neues.* Die endlosen bürokratischen Rennereien, die Aufschübe, die Verachtung, die ihm jedes Mal, wenn er sich nach seiner Angelegenheit erkundigte, von den Türstehern entgegenschlug, von den Telefonistinnen, von den unteren Chargen der Archäologischen Aufsichtsbehörde, waren die alltäglichen Ungeheuer, auf die er traf. Ganz so, wie Theseus auf den Minotaurus getroffen war. Leviathan, das Seeungeheuer mit seinen zahllosen Fangarmen, bestimmte aus der Ferne sein Leben. Es war ein wahrer Spießrutenlauf. Er erinnerte sich an seinen Militärdienst, an das Exil am entlegenen Grenzposten, an den Wachposten draußen in der Kälte, an die Befehle des Unterleutnants. *Eins zwei ... eins zwei ... Rechts um! Links um!* Es war immer wieder dasselbe.

Doukarelis lief sich die Hacken ab, teilte sein Leben auf zwischen seinen Vorlesungen an der Uni und seinen Treffen mit Behördenleitern, Unternehmern und Schreibtischhengsten, bei denen er vorfühlte, ob sie eventuell eine Ausgrabung finanzieren würden. Er hasste das formelle Gehabe und die Heuchelei. Doch auch er verstellte sich, ja. Es fühlte sich nicht nur so an, es war auch so. In einem scheinheiligen System muss man sich eben verstellen. Ein kühler Händedruck, mehr nicht. Jede Umarmung wäre ein Judaskuss gewesen, mit sich kaum berührenden Wangen, mit Lippen, die ganz woandershin zielten, mit den verlogenen Worten: „Wissen Sie, ich schätze Ihr Unternehmen sehr, es ist bekannt, dass es ein offenes Ohr für soziale und kulturelle Fragen hat. Daher dachte ich, vielleicht würde es Sie interessieren ..." oder auch: „Es wäre uns – am Beginn unseres ehrgeizigen Ausgrabungsprojekts – eine große Ehre, wenn wir Sie bei unserem Vorhaben als Kooperationspartner und Unterstützer dabei hätten." Auch er konnte sich, dem Anlass entsprechend, wie ein Chamäleon verwandeln. Er hatte Termine mit Yuppies, Managern und Consultingexperten. Alle waren in seinem Alter oder jünger, hatten jedoch ihre Schäfchen schon früh ins Trockene gebracht. Sie versteckten sich hinter riesigen, hohen Schreibtischen und ließen ihn in Ledersesseln Platz nehmen, die ein Stück niedriger waren. Mit ausdrucksloser Miene hörten sie seinen Erläuterungen zu. Genauso wie sie Straßenhändlern oder Bettlern zugehört hätten, die es auf unerfindliche Weise geschafft hatten, in ihr Hauptquartier vorzudringen, bevor sie mit einem Knopfdruck das Sicherheitspersonal riefen, um sie umgehend entfernen zu lassen. Einige finster dreinblickende Männer ließen ihn zwar ausreden, doch dann reichten sie ihm die Hand, *werter Herr Professor*, und brachten ihn gelangweilt zur Tür. Alle steckten in den gleichen Maßanzügen – mit denselben Farben, denselben Gesten, derselben Haltung.

„Herr Doukarelis, vielen Dank, dass Sie an unser Unternehmen gedacht haben. Schicken Sie uns einen Antrag, wir werden ihn prüfen."

Enttäuscht verließ er die Büros und bereute es, an ihre Türen geklopft zu haben. Die Anzüge und Krawatten, die er trug, schnürten ihm die Luft ab. Er fühlte sich unwohl, wie ein Hanswurst. Er war nicht zum Anzugträger geboren, es widerte ihn an. Nur wenige Male in seinem Leben hatte er in einen Anzug schlüpfen müssen. Die Gelegenheiten konnte man an den Fingern einer Hand abzählen. Er erinnerte sich an seine Hochzeit. Auch dort hatte er sich mit Händen und Füßen gewehrt. Er wollte in der Kirche keinen Anzug tragen, doch die spitzen Kommentare und die beleidigte Miene seiner zukünftigen Frau, die Missbilligung und vor allem die heruntergezogenen Mundwinkel seiner Schwiegermutter weichten seinen Widerstand auf. Schließlich gab er klein bei.

Einige der Direktoren, Aufsichtsräte und Vorsitzenden oder wie auch immer sie sich nannten, hatte ihm seine Frau vermittelt. Es waren Mandanten ihrer Anwaltskanzlei. Zugegeben, sie waren höflicher, ihr Lächeln war weniger eisig, sie waren zugänglicher, da er auf Empfehlung kam. Doch die einzige positive Antwort erhielt er von der Präfektur der Kykladen und von einer Firma, die Fischkonserven aus dem Atlantik importierte – unter der Bedingung, dass der Firmenname „Atlantic Ocean Fish and Shrimps Import" auf einem Schild am Grabungsgelände angeführt werde, *werter Herr Professor.* So stellte er die Finanzierung der ersten Grabungskampagne sicher.

Er war damals sehr reizbar. Die ungewisse und verschwommene Situation zerrte an seinen Nerven. Die Antwort der Archäologischen Aufsichtsbehörde ließ auf sich warten. *Eins zwei ... eins zwei ...* Maria, seine Frau, drückte wegen seines Verhaltens beide Augen zu und versuchte, ihm in dieser angespannten Lage beizustehen. Sie umsorgte ihn und kuschelte sich neben ihn aufs Sofa, spät abends lag sie in seinem Arm, ohne viele

Worte, und schnurrte wie eine Katze, mit einem Glas trockenen Rotwein in der Hand. Ihm gefiel das, kurzfristig war er abgelenkt und fühlte sich fern von allen Sorgen und Bitterkeiten des Alltags. Er schottete sich zu Hause ab, vermied gesellige Treffen und zog sich vom Treiben der Menschen zurück. Eines Tages ließ er seine Frau allein zum Abendessen bei einer alten Kommilitonin gehen, mit der sie während der Juntazeit befreundet waren und die sich plötzlich an sie beide erinnert hatte. Zu jener Zeit war seine Stimmung auf dem Tiefpunkt, ein Freund hatte ihm einen Insidertipp aus der 21. Aufsichtsbehörde für Altertümer gegeben. Sein Antrag werde – unter dem Vorwand von Problemen *technischer Natur* – wohl abgelehnt. Die Hauptargumente lauteten, die Finanzierung reiche nur für eine Kampagne, und die Technik der Lokalisierung von Funden mit der Methode von Klopfgeräuschen sei unwissenschaftlich und unzuverlässig. Er durchlitt eine ähnlich schwierige Phase wie während der Juntazeit. Er wusste und spürte, dass andere Gründe dahintersteckten. Finstere Mächte waren am Werk, die ihre unsichtbaren Krakenarme ausstreckten, seine Pläne durchkreuzten, Beschlüsse abänderten, Köpfe rollen ließen. Er wusste, dass die Archäologen eine ehrlose Sippschaft waren, dass auf dem Gebiet der Ur- und Frühzeitgeschichte ein gnadenloser Konkurrenzkampf herrschte und die Forscher die ägäischen Inseln wie Pfründen unter sich aufgeteilt hatten. Seine Kollegen an der Universität warteten nur auf die Gelegenheit, ihm den Wind aus den Segeln zu nehmen. Sein Name würde über kurz oder lang auf einer schwarzen Liste landen. Er kannte seine Kollegen aus nächster

Nähe. Viele von ihnen waren Eigenbrötler und kauzige Einzelgänger, waren voll und ganz im Gegenstand ihrer Lehre aufgegangen und kommunizierten nicht mehr mit ihrer Umwelt. Bei den Prüfungen gingen sie willkürlich vor und stellten Fragen, die sich in keinen Lehrmaterialien fanden. So fragten sie nach dem Namen von Alkibiades' Hund oder nach der Reaktion des Kynikers Diogenes, als er eine Frau erblickte, die sich an einem Ölbaum erhängt hatte. Sie mussten sich vor niemandem rechtfertigen. Einige trafen ihre Entscheidungen je nach Lust und Laune, nach dem Willen ihres Ventilators und nach ihrem politischen Gutdünken. Alle Abschlussarbeiten, die vom Ventilator nach links geblasen wurden, fielen durch. Er war damals dabei, als ein sehr alter Lateinprofessor, ein wahres Fossil, im Fahrstuhl stecken blieb. Angsterfüllt rief er mit einer Stimme, die aus den Tiefen der Erde zu kommen schien: „Auxilium! Auxilium!" Er hatte die Zeitalter durcheinandergebracht und seine eigene Wahnwelt mit der ihn umgebenden Realität vermengt. Er hatte vergessen, dass er sich nicht in der römischen Kaiserzeit befand, in der es mit Sicherheit keine Fahrstühle gab, mit denen die Senatoren von einem Stockwerk zum anderen fuhren.

Ja, es passierte so einiges an seiner Universität. Wer hatte denn noch nicht von Professoren gehört, die ihre Studentinnen ausnutzten oder über Studentinnen, die ihre Professoren erpressten? Die Kunde über eine Kollegin hatte sich zum Running Gag entwickelt, die ihre Studenten während der Grabung nicht nur in die Geheimnisse der archäologischen Forschung, sondern auch in die erotischen Mysterien der antiken Vorfahren einweihte. Über ihn war nichts Derartiges im Umlauf, zumindest wusste er nichts davon. Vielleicht, weil er erst neu an der Uni war und die bösen Zungen ihn noch nicht richtig wahrgenommen hatten. Er hatte sehr schnell – und ganz ohne Vitamin B – eine feste Stelle gefunden. Zumindest wollte er glauben, dass es bei seiner Berufung mit rechten Dingen zugegangen war und er den Posten aufgrund seiner Fähigkeiten bekommen hatte. Gewiss spielte auch der Zufall eine Rolle, da seine Einstellung in der Zeit knapp nach der Junta, nach der Wiederherstellung der Demokratie, erfolgte und sich das Establishment eine fortschrittliche Fassade geben wollte, auch wenn's nur Augenwischerei war. Daher wurden ab und zu Leute befördert, die aus der einst verfolgten Linken stammten. Über all die Jahre hatte er sein wissenschaftliches Werk aufgebaut. Neben der Lehre konnte er eine fortgesetzte, jahrelange Grabungstätigkeit vorweisen, darunter eine abgeschlossene und publizierte Ausgrabung, für die er ganz allein verantwortlich zeichnete, und zwei Buchpublikationen über die Typologie und Entwicklung bestimmter Gefäße – Aryballos und Krateriskos – von der Ur- und Frühzeit bis in die klassische Epoche.

Leider erfüllt ihr Antrag nicht die gesetzlichen Auflagen und Kriterien, die ... Daher ist die Aufsichtsbehörde zu dem Schluss gekommen, dass ... und so weiter und so fort, *Der Abteilungsleiter ...* Unterschrift. Da es ihm nicht gelang, seine Wut zu zügeln, begab er sich zwei Tage nach Erhalt der offiziellen Ablehnung seines Antrags zur Aufsichtsbehörde für Altertümer und war fest entschlossen, nach den Gründen zu forschen, seine

Stimme zu erheben, einen Streit vom Zaun zu brechen, sich mit den Verantwortlichen anzulegen, alles aufs Tapet zu bringen, auch wenn das seinem Naturell überhaupt nicht entsprach. Nur, um seine Selbstachtung zu wahren und wenigstens durch eine irrationale Heldentat auf dem Schlachtfeld der Ehre zu fallen. Er verlangte einen Termin beim Behördenleiter, um ihn zu zwingen, ihm bei der Erklärung, warum und weshalb, direkt in die Augen zu sehen. Man ließ ihn jedoch nicht vor, er beharrte, die Beamten ebenso, der Behördenleiter habe kein Zeitfenster frei, er habe dringende Termine, er müsse dem Minister umgehend einen Bericht vorlegen. Kurz blieb er vor der Tür stehen, *vor der Tür des Gesetzes*, und dachte daran, sie mit Gewalt aufzustoßen, den Behördenleiter am Kragen zu packen, ihn zu zwingen, die wahren Gründe auszuspucken. Doch die Stimme der Vernunft siegte schließlich, *werter Herr Direktor*. Es hätte einen Skandal gegeben. Und so wartete er, ganz wie Kafkas Landvermesser, draußen vor dem unzugänglichen Schloss. Von drinnen hörte er aus den geschlossenen Büros ein monotones, immer wiederkehrendes Geräusch. *Tack tack tack*, das Abstempeln von Dokumenten. *Eins zwei ..., eins zwei ...*

Seine ganze Anspannung übertrug sich auf seine universitäre Tätigkeit, überall sah er nur noch Intriganten und Feinde, und seine Vorlesungen waren so langweilig wie nie zuvor. Das konnte er an den angeödeten Gesichtern seiner Studenten ablesen. Ihm fielen die Bücher aus der Hand, er brachte die Dias mit den prähistorischen Siedlungen durcheinander, die Steinmörser, die Knochenfunde, die Wasserkrüge und Schmuckdöschen.

Manchmal verirrten sich Familienfotos darunter. Er als Kind, barfuß und in Unterhose am Gartentor, oder seine alte Mutter mit Kopftuch, begleitet vom spöttischen Kichern seiner Studenten.

Die Zahl seiner Hörer schrumpfte. Er verhaspelte sich und wusste nicht weiter, ein paar Mal gab er im Fachbereichssekretariat Bescheid, er sei krank und könne seine Vorlesung nicht halten. In der Tat fühlte er sich nicht wohl, hatte Wutausbrüche und Stimmungsschwankungen. Manchmal schrie er seine Frau grundlos an, worauf sie tagelang nicht miteinander sprachen, sich dann aber wieder zusammenrauften. Trotzdem hätte er nie eingesehen, dass die Schuld bei ihm lag. Wer gibt auch gerne zu, dass er Schuld hat? Welcher Mörder, welcher Kinderschänder? Welcher eitle Fatzke, welcher Egozentriker?

So war er damals auch nicht zu diesem Abendessen mit der ehemaligen Kommilitonin gegangen. Doch gerade dieses Abendessen wurde seine Rettung. Denn in seiner Abwesenheit, während er sich zu Hause verbarrikadierte und mit seinem Schicksal haderte, eröffnete sich durch eine glückliche Fügung, oder besser gesagt, durch den Einsatz seiner Frau eine neue Möglichkeit. Ihre Studienfreundin hatte einen Anwalt aus dem Kollegenkreis geheiratet, der in die Politik gegangen war. Sein Aufstieg verlief rasant, er hatte sich gut vernetzt und den Ehrgeiz entwickelt, bei den nächsten Parlamentswahlen zu kandidieren. Es war die Zeit, als die PASOK-Partei auf dem Höhepunkt ihrer Macht stand. Damals, als sie ihre Fangarme in alle Richtungen ausstreckte, jede sichtbare und unsichtbare Form von Machtausübung kontrollierte, vom untersten Bürodiener bis zur Führungsriege der Ministerien. Der Anwalt beschloss, sich Doukarelis' Sache anzunehmen. Und er verlor keine Zeit. Von Doukarelis erbat er sich eine fundierte wissenschaftliche Studie, die das Vorhandensein archäologischer Bodenfunde mit hoher Wahrscheinlichkeit nachwies, um die Vorwände der Behörde zu entkräften. Doukarelis skizzierte rasch ein gefälschtes Gutachten, das sich angeblich auf elektrometrische Daten berief. Der Anwalt selbst reichte es bei der Aufsichtsbehörde ein, und nach drei Monaten war in einem verkürzten Verfahren das Wunder vollbracht, *werter Herr Abgeordneter.* Doukarelis hielt die schriftliche Grabungsgenehmigung mit Brief und Siegel der Aufsichtsbehörde in Händen. Darin wurde sogar die Enteignung und Entschädigung des Besitzers geregelt, auf dessen Grundstück das archäologische Gelände lag. Schlussendlich konnten die Ausgrabungsarbeiten im Sommer beginnen. Dabei würde er Kopf und Kragen riskieren, alles auf eine Karte setzen, seine Glaubwürdigkeit und seinen Ruf als Wissenschaftler in die Waagschale werfen. Denn bei der Aufsichtsbehörde und an der Universität lauerte man nur darauf, dass er einen Fehler machte.

12

Antigoni war es, die ihr als Erste das Messer in die Seite stieß, während sie am Fuß der Mauer die Erde lockerte. Zunächst kam ein kleiner Knochen zum Vorschein, nach und nach ein gut erhaltenes weibliches Skelett. Sie war aufgeregt, das hörte man ihrer Stimme an, doch sie beherrschte sich so weit, Doukarelis nicht beim Vornamen zu rufen, mit dem sie ihn sonst bei ihren heimlichen Treffen anredete. Er saß gerade unter dem Sonnensegel und studierte die Funde, immer wieder befeuchtete er Gesicht und Hals mit einem nassen Handtuch, rauchte unbekümmert seine Pfeife, ohne zu ahnen, dass dieser zittrige, erstickte Zuruf Antigonis – *Herr Professor, hier!* – sein Leben verändern würde, dass er ihm einen Platz in den Annalen der archäologischen Kykladenforschung sichern würde. Das weibliche Skelett sollte sich als einer der bedeutendsten Funde aus der ägäischen Ur- und Frühzeit herausstellen und zum wichtigsten Vermächtnis der Ausgrabung werden. Ab sofort und für alle Zukunft würde es einen Wendepunkt für die griechische Archäologie, aber auch für ihn persönlich bedeuten. Er eilte hin, ohne zu ahnen, was hier ans Tageslicht getreten war. Er riss die Augen auf. *War es wahr?* Die Welt um ihn herum versank, als die Hälfte des Brustkorbs zum Vorschein kam. *Ja, es war wahr.* Er sprang in den Graben und streckte die Hand nach Antigonis kleinem Messer aus. Dabei berührte er ihre Finger, fühlte ihren Schweiß, spürte ihren Körper und ihren Atem, ihre auf- und abwogende Brust, fühlte, wie das Begehren seinen Körper durchströmte. Da schloss er die Augen, um die niedrigen Instinkte zu bekämpfen. Jetzt war nicht der richtige Zeitpunkt für solche Gelüste, nicht an diesem Grab. Ein Schauder lief seine Wirbelsäule entlang, er zitterte. Mit geschickten, langsamen Bewegungen legte er die Knochen frei. Antigoni säuberte sie mit dem Pinsel. Doukarelis sammelte Erde von der Bauchgegend, von Brustkorb und Hals und verschloss sie in einer Plastiktüte. Er ähnelte einem Kriminalisten, einem Gerichtsmediziner, der die Spuren des Verbrechens sichert, jeden kleinsten, unsichtbaren Hinweis, welcher der uneingeweihten und ahnungslosen Mehrheit nichts sagt. Er wusste, dass alles, aber auch alles seine Bedeutung hatte, jede winzigste Spur konnte für die Aufklärung wichtig sein. Seine Mitarbeiter hatten ihre Arbeiten unterbrochen und verfolgten das Ritual. Angeliki und Pavlos machten serienweise Fotoaufnahmen des Fundes. Doukarelis hielt dabei den Maßstab an, bis das Skelett in vollem Umfang oberflächlich freigelegt war.

Die Zeit war vorangeschritten, der Tag erstarb im Abendlicht, der westliche Himmel verfärbte sich violett, doch keiner rührte sich vom Fleck. Es war ein bedeutungsschwerer Moment, der ihnen allen in Erinnerung bleiben würde. Jetzt war nicht die Zeit, um stöhnend Wasser, Essen, Erholung zu fordern. Bei Einbruch der Dunkelheit scheuchte Doukarelis sie zurück ins Dorf – *Wegtreten!* Sie konnten hier nichts weiter tun. Er würde bis zum Eintreffen der Polizei bleiben. Der Kapitän verlässt als Letzter das Schiff, *werter Herr Professor*. Er breitete eine Nylonhülle über die Knochen, um sie vor der nächtlichen Feuchtigkeit zu schützen. Auch Antigoni wollte sich – als Entdeckerin – nicht von dem Skelett trennen. Mit diesen Knochen, *nur noch nackte Gebeine der Mensch,* verband sie nun eine existenzielle Erfahrung. Sie wollte bleiben, doch auch Makis beharrte aus der Solidarität des treuen Freundes heraus. Aber sie lehnte hartnäckig ab. Er warf ihr einen verletzten, beleidigten Blick zu.

„In der letzten Zeit benimmst du dich komisch", sagte er vorwurfsvoll und ähnelte, in seinen schwarzen Klamotten einem reglosen Schatten, der von den dunklen Felsen ringsum verschluckt wurde.

Zum ersten Mal stieg eine Ahnung in ihm auf, er warf Doukarelis einen schrägen Blick zu. Doch sie blieb unnachgiebig und schickte ihn mit den anderen zurück ins Dorf. „Geh nur, ich komme schon zurecht."

13

Verzückt und schweigend blickten sie das unglückliche Wesen an. Es war eine bizarre Gestalt, die nach fünf Jahrtausenden aus dem Inneren der Erde ans Licht emporgetaucht war. Und Antigoni tat das, was sie vorhin vor all den anderen nicht hatte tun können: Sie ergriff Doukarelis' Hand, küsste ihn auf die Lippen, schmeckte den Schweiß und den Staub, der sich darauf niedergelassen hatte, spürte die Anspannung und das Zittern angesichts der überraschenden, bedeutenden Entdeckung. Es war, in der Tat, eine makabre Äußerung der Liebe im Angesicht des Todes, zwischen den vergilbten Knochen mitten in der Dunkelheit. Antigoni war bewusst, welche Bedeutung diese menschlichen Überreste für ihn hatten. Die Bestätigung, die sie von ihm brauchte, betraf den einzigen Zweifel, den sie noch hegte. Nämlich, ob dieser urzeitliche Mensch tatsächlich ermordet worden war.

„Ich bin kein Gerichtsmediziner, aber es sieht ganz danach aus", erwiderte er. „Dafür sprechen der zertrümmerte Schädel, der Stein, der gleich neben dem Kopf liegt, die Tatsache, dass die Leiche eilig verscharrt wurde, und zwar – ganz ungewöhnlich – gleich an den Grundmauern innerhalb des Hauses."

Sie fragte sich, ob das Skelett männlich oder weiblich sei, und Doukarelis sprach sein Urteil *unter Vorbehalt*, dass es sich um eine Frau handle.

„Und warum wurde sie umgebracht?" In ihrer Stimme schwang die Trauer um das Schicksal der Frau in einer Welt mit, in der, wie sie meinte, seit jeher männliche Allmacht und Willkür herrschten.

„Wer weiß, die menschliche Seele ist ein weites Land. Es gibt Faktoren in unserer seelischen Verfassung, die sich nicht ändern, beim Menschen der Urzeit genausowenig wie heute."

„Wenn der Mensch gleich bleibt, dann müssten wir doch mehr über diejenigen wissen, die vor fünftausend Jahren gelebt haben."

„Ja", stimmte Doukarelis zu. „Wenn wir überhaupt etwas wissen, dann genau aus diesem Grund. Alles andere wird die Spezialuntersuchung im Labor ergeben, die wir besser abwarten sollten. Wir dürfen nicht vorgreifen, denn immer wieder erweist sich eine Annahme als willkürlich, die man auf reine Hypothesen stützt."

Inzwischen war es vollkommen finster geworden, und sie warteten immer noch in dieser feuchten Gruft. Antigoni bekam langsam Angst. Die Szene gleich neben den sterblichen Überresten wurde immer makaberer. Sie kauerten sich in eine Ecke des Grabungsschnitts. Als sie sich über die Kälte beschwerte, nahm Doukarelis sie in den Arm, um sie zu beruhigen. Und als etwas über ihre Köpfe hinweg flatterte, schreckte sie hoch, schauderte, ein Schrei blieb ihr in der Kehle stecken.

„Keine Angst, es war nur eine Eule", sagte Doukarelis sie besänftigend.

„Ihr Ruf bringt Unglück!", meinte sie. „Es wird etwas Schlimmes passieren."

„Unsinn, das ist nur dummer Aberglaube", antwortete er. Und er rief ihr in Erinnerung, dass die Eule für die alten Griechen Athene, die Göttin der Weisheit, symbolisierte. Als die Generäle der Griechen vor der Seeschlacht von Salamina an Deck eines Schiffes berieten, wie sie vorgehen wollten, kam plötzlich eine Eule herbeigeflogen und setzte sich auf einen Mast. Ihr Erscheinen wurde als gutes Omen gewertet, so entschlossen sich die Griechen zur Schlacht.

Doch Antigoni konnte sich nicht beruhigen. Beim kleinsten Geräusch, selbst beim kaum hörbaren Krabbeln der Insekten auf den Steinen und in den Büschen schreckte sie hoch.

„Es ist nichts, mach dir keine Sorgen." Doukarelis mühte sich redlich.

Aber was konnte er ihr tatsächlich zum Trost sagen? Dass er damals, als er im Vorfeld der Grabung Fauna und Flora der Insel studierte, von der nur hier heimischen Spezies der *viper ammodytes* gelesen hatte, der gemeinen Sandviper, und von der *eryx jaculus*, der Sandboa, die von den Inselbewohnern „Louritis" genannt wurde, die einzige europäische Boa, die ihre Beute in den Höhlen von Nagetieren sucht, genau wie die, in der sie jetzt saßen?

Sie verstummten kurz, Arm in Arm unter dem Sternenhimmel. Wieder drang Bocksgestank von den nahegelegenen Pferchen zu ihnen herüber. Sie hörten Hufgeklapper. Plötzlich fragte Antigoni unvermittelt: „Und was wird aus uns, Giorgos?"

Doukarelis war überrascht. *Was wird aus uns?* Mit dieser Frage hatte er nicht gerechnet. Was hatte dieses Thema hier zu suchen? Es schwebte unschlüssig über ihren Köpfen, wie eine weiße Wolke, die sich zu undurchdringlicher Dunkelheit verdichtet hat. So undurchdringlich, so steinhart, dass sie, wenn man die Hand ausstreckte, auf der Haut kribbelte und das Blut in den Adern gefrieren ließ. Es war nicht gerade der geeignete Zeitpunkt für eine solche Diskussion. Dann folgte eine Pause, und er atmete hörbar aus.

„Was werden soll? Wer weiß schon, was werden kann ...?", sagte er vage.

Sie schien enttäuscht. Wie das Wasser bei Ebbe zog sie sich aus seinen Armen zurück, lehnte sich an die Wand des Grabungsschnitts und verschränkte die Arme vor der Brust wie ein Vogel, der sich mit seinen Flügeln wärmen will.

„Wir hätten nicht hier bleiben sollen. Es ist schon spät ...", sagte sie abweisend.

Doch kurz darauf waren Stimmen zu hören, schon sah man Schatten über die Felsen huschen, den Widerschein von Taschenlampen. An die zwanzig Personen stiegen auf das kleine Plateau hoch. Die meisten waren schaulustige Einheimische, die wissen wollten, was los war, was für ein Geheimnis heute Abend auf ihrer Insel entdeckt worden war. Es wäre übertrieben zu behaupten, sie hätten es wahnsinnig eilig gehabt, einen ihrer Vorfahren zu sehen, den Leichnam, der einst vor Tausenden von Jahren über dieselbe Erde wie sie selbst gegangen war. Unter ihnen waren der Dorfpolizist und der Bürgermeister, Koukoules gleich vorneweg, als sei er wie selbstverständlich ihr Anführer, *der Herr Bürgermeister.* Er war gewieft, sein Auge sprang zwischen Doukarelis und Antigoni hin und her, die dicht nebeneinander in der Gruft standen. Das Skelett interessierte ihn überhaupt nicht. Ihn konnte man nicht so leicht täuschen, da lief etwas zwischen den beiden. An dem archäologischen Fund zeigte er kein besonderes Interesse, ihm lag nichts an den antiken Vorfahren, solche Spinnereien überließ er jenen, die an Gespenster glauben, und den eingebildeten Lackaffen. Die Toten gehörten zu den Toten, und die Lebenden zu den Lebenden. Diese Archäologen brachten die jahrhundertealte Ordnung durcheinander, vermengten die Lebenden mit den Toten, sollten sie doch selbst zusehen, wie sie zurande kamen. Die Pupillen seiner winzigen Äuglein waren ganz weit geworden und gaben ihm ein entrücktes Aussehen. Doukarelis hatte das Gefühl, als glitzerten zwei mikroskopisch kleine, glühende Kohlestückchen in der Dunkelheit.

Der Dorfpolizist wunderte sich, warum man sie an diesen verlassenen Ort beordert hatte, und Doukarelis erklärte ihm, das Ausgrabungsgelände müsse heute Abend bewacht werden. Ihr Fund sei von außerordentlicher Bedeutung, es sei vermutlich das einzige, vollständig erhaltene Skelett der gesamten Kykladenkultur. Der Bürgermeister fragte sich, welche Bedeutung so ein paar Knochen haben könnten. Den Friedhof würde man ja auch nicht bewachen, dort ruhten in den Gräbern Dutzende, wenn nicht Hunderte Skelette. So viel er wusste, hatte sich all die Jahre keins von dort weggerührt. Offensichtlich war er der denkende Kopf, und der Dorfpolizist das ausführende Organ.

„Das tut hier nichts zur Sache, Herr Koukoules", fiel ihm Doukarelis ins Wort.

Der Dorfpolizist echote die Worte des Bürgermeisters: Was für einen Wert könne denn ein Skelett haben?

Wer würde da schon rangehen wollen? Er sehe den Grund nicht ein, warum er wegen ein paar Knochen hier draußen Nachtwache halten solle.

„Tja, dann darf man sich nicht wundern, warum die Antikenräuber die archäologischen Funde des ganzen Gebiets, hier und auf Keros, in den letzten Jahrzehnten geplündert haben", erwiderte Doukarelis pikiert.

Doch die anderen beharrten auf ihren Argumenten. Bei ihnen stieß man auf taube Ohren. Koukoules hielt ihm entgegen, auch den frühkykladischen Friedhof in Agrilia würde keiner bewachen. Und sicher gäbe es dort auch menschliche Überreste.

Doukarelis argumentierte, auch dort seien die Gräber geschändet worden, das müsse er doch am allerbesten wissen! Seine Stimme hatte einen spöttischen Ton angenommen, und Koukoules verstummte. Doukarelis wirkte erschöpft, seine Geduld schien am Ende, *werter Herr Bürgermeister*. Es war spät, er konnte weder mit der 21. Aufsichtsbehörde für Altertümer telefonieren noch ein Telegramm schicken. Die Büros waren zu dieser Uhrzeit nicht besetzt, er musste sich bis zum nächsten Morgen gedulden, *werter Herr Direktor*. Da meinte er erschöpft zu ihnen, sie sollten tun, was sie wollten. Er würde die Nachtwache bei der Leiche übernehmen, sie könnten ruhig gehen, nur sollten sie wenigstens morgen früh wieder kommen, um das Gelände zu beaufsichtigen. Antigoni machte Einwände, doch ihm blieb keine andere Wahl, wenn er nichts aufs Spiel setzen wollte. Der Bürgermeister warf ihnen erneut einen schrägen Blick zu, dann lächelte er unmerklich und stieß seinen Nachbarn mit dem Ellenbogen an. Ihn konnte man nicht hinters Licht führen. Antigoni ging unter ihrer Obhut zurück ins Dorf. Sie war mit ihren Kräften am Ende. Darüber hinaus jagten ihr die Gebeine Angst ein.

14

Die feuchte Nachtkühle durchdrang seine Knochen. Um ihr zu entgehen, kauerte er sich unter das Sonnensegel. Er fühlte sich schmutzig in den vom Schweiß und vom nächtlichen Tau durchtränkten Kleidern. Ab und zu schloss er ermattet die Augen, doch die Sorge um seinen Fund hielt ihn wach. Er lauschte dem monotonen Ticken seiner Uhr. Immer wieder ertappte er sich dabei, wie er die Sekunden zählte. Er blickte zum Himmel hoch und versuchte, die Sternbilder zu finden, Cassiopeia oder den Skorpion mit seinem Stachel, um einen Orientierungspunkt zu haben und sich seiner eigenen Existenz inmitten der Dunkelheit zu vergewissern. Gab es ihn wirklich oder war er selbst nur ein Produkt der Fantasie?

Ganz allein war er dort draußen, von den Schatten verschlungen. Das Hufgeklapper aus den umliegenden Pferchen drang so fern und dumpf an sein Ohr, als stamme es aus den Eingeweiden der Erde. Ihm fiel ein, dass der Teufel mit einem Bocksfuß dargestellt wird. Was für ein absurder Gedanke! Mitten in dieser pechschwarzen Einöde fehlte nicht viel, um abergläubisch zu werden. Gehörte er ins Diesseits oder ins Jenseits? So sehr er auch versuchte, sich selbst davon zu überzeugen, dass er keine Angst zu haben brauchte, es nützte nichts: Jetzt war es an ihm, sich unheimlich zu fühlen. Schauer überliefen ihn, seine Haut wurde taub. Dort unten lag eine vor Jahrtausenden ermordete Frau. Er ahnte, dass mystische, unsichtbare Mächte freigesetzt waren, ihn umschwirrten und ihm in der Dunkelheit auflauerten. Er war es, der ihren ewigen Schlaf gestört hatte. Er war es, der sie aus der Tiefe der Urzeit ans Licht geholt hatte. Immer wieder kroch er zum Rand des Ausgrabungsfeldes. Er machte sein Feuerzeug an und betrachtete den mit Nylon abgedeckten Fund. Die Knochen der Frau phosphoreszierten. Sie lag dort, reglos, ein Teil des zeitlosen Schicksals der Bewohner der Unterwelt. Koukoules hatte Recht, *der werte Herr Bürgermeister*. Der obere Schädelrand war zertrümmert, die Beine angewinkelt, das leicht angehobene Becken und der Oberkörper zur Seite gedreht. Er versuchte, sich ihre Gesichtszüge vorzustellen, die sich vor Schmerz und Angst solange verzerrt hatten, bis die Seele dieses gequälte Wesen verließ. Zweifellos stand er einer grauenvollen, einer schaurigen Tat gegenüber. Und zwar ganz allein, mitten in der Unendlichkeit der Welt, sonst war kein Mensch weit und breit. Plötzlich hatte er das Gefühl, eine Figur aus einer Horrorgeschichte im Stil von Edgar Allen Poe zu sein.

Im Rauch, der aus seiner Pfeife stieg, zeichnete sich seine Mutter ab. Sie hielt ihn als kleines Kind an der Hand, zog ihn durch die Straßen von Volos hinter sich her, *Mutter*. Sie war auf der Suche nach Arbeit, konnte ihn jedoch bei niemandem in Obhut geben. Wie von Furien gehetzt waren sie ausgehungert aus dem Dorf in die Stadt gekommen. Sie hatten das schreckliche Elend der Zeit erlebt, den Hunger und die Armut, die viele in die Knie gezwungen hatten. Seine Mutter fragte in der Garküche am Hauptplatz nach, vermutlich, ob sie eine Küchenhilfe brauchten. Ein Stück weiter standen sie plötzlich vor dem

Laternenpfahl. Dort baumelte ein abgeschnittener Kopf, große grüne Schmeißfliegen umschwirrten ihn, krochen über seine aufgedunsene Haut, über das getrocknete Blut, *Mutter*. Er war grässlich entstellt, die aufgerissenen Augen blickten dem Tod entgegen, der den Lebensfaden mit einem gewaltigen Hieb gekappt hatte. Darüber hing ein handgemaltes Pappschild, auf dem sein Name stand, *das Bandenmitglied* ... Obwohl er damals noch klein war und noch nicht lesen konnte, hatte sich dieses Bild extremer Barbarei in sein Gedächtnis gegraben. Er sah, wie seine Mutter die Augen schloss, sich auf die Lippen biss und ihr Gesicht abwandte. Sie trat auf den Bürgersteig und schritt weit aus. Sie versuchte, das aufsteigende Schluchzen zu unterdrücken, doch es kroch empor aus den Tiefen der Erde, wie aus einem tiefen Schacht, wie aus einem uralten finsteren Schlund, der das Schicksal der Menschen verschlingt. Während sie ihn die Straße entlangzog, blieb sein Kopf immer noch zurückgewendet und sein Blick auf den eisernen Laternenpfahl geheftet. So lange, bis sie um die Ecke bogen. Seit damals, seit seiner frühen Jugend waren viele Jahre vergangen.

So verbrachte Doukarelis Stunde um Stunde, dachte an die Schwierigkeiten und Hindernisse seines Lebens, bis das Morgenlicht hinter Amorgos aufschimmerte. Schon konnte er auf dem Meer die langgezogene, von Purpur umflutete Bergkette und die langsam hochsteigende Sonne erkennen. Alles, was ihn umgab, erschien ihm wie das Wunder des ersten Schöpfungstages, als die Welt aus undurchdringlicher Finsternis und Chaos emportauchte. Wie schön die Welt aussah! Und wie viele Gelegenheiten ein jeder hatte, diesem Zauber beizuwohnen! Doch Tausende von Sonnenauf- und Sonnenuntergängen blieben ungesehen.

Gegen acht erschien wie versprochen der Dorfpolizist mit hängenden Mundwinkeln, um verschlafen seinen Posten anzutreten, *Herr Professor*. Doukarelis hatte nicht vor, die Ausgrabung an diesem Morgen fortzusetzen. Trotzdem ließ er seine Mitarbeiter aufmarschieren, um das Gelände zu sichern. Er hatte kein Vertrauen zu den Ordnungshütern. Der Teufel schlief nicht. Und hatte noch dazu Bocksfüße. Vom Gemeindeamt aus rief er die 21. Aufsichtsbehörde für Altertümer an. Das war seine Pflicht und Schuldigkeit, dazu war er nach Unterzeichnung des Ausgrabungsvertrags verpflichtet. Er verlangte den Direktor zu sprechen, der sich umgehend am anderen Ende der Leitung meldete, *werter Herr Direktor*. Er war sehr entgegenkommend und unerwartet freundlich, als wären sie schon jahrelang miteinander bekannt. Seit die Führungsetage des Ministeriums zu seinen Gunsten eingeschritten war, um die ursprüngliche Ablehnung der Ausgrabungsgenehmigung rückgängig zu machen, war er äußerst höflich geworden. *Wir werden jeden Ihrer Wünsche erfüllen, Herr Doukarelis, zögern Sie nicht ...* Er erinnerte sich an die Worte des Behördenleiters, als er ihn höchstpersönlich angerufen hatte, um ihm zu gratulieren, ihn über den positiven Bescheid in Kenntnis zu setzen und sich für das *Missverständnis*, wie er sich ausdrückte, der ursprünglichen Ablehnung zu entschuldigen. Da war er nun, am anderen Ende der Leitung.

„Lieber Freund, was für eine angenehme Überraschung, dass Sie sich vom Ende der Welt bei uns melden ...", hörte Doukarelis seine tiefe Stimme sagen, bei der es ihm den Magen umdrehte. Er informierte ihn über den Fund, er gab seiner Besorgnis Ausdruck und rief ihm die lange Tradition des Antikenraubs in der Gegend ins Gedächtnis. Er hörte, wie der andere mit einer ganzen Variation von Ausrufen auf seine Ausführungen reagierte.

„Ich werde dafür sorgen und zwar persönlich. Überlassen Sie das ganz mir!", waren seine letzten Worte. Er versprach, bei nächster Gelegenheit auf die Insel zu kommen, *der Herr Direktor.*

Doukarelis, der am Ende seiner Kräfte war, nahm ein kleines Frühstück zu sich, wusch sich und legte sich zwei Stündchen aufs Ohr. Gerade mal so lange ließen ihn die Anspannung und die Sorgen nach der durchwachten Nacht schlafen. Als er aufwachte, hatte sich das Ministerium für Öffentliche Ordnung bereits gemeldet. Die beiden Dorfpolizisten waren angewiesen worden, das Grabungsgelände rund um die Uhr zu bewachen. Der Befehl besagte weiterhin, dass ein weiterer Polizeibeamter auf die Insel abkommandiert würde, um Hilfestellung zu leisten. Diesmal hatte der Behördenleiter Wort gehalten.

15

Das Skelett war *in situ*, also in der ursprünglichen Position, gefunden worden – in vollständiger und ganzer Pracht. Da lagen der zertrümmerte Schädel und daneben der spitze, todbringende Stein, die Arme, der Rumpf mit den zwölf Rippenpaaren, die Beckenknochen und die Beine. Grabbeigaben gab es keine, nur grüne Steinchen, die um den Hals verstreut lagen als Überreste eines frühzeitlichen Halsbandes. Doukarelis übernahm höchstpersönlich die Zeichnung, fertigte eine genaue Abbildung des Skeletts für seine Unterlagen an, bestimmte die Himmelsrichtung und skizzierte die Position der Toten für die drei Zonen: Schädel, obere Gliedmaßen, untere Gliedmaßen. Dann notierte er die nötigen Messungen, Tiefe des Fundes, Länge des Skeletts. Dann fotografierte er es zusammen mit einem Schild, auf dem die wichtigsten Informationen und die geografische Ausrichtung des Fundes notiert waren.

Und eines schönen Morgens wartete er zusammen mit Koukoules auf dem provisorischen Hubschrauberlandeplatz, der neben einem felsigen Dreschplatz lag, auf den Präfekten und den Direktor der Aufsichtsbehörde. Die Meldung war am Nachmittag zuvor eingetroffen. Koukoules trommelte das Dorf zum Frondienst zusammen. *Eins, zwei ... eins, zwei ...* Die Straßen mussten gekehrt, die Häuserwände gekalkt, die Transparente mit ihren Rechtschreibfehlern gebastelt werden: *Hertzlich wilkomen, Herr Präfäkt!* Doukarelis hatte sich die Hacken abgelaufen, um eine Frau zu finden, die ihm Hemd und Hose bügelte. Die anströmende Luft der Rotorblätter riss ihm den Strohhut vom Kopf und zerzauste ihm das Haar. Obwohl er die Augen schnell mit den Händen abschirmte, blieb der aufgewirbelte Staub an seinen Wimpern hängen und senkte sich dann auf seinen ganzen Körper. Seltsamerweise ging Doukarelis in diesem Höllenlärm der Gedanke durch den Kopf, soeben habe sich die erste Schicht auf ihn gesenkt. Nämlich genau die Schicht, welche auch die urzeitlichen Objekte bedeckte und nach der er in seinen archäologischen Forschungen seit Jahren gesucht hatte. Somit musste er nur noch auf das Herabsinken der nächsten Schicht warten ...

Der Direktor der 21. Aufsichtsbehörde übernahm die Vorstellung der Gäste.

„Herr Präfekt, das hier ist Giorgos", so stellte er ihn vor. „Er ist einer der fähigsten und vielversprechendsten Archäologen des Landes."

Auf Doukarelis' Lippen zeichnete sich ein Lächeln ab, während er sich an das Spießrutenlaufen der vergangenen Jahre erinnert. Der Präfekt legte es zu seinen Gunsten und als Zeichen der Bescheidenheit aus. Dieser junge Forscher war, seinem Eindruck nach, moralisch gefestigt. Dann führte er sie über das Ausgrabungsgelände. Der Präfekt stolperte durch die Ruinen und setzte alles daran, in seinem sportlichlegeren Lacoste-Shirt und den braunen Wildledermokassins locker zu wirken. Genau wie alle Politiker, die sich den jeweiligen Umständen, den jeweiligen potenziellen Wählern, den jeweiligen klimatischen Bedingungen aalglatt anpassten, *der werte Herr Präfekt.* Die Besucher waren beeindruckt. Man stand nicht alle Tage vor einem Menschen aus der Urzeit, schon gar nicht, wenn es sich um einen Mord handelte, um eine frühzeitliche Kriminalgeschichte, die unendlich weit, bis ans Ende der Zeit zurückreichte. Der Präfekt schwang sich zu einem Scherz auf.

„Da müssen Sie ja wie Sherlock Holmes recherchieren, Herr Doukarelis."

Der Leiter der Aufsichtsbehörde ließ sein schepperndes Lachen hören und beeilte sich, das Wort zu ergreifen: „Jeder Archäologe, der seinen Beruf ehrt, muss über die Fähigkeiten eines Sherlock Holmes, eines Hercule Poirot und einer Miss Marple verfügen, Herr Präfekt." Dann fiel ihm Agatha Christie ein, und er schwätzte eine Weile von ihrem Buch „Tod auf dem Nil".

Die Studenten spitzten die Ohren und beobachteten tuschelnd die Besucher, die zwischen den Grabungsschnitten herumspazierten. Andreas packte die Gelegenheit beim Schopf und verpasste Doukarelis einen Spitznamen: „Sherlock Holmes! Miss Marple passt nicht zu ihm!"

Der Präfekt wollte wissen, welche Bedeutung diese archäologische Stätte über den aktuellen Fund hinaus für die ur- und frühzeitliche Geschichte der Kykladen habe. Mit aller gebotenen Vorsicht erläuterte ihm Doukarelis, die Siedlung stehe höchstwahrscheinlich mit dem zwei Kilometer entfernten, frühkykladischen Gräberfeld von Agrilia in Verbindung. Der Direktor nickte behäbig. Die ungewöhnliche Architektur mit den in Psammit gehauenen Kammergräbern, die Bestattungskultur und die Grabbeigaben legten eine Verbindung zum Gräberfeld von Agia Fotia im Nordosten Kretas nahe. Die Wahrscheinlichkeit sei groß, dass Agia Fotia die erste kykladische Kolonie außerhalb der Kykladen sei.

Der Präfekt war begeistert von allem, was er gesehen und gehört hatte, und lud seinen Begleittross, die Mitglieder der archäologischen Delegation, den dürren Popen, den Bürgermeister und die Dorfpolizisten in die Taverne von Herrn Anestis zum Essen ein, *der werte Herr Präfekt*. Er kam auf seine Kosten, stopfte sich voll mit frischem Fisch, verlangte nach einheimischem Ziegenkäse und wünschte bei dem Toast, den er aussprach, viel Erfolg für die Zukunft und vor allem erklärte er, *unter den gegebenen Umständen betrachte es die Präfektur als ihre Aufgabe, die Finanzierung der Grabung für die nächsten Jahre in vollem Umfang zu gewährleisten*. Die ganze Gesellschaft brach in begeisterten Beifall aus – bis auf die Dorfpolizisten, die sich heißhungrig auf die Teller gestürzt hatten, wie die Wildschweine grunzten und ihren Kopf nicht mehr hoben. Koukoules pirschte sich zögerlich und verlegen an den Präfekten heran und legte ihm zwischen Käsegang und Obstdessert *die Strapazen und Probleme* der Insel dar, *die einer sofortigen Lösung bedurften*. Der antwortete ausweichend und verwies auf künftige Planungen der Präfekturverwaltung, vertröstete ihn somit *bis zum Sankt-Nimmerleins-Tag* und reiste ab, wie er gekommen war – im Stile eines Statthalters, *der werte Herr Präfekt*.

Doukarelis setzte nunmehr ungestört seine Arbeit fort und befasste sich in den folgenden Tagen mit aller gebotenen wissenschaftlichen Akribie mit seinem Fund.

Was Jahrtausende lang ein unauflöslicher Organismus gewesen war, wurde nun in seine Einzelbestandteile zerlegt. Was eine Ewigkeit unangetastet und erhalten geblieben war, wurde von den Archäologen zerstückelt. Die größeren Knochen wurden erst einmal in Papiertüten verpackt, um ihnen die Feuchtigkeit zu entziehen. Die kleineren Knochen wurden in kleinere Tüten gewickelt, die Zähne in kleine Dosen gepackt, die oberen Gliedmaßen mit den Schulterblättern und den Schlüsselbeinen, der Rumpf und die Wirbelknochen in größere Kisten geschichtet. Der Schädel, die Beckenknochen und das Kreuzbein wurden, um Beschädigungen zu vermeiden, in Gaze verpackt, bevor auch sie in Papiertüten landeten. Jede Tüte enthielt Karteikärtchen mit einer genauen Beschreibung. Schließlich wurde alles für den Transport in Kisten geschichtet. Nur eine einzige Nacht sollten sie bei Koukoules im Schuppen verbleiben, denn er hatte die Schlüsselgewalt, *der Herr Bürgermeister*. Kurz bevor er den Schlüssel im Schloss umdrehte, scherzte er noch, der Schädel sehe dem Kapitän Vangelis ähnlich, das Kinn sei genauso kantig. Ein Dorfpolizist wurde vor der Tür postiert. Er hätte es sich wohl nicht träumen lassen, dass er eines Tages eine Leiche bewachen würde, als handle es sich um einen Verbrecher, *der Herr Kommissar*. Am nächsten Tag holte der Helikopter des Präfekten die Kisten ab, die danach unter Begleitung eines Archäologen der Aufsichtsbehörde in ein deutsches Speziallabor verschickt wurden.

16

Die Massenmedien hatten seit dem frühen Morgen über den Sensationsfund auf Koufonissi ein wahres Trommelfeuer eröffnet. Die Meldung von dem Skelett und von dem geheimnisumwitterten Mord aus der Urzeit wurde von allen großen Nachrichtenagenturen auf der ganzen Welt verbreitet. Dafür hatte der Direktor der Aufsichtsbehörde gesorgt. Er hatte Presseerklärungen abgegeben, war mit Seideneinstecktuch am Sakko und gegeltem Haar in den Fernsehsendern aufgetreten. Doukarelis' Name war in jeder Nachrichtensendung zu hören. Maria Doukareli hingegen saß auf glühenden Kohlen. Ihr war das Verhalten ihres Mannes unverständlich. Wieso teilte er einen so wichtigen Moment nicht mit ihr? Warum musste sie alles aus dem Fernseher erfahren? Sie fühlte sich als fünftes Rad am Wagen. Doukarelis hatte seit über einer Woche keinen Kontakt mehr mit ihr aufgenommen.

Maria Doukareli hatte tatsächlich keine Ahnung, was in ihrem Ehemann vorging und was sich in den Tiefen seiner Seele abspielte. Nur der weibliche Instinkt konnte ihr dabei helfen, die Wahrheit zu erahnen.

Ihre Arbeitskollegen und Freunde riefen in der Kanzlei an, um zu gratulieren. „Glückwunsch!" Ja, aber wofür? Alle hatten die Meldung gehört. Endlich habe sich das lange Warten für Giorgos gelohnt und sie müsse stolz auf ihren Mann sein.

Ja, sie fühlte sich verraten. Sie allein wusste, was

er durchgemacht hatte. Über Jahre hinweg hatte sie all seine Ängste, Enttäuschungen und Tiefpunkte hautnah miterlebt. Sie hatte ihm beigestanden, hatte versucht, Lösungen zu finden, hatte ihn unterstützt. Sie war der einzig verlässliche Orientierungspunkt in seinem Leben gewesen, während alles andere – die Grabenkämpfe und Intrigen an der Universität, seine Zwischenerfolge und die Rückschläge, bevor er die Grabungsgenehmigung endlich sicherstellen konnte – wie eine diffuse Landschaft im Nebel erschien.

Sie wählte die Nummer der Telefonzelle am Gemeindeamt von Koufonissi. Sie musste ein paar Mal probieren, bis eine Verbindung zustande kam. Eine Greisenstimme meldete sich am anderen Ende. Sie verlangte nach Doukarelis.

„Wen? Wen? ..." Die Stimme war schlecht zu verstehen, als käme sie vom Ende der Welt. „Sprechen Sie lauter. Doukarelis? Den Archäologen?" Die Stimme schien Erkundigungen einzuziehen. Dann kehrte sie an den Hörer zurück. „Er ist gerade auf dem Ausgrabungsgelände. Wer möchte ihn sprechen? Seine Frau? Versuchen Sie es am Nachmittag noch mal."

„Vielen Dank, auf Wiederhören."

„Auf Wiederhören."

Erst zwei Tage später hatte sie ihn endlich am Telefon. Obwohl sie die ganze Zeit schlecht gelaunt und genervt war, hatte sie sich geschworen, ihm gegenüber nicht aggressiv zu werden. Bei seinem letzten Heimaturlaub hatte sie gespürt, dass es zwischen ihnen nicht mehr gut lief. Auch seine überstürzte Abreise bekräftigte diesen Eindruck. Das ging ihr durch den Kopf, während das Telefon zum zweiten, dann zum dritten Mal läutete. So war ihre Einschätzung der Lage.

Damals herrschte in Athen eine so extreme Hitze, dass sogar der Asphalt in der Sonne schmolz. Nicht mal abends kühlte die Luft ab. Von den Zementwänden stieg ein glutheißer Hauch auf, und die ganze Stadt ähnelte einem Treibhaus. Sie dachte daran, dass er wie ein gefangener Vogel in den heimischen Käfig zurückgekehrt war. Sie erinnerte sich, wie er zum Kiosk lief und Bier holte. Er, der sich, solange sie ihn kannte, vor Bier geekelt hatte.

„Was ist los?", fragte sie ihn.

„Nichts", antwortete er und setzte eine verwunderte Miene auf. „Was soll schon los sein ...?"

„Du hast doch was. Sonst trinkst du doch nie ..."

„Das bildest du dir nur ein. Ich hab doch nur zwei Bier gegen den Durst geholt. Was ist da schlimm dran? Manchmal braucht man eine kleine Ablenkung."

Er versuchte, die dunklen Schatten aus seinen Augenwinkeln zu verjagen und wechselte das Thema. Dabei bediente er sich seiner Lieblingstaktik und redete über Geschichte und Archäologie, schwätzte über die Vorliebe der Sumerer, Babylonier und Ägypter für das Bier. „Hammurabi hat sogar ein Gesetz dazu erlassen, in dem festgelegt wurde, wie viel Bier einem jedem nach seiner sozialen Stellung zustand."

Er benahm sich wie ein Kind, wenn er sich aus der Affäre ziehen wollte. Sie fragte sich, ob sie nicht auch mit schuld war, da sie seinem seltsamen Verhalten damals keine große Bedeutung zugemessen hatte. Doch sie hatten in ihrer langjährigen Ehe gelernt, einander blind zu vertrauen. Sie hatten eine gute Zeit gehabt, man könnte sogar sagen, sie seien miteinander glücklich gewesen. Aber jetzt hatte sie das Gefühl, dass die Grundfesten ihrer Beziehung erschüttert waren. Noch nie waren sie einander so fremd gewesen. Und das war ohne ihr Zutun passiert.

„Ja ... ja ... Hallo?", erklang seine Stimme am Telefon.

Sie sah ihn vor sich, wie er mit zerknirschtem Gesichtsausdruck am einzigen öffentlichen Telefon des Ortes stand, mit seiner Grabungsausrüstung, seinen länger gewordenen Haaren, die von grauen Fäden durchzogen waren, unrasiert und sonnenverbrannt. Sie liebte ihn immer noch und das Bild, das sie sich ausmalte, gefiel ihr. All die Jahre hatte sie sich ihm mit Leib und Seele hingegeben. Ein Leben ohne ihn konnte sie sich nicht vorstellen.

„Ja?", wiederholte er. „Maria, hörst du mich?"

„Ich höre dich."

„Was gibt's? Ist es was Dringendes?"

„Was Dringendes? Nein, hier ist nichts vorgefallen. Aber du hast ja anscheinend außergewöhnliche Vorfälle für dich gepachtet." Sie hatte beschlossen, ruhig zu bleiben, doch plötzlich war ihr Tonfall scharf und aggressiv geworden. Seine ganze Haltung, sein Gerede machten sie wütend. Der Funke des Misstrauens war auf sie übergesprungen.

„Was für Vorfälle, Maria? Was meinst du? ..."

„Giorgos, lass die Spielchen. Hier ist der Teufel los wegen eurer Entdeckung. Musste das sein, dass ich alles aus den Nachrichten erfahre? Hast du gar keine Notwendigkeit verspürt, mich anzurufen und mir alles zu erzählen? Bin ich das fünfte Rad am Wagen?"

„Weißt du ... Hier auf der Grabung arbeiten wir von morgens bis abends, es war einfach keine Zeit ... Du hast ja recht, aber ..."

„Giorgos, hast du eine andere?"

„Was?"

„Ich frage, ob du eine andere hast."

„Aber was redest du da?"

„Gibt es eine andere, Giorgos?"

„Natürlich nicht!"

„Warum hast du mich dann nicht angerufen? Zähle ich gar nichts?"

So verlief ihr Gespräch, zehn Minuten lang lauter scheinheilige Lügen, während draußen die Dunkelheit über den Hauptort der Insel hereinbrach. Vom Hafen her klapperten die Masten im Wind, der am Nachmittag aufgekommen war.

Doukarelis fühlte sich schuldig, auch für die Lügen, die er von sich gab. Er erwies sich als Feigling. Seine Miene verdunkelte sich, er war blass geworden. Kurz blieb er am Dorfstrand stehen. Die Wellen schäumten vor seinen Füßen. Er blickte auf die Insel Keros gegenüber, die gerade im bläulichen Dämmerlicht versank. Er fühlte sich unwohl, heute würde er nicht zum Strand von Fanos gehen. Er wollte Antigoni ausweichen, allein sein und nachdenken.

Auf dem Weg zu seiner Unterkunft kam er auf dem Hauptplatz am Mahnmal für die Gefallenen vorbei. Seltsam, so lange war er nun schon auf der Insel, aber erst jetzt blieb er davor stehen, um die Namen der in den Balkankriegen und im Zuge des Kleinasienfeldzugs Gefallenen zu lesen. Es war der hohe Blutzoll, den ein winziger Ort in den Kriegen Griechenlands bezahlt hatte, die das Gesicht und auch die Geschichte des Landes verändert hatten. Der Gedanke an die toten Helden war der Zunder, der seine Traurigkeit aufflammen ließ. Die Einheimischen neben Herrn Anestis' Taverne grüßten ihn. Seit dem Besuch des Präfekten auf ihrer Insel war ihre Wertschätzung für Doukarelis gestiegen, auch für die Tote, die mittlerweile weit fort, nach Deutschland in die Fremde emigriert war. Koukoules saß im Kafenion. Er stand auf und lud ihn auf einen Rakomelo, den einheimischen Honiggrappa, ein. Neben ihm saß ein Reporter, den er bewirtete. Er war der Korrespondent einer Athener Morgenzeitung, der im Rahmen eines Sondereinsatzes auf der Insel exklusiv über die wichtige Entdeckung berichten sollte. Er redete sich heraus, *werter Herr Bürgermeister*, nuschelte, er habe Kopfschmerzen. „Wir sehen uns morgen auf der Ausgrabung", wandte er sich an den Reporter. Die Hände in den Hosentaschen und den Blick finster auf den mit Steinen gepflasterten Weg gerichtet, ging er weiter. Er atmete schwer. Er fragte sich, ob er seiner Frau alles sagen, ob er der Heuchelei ein Ende setzen sollte. Doch er hatte Angst, darüber machte er sich keine Illusionen, dass es das Ende seiner Ehe besiegeln würde. Andererseits, das musste er sich eingestehen, fühlte er sich von Antigoni unwiderstehlich körperlich angezogen, wie ein nach Fleisch gierendes Wildtier, das ständig nach ihrem Körper hungerte. Solche Gedanken waren ihm schon hundert Mal durch den Kopf gegangen. Doch jedes Mal zögerte er und schob die Entscheidung auf. Vermutlich wünschte er sich im tiefsten Inneren, die Dinge würden sich von selbst regeln. Mit etwas gutem Willen hätte er die Sache von Anfang an unterbinden können. Denn er glaubte, früher oder später würde diese Beziehung ohnehin ein Ende finden, da Antigoni irgendwann ihren eigenen Weg gehen würde. Am Ende der Ausgrabungskampagne wollte sie nach London reisen, um dort ihre Doktorarbeit zu schreiben. Vielleicht würde ihre Leidenschaft dann verpuffen und sie würden das Ganze vernünftig klären. Damit begnügte er sich und konnte sich nicht durchringen, seiner Frau reinen Wein einzuschenken. Wenn die Sache jedoch immer ausgloser wurde, wenn seine Frau immer noch Verdacht hegte, wenn ... Vielleicht würde er dann diese Beziehung beenden, bevor es zu spät war, vielleicht ... So fühlte er sich zweifach schuldig, einmal wegen seiner Verlogenheit und dann wegen des Ehebruchs.

17

Antigoni erzählte er nichts vom Anruf seiner Frau. Bei der Arbeit hob sie ab und zu den Kopf von ihrem Grabungsschnitt und schaute zu ihm hinüber. Er blickte finster drein, seine Stimmung war auf dem Tiefpunkt. Ihr war klar, dass er ihr auswich. Sie merkte, dass etwas vorgefallen sein musste.

Als die anderen eingeschlafen waren, schlich sie sich spät abends auf Zehenspitzen in sein Zimmer. Er erzählte ihr offen, dass seine Frau Verdacht geschöpft habe. Sie ließ ihn monologisieren, während sie in seinem Arm lag. Nur einmal ergriff sie das Wort, „Und was machen wir jetzt?", worauf er halbherzig und zögernd zurückgab: „Vielleicht wäre es besser ..." Im Morgengrauen schlüpfte sie aus der Tür und kehrte an ihren Schlafplatz zurück.

Doukarelis meinte, es sei vielleicht besser, wenn sie, wenigstens für kurze Zeit, etwas auf Distanz gingen. Sie sollten ihre Gefühle prüfen. Doch er war der Erste, der sich nicht daran hielt. Nein, er hielt es einfach nicht aus. Das wurde offensichtlich, als er unverhofft am Strand auftauchte und sich als ungeladener Gast zu den Studenten setzte, die sich um das Lagerfeuer geschart hatten, das Antonis zwischen zwei Tamarisken entzündet hatte. Antigoni schaute ihn verwundert an. Was suchte er dort? Auch er schielte heimlich, schuldbewusst und mit waidwundem Blick zu ihr hinüber. Keiner hatte Lust zu reden. Ein bleiernes Schweigen machte sich breit. Sie schauten zu den flimmernden Sternen hoch. Jeder versuchte für sich, die Geheimnisse des Universums zu ergründen. Doukarelis rauchte still vor sich hin, die Rauchkringel schwebten über ihre Köpfe hinweg wie ein Atemhauch im tiefsten Winter, der sich in der Kälte verteilt. Er fühlte den rauen Tabakgeschmack auf den Lippen und den warmen Pfeifenkopf in der Hand. Jedes Mal, wenn er den Rauch einsog, sah er, wie er in der Dunkelheit aufglomm, *sehr verehrter Sherlock Holmes!* Als er sich einmal verschluckte und husten musste, bemerkte er, dass Makis diesmal zwei Meter von Antigoni entfernt saß. Er hielt nicht mehr ihre Hand, noch konnte Doukarelis den Schweiß in ihren Handlinien und das Pulsieren des Blutes in ihren Adern spüren. Also hatte sich die Lage verändert. Heimlich beobachtete er, wie Makis vor sich hinstarrte. Er wirkte abwesend und in Gedanken versunken. Antigoni wollte sich schon an dem Abend, als sie am Ende des Strandes in der Dunkelheit auf Doukarelis zugegangen war, von Makis trennen. Doch er hatte sie davon abgehalten. Aus Angst, ihr Verhältnis würde sich herumsprechen. Er fürchtete einen Skandal. Doukarelis gehörte nun in Sachen „Untreue" sowohl zu den Opfern als auch zu den Tätern, sowohl zu den Verrätern als auch zu den Verratenen. Welcher Gruppe sollte er sich zuordnen? Er fragte sich, ob Makis die Wahrheit kannte. Vermutlich ja. Mit solchen Fragen schlug er sich die ganze Zeit herum. Er konnte sich nicht aus der Tyrannei seiner Gedanken befreien. Alles drehte sich um sein schuldhaftes Geheimnis. *Warum bin ich bloß heute Abend hierhergekommen ... Bin ich ein Masochist?* Nein, er war kein Masochist. Er war gekommen, weil er Antigoni wiedersehen wollte, er konnte nicht anders. In seinem Zimmer hielt er es nicht aus, das hätte ihn verrückt gemacht.

Wieder formierten sich die Sternbilder hoch am Himmel. Welche unsichtbare Hand schuf diese Ordnung? Hätte sie auch anders aussehen können? War alles Zufall? Ein Lichtstreifen zog sich durch den Sternenstaub der Milchstraße über den Himmel, über diesen langen Luftkorridor mitten in der Wildnis des Alls. Doukarelis stellte sich das Firmament wie einen riesigen schwarzen Schleier vor, wie ein Sieb, durch das feine Lichtstrahlen drangen. Sicher herrschte dort, hinter diesem Paravent, ein unbegreifliches, unfassbares Licht, wie es keiner je gesehen hatte. Würde es diese Schale durchbrechen, wäre das All davon überflutet und die Menschen geblendet.

Antonis versuchte, ein Gespräch in Gang zu bringen. „Die junge Frau aus der Urzeit", sagte er und deutete nach oben, „hat nicht dieselben Sternbilder gesehen wie wir. Auch die von den alten Griechen aufgezeichneten Sternbilder waren anders. Sie haben ihre Position verändert, weil sich die Erdachse seit damals verschoben hat. Der Norden liegt jetzt im Süden und der Süden im Norden." Doch keiner schenkte seinen Worten Beachtung. „Was ist das für eine Grabesstimmung?", murmelte er vor sich hin. Dann versuchte er noch einmal, ihre Aufmerksamkeit zu gewinnen. „Und stellt euch vor", fuhr er fort, „irgendwann wird all das nicht mehr existieren. Die Sonne wird zu einem riesigen Feuerball werden, der den größten Teil unseres Sonnensystems verschlingen wird." Doch wiederum fanden seine Worte, die wie endzeitliche Prophezeiungen klangen, keinen Widerhall.

Dann versuchte Pavlos sein Glück. Er verlagerte das Gespräch auf den Grabungsfund und fragte sich, wie die Schlussfolgerungen der deutschen Forscher wohl aussehen würden. Die Forensik und die Osteoarchäologie hätten sich enorm weiterentwickelt. In Pompeji seien die nach dem Ausbruch des Vesuv mit Asche bedeckten Toten zwar zerfallen, doch die Archäologen hätten die von ihren Leibern hinterlassenen Hohlräume mit Gips ausgefüllt und auf diese Weise nicht nur ihre Gestalten, ihre Frisuren und Kleider wieder zum Leben erwecken können, sondern sogar die feinsten Details wie den Gesichtsausdruck im Angesicht des Todes. Das sei aber noch gar nichts im Vergleich zum Erfolg der Archäologen im englischen Sutton Hoo, fügte er hinzu. Erst vor ein paar Wochen habe er in einer internationalen Fachzeitschrift von der Ausgrabung gelesen. Die Körper seien zwar vollkommen verwest gewesen, hätten jedoch durch ihren Abdruck im Sand eine diffuse Spur ihrer Existenz hinterlassen. Bloß einen Schattenriss, doch die Wissenschaftler hätten mithilfe von ultraviolettem Licht die Spuren im sandigen Gelände sichtbar gemacht, indem sie die Umrisse zum Leuchten brachten und die unsichtbaren Leichen quasi fotografierten. In der Erde wurden Aminosäuren und andere organische Spuren entdeckt, durch die man Geschlecht und, von besonderer Bedeutung, Blutgruppe identifizieren konnte, *werter Herr Professor!* Das war's. Pavlos holte tief Luft.

Seine Worte heizten die Fantasie der Zuhörer an, die ihre Bewunderung durch laute Ausrufe oder durch ihr

Mienenspiel zum Ausdruck brachten. Sie fragten sich, was man wohl über die Frau aus der Urzeit herausfinden würde, deren Tod so plötzlich in das Leben der Studenten getreten war. Andreas meinte, wenn diese Tote schon ein Teil ihres Lebens geworden sei, dann sollte man sie bei sich aufnehmen und ihr einen Namen geben. Wegen ihrer doppelten Existenz sowohl im Himmel als auch auf Erden schlug er den Namen Cassiopeia vor. Keiner hatte etwas dagegen. Die Studenten stimmten lächelnd zu und nannten jenes unglückliche Wesen von nun an Cassiopeia.

So verweilten ihre Blicke hoch oben am Himmelsgewölbe. Antonis' Sternbilder wechselten ihre Position so lange, bis die Sterne vollkommen verblasst waren. Sie waren alle im Dunst wie in einem schwarzen Loch verschwunden. Nebelschwaden wanderten über das ägäische Meer. Mit ihrem kühlen Hauch nährten sie die unfruchtbaren Hänge, die wasserlosen Pflanzungen und die Weinberge der Inseln. Doukarelis blickte ins Feuer. Während die Flammen zwischen den Holzscheiten hochzüngelten, hatte er das Gefühl, dort Cassiopeias Gestalt zu sehen. Es war das bleiche Gesicht einer jungen Frau, das bedrückt und unglücklich dreinblickte.

Doukarelis reiste durch metaphysische Welten. Er hätte ein Schamane in der offenen Steppe sein können, der neben seinem Kultfeuer sitzt. Er richtete seine Gedanken auf den Tod und versuchte, mit den Geistern der Verstorbenen in Kontakt zu treten. Er wollte sein Ich hinter sich lassen, seine vergängliche sterbliche Hülle abwerfen, sein Bewusstsein verändern und wie ein wandelnder Asteroid in einer schweigenden Welt voller

Feuer, Ruß und Schwefel untertauchen. Doch trotz all seiner Bemühungen blieben seine Seele und sein Ich an diesen trägen irdischen Körper gebunden, der seinen Gefühlsschwankungen und Schuldgefühlen ausgeliefert war.

18

Frühmorgens klopft es heftig an Doukarelis' Zimmertür. Man reißt ihn förmlich aus dem Bett, um ihn schlaftrunken zur Polizeistation vorzuladen. Es ist der Dorfpolizist, der mit der Dienstmütze unterm Arm die Nachricht überbringt. Als Doukarelis die Tür öffnet, streicht er sich gerade die Haare glatt. Ein Kommissar aus Athen sei angereist. „Es gibt Neuigkeiten in Ihrer Angelegenheit." Der Dorfpolizist beobachtet Doukarelis' Reaktion, während er ihm diese Nachricht überbringt. An dessen Miene lässt sich erst mal nichts ablesen. Als der Untersuchungsrichter aus Athen den Kollegen später danach fragt, antwortet der: „Er zeigte keine Reaktion, er wirkte nicht überrascht. Ein paar Sekunden stand er reglos und nachdenklich da, dann hat er den Blick zu Boden gesenkt und gesagt, er würde gleich kommen." Hätte er ein wenig besser aufgepasst, hätte er bemerkt, dass Doukarelis' Wimpern kurz zitterten. Er hätte wissen müssen, dass Wimpern Gradmesser der Seele sind. Dann hätte er gesehen, dass Doukarelis' Blick flackerte, und er hätte das dumpfe Schlagen seines Herzens vernommen. Natürlich sind solche Dinge für einen – noch dazu nicht besonders scharfsinnigen – Gesetzeshüter kaum wahrnehmbare Indizien. Es sind feine Beobachtungen, die nicht ausreichen, um einen Tatverdacht hinreichend zu begründen, was die Frage von Schuld oder Unschuld vor Gericht betrifft. Doch für einen Profiler oder einen erfahrenen Untersuchungsrichter, der schon vieles im Leben gesehen hat, wäre es ein unverzeihlicher Flüchtigkeitsfehler gewesen, diesen kurzen Moment nicht zu registrieren, um ein Licht auf Doukarelis' Persönlichkeit zu werfen.

Bevor Doukarelis seine Zimmertür vor dem Dorfpolizisten wieder schließt, erblickt er aus dem Augenwinkel seine Vermieterin. Sie trägt einen jener Leinenhüte, die bei japanischen Touristen sehr beliebt sind, um sich vor den morgendlichen Sonnenstrahlen zu schützen. Sie hält den Gartenschlauch in der Hand und gießt die Geranien und Hortensien, die Rosenstöcke und Gardenien, und blickt zu ihm hinüber. Doch als schäme sie sich plötzlich für ihre Indiskretion, beugt sie sich rasch über die Pflanzen, zieht den Hut ins Gesicht und beginnt, die vertrockneten Blüten und die vergilbten Blätter abzuschneiden. Als er sein Zimmer später verlässt, ist seine Vermieterin verschwunden.

Er geht durch die Gässchen, die zwischen den dick gekalkten Häusern hindurchführen. Ein klares, noch unverbrauchtes Licht, das in den Augen brennt, streicht ihm über die Haut und lässt ihn erschauern. *Im Anfang das Licht. Und die erste Stunde, in der noch die Lippen im Urschlamm, schmecken die Dinge der Welt.* Seine schweren Schritte verhallen in den engen Gassen. Unten am Hafen fällt ihm ein Boot der Hafenpolizei auf, das am Kai festgemacht ist. Auf der Polizeistation erwartet ihn bereits der Untersuchungsrichter aus Athen. Vor ihm, *dem werten Herrn Kommissar*, steht eine Mokkatasse mit dem erkalteten, längst vertrockneten Kaffeesatz.

„Guten Tag, Herr Doukarelis. Ich vermute, Sie erinnern sich an mich", sagt er, während er ihm die Hand reicht. Es ist eine eiskalte Hand, eine Totenhand, als hätte sie schon lange in der Anatomie gelegen. Sie lässt ihn schaudern.

„Ja, ich kenne Sie aus dem Polizeipräsidium."

„Kommen Sie bitte mit", sagt er und deutet ganz nach hinten zu einem kleinen Raum. „Entschuldigen Sie diese Geheimniskrämerei, Herr Doukarelis, aber Sie müssen verstehen ..."

Doukarelis nickt. Versteht er tatsächlich?

„Aber setzen Sie sich doch", fährt der Untersuchungsrichter fort und schiebt ihm einen Stuhl zu. Er selbst verbirgt sich hinter einem kleinen Holzschreibtisch mit schiefen Tischbeinen und abblätternder Farbe, Symbol seiner Macht. Doukarelis ist schweißüberströmt. Es scheint ihm nicht gut zu gehen. „Tut mir leid, dass ich Ihnen Unannehmlichkeiten bereite, Herr Doukarelis, aber es liegen neue Ermittlungsergebnisse in Ihrem Fall vor ..."

Der Untersuchungsrichter verliert keine Zeit. Ohne Umschweife stellt er ihm die Sachlage dar. Sein dichter Schnurrbart, der genauso grau ist wie sein kurzes Haar, wippt auf und ab. Über dem eng geschnürten Uniformgürtel wölbt sich sein Bauch wie eine Melone, *Herr Kommissar*, als Zeichen von Gefräßigkeit oder auch von gewohnheitsmäßigem Trinken. An ihm ist nichts Ungewöhnliches, er sieht aus wie die griechische Ausgabe eines ganz normalen Krimiserienhelden. Doukarclis hält seinen Strohhut in der Hand und hört ihm zu, während der Untersuchungsrichter die neuen Hinweise auflistet. Seine Frau sei spät nachmittags am Tag ihres Verschwindens in einem Strandhotel auf Euböa mit einem Unbekannten gesehen worden. Der jungen Rezeptionistin sei aufgefallen, dass sie unruhig wirkte. Der Typ gab einen falschen Namen an, *Herr und Frau ...*, und eine falsche Adresse, *Neo Psychiko, Athen ...* Die Polizei versuchte, ihn aufzufinden, doch die Nachforschungen blieben ergebnislos. Die Rezeptionistin konnte keine genaue Personenbeschreibung des Unbekannten geben. Es war zu viel Zeit seither vergangen, sie konnte sich nicht mehr erinnern. Vergebens habe man ihr Fotografien vorgelegt, die Männer aus dem näheren Umfeld der Familie Doukarelis zeigten.

Doch unverhofft sei die Polizei auf eine Entdeckung gestoßen. Zwei Tage vor ihrem Verschwinden habe Doukarelis' Frau zweitausend Euro von einem Bankkonto abgehoben, das sie noch nicht überprüft hatten. Erst vorgestern habe die Bank ihnen die neuen Daten übermittelt!

„Wissen Sie vielleicht etwas darüber, Herr Doukarelis?"

Er schüttelt den Kopf. Dabei wirkt er sehr müde und niedergeschlagen.

„Wussten Sie etwas von diesem Konto Ihrer Frau?"

„Nein, sehen Sie ... Ich hatte keinen Grund, meiner Frau hinterher zu spionieren. Das habe ich nie getan. Aber ... ich glaube, dass ... Ja, über das Girokonto hinaus, so hat sie mir irgendwann gesagt, hätte sie ein weiteres Konto, auf das sie jeden Monat eine kleine Summe überweise. Für Notfälle, Sie verstehen ..."

„Haben Sie irgendeinen Verdacht, warum sie so viel Geld abgehoben hat, Herr Doukarelis?"

„Nein", erwidert er einsilbig. Er sieht nicht gut aus, er wirkt bleich. Sein verlorener Blick geht in die Ferne, als lausche er nach irgendetwas. Nach der großen Explosion vielleicht, den Quarks oder seinen drei Milliarden Körperzellen, die er irgendwann hinter sich lassen wird und die sein Vermächtnis an die Welt bilden. Schwindel überkommt ihn. Er fasst sich ins Gesicht, seine Gedanken verwirren sich, er verlangt nach einem Glas Wasser.

„Ein Glas Wasser!", ruft der Untersuchungsrichter dem Ordnungshüter der Insel zu.

Dann fragt er Doukarelis, warum er Athen verlassen habe, warum er an diesen gottverlassenen Ort gereist sei. Zur Illustration seiner Aussage wischt er sich mit einem weißen Taschentuch den Schweiß von Hals und Stirn. Doukarelis sagt, er habe Abstand gebraucht von all den Dingen, die ihm in der letzten Zeit die Luft abschnürten, er habe zur Ruhe kommen wollen. Er erklärt, ihm sei diese Gegend vertraut. Hier habe er seinen großen Durchbruch als Archäologe erlebt.

Der Dorfpolizist unterbricht das Gespräch, stellt das Wasserglas auf den Tisch, bleibt einen Moment unentschlossen stehen, kratzt sich ratlos am Kopf. „In Ordnung, wir brauchen Sie nicht weiter, Sie können gehen", herrscht der Untersuchungsrichter ihn an und wartet ab, bis er gegangen ist.

Der Untersuchungsrichter bittet Doukarelis, sich erneut die letzten Tage vor dem Verschwinden seiner Frau in Erinnerung zu rufen. War ihm an ihrem Verhalten etwas Ungewöhnliches aufgefallen? *Hatte sie etwa .... einen Liebhaber?* Er hebt das letzte Wort hervor, betont es gekünstelt, speziell die erste Silbe. Die letzten beiden hingegen steigern sich noch zu einer Frage. Doukarelis hebt den Kopf und blickt ihm in die Augen. Sein Blick ist trüb, seine Augen sind blutunterlaufen. Der Untersuchungsrichter wartet auf seine Antwort.

„Nein, sie hatte keinen Liebhaber, das kann nicht sein", stammelt er mit erloschener, brüchiger Stimme.

„Herr Doukarelis", wiederholt der andere, „Sie müssen sich diese letzten Tage noch einmal in Erinnerung rufen. Wir sind auf Ihre Hilfe angewiesen."

19

Er sieht vor sich, wie sie durch die Tür hereintrat, ihre Jacke an den Kleiderständer hängte und ihre Handtasche aufs Sofa warf. Wie er die Zeitung sinken ließ, die Pfeife aus dem Mund nahm und lächelte, als sie ihm einen raschen Kuss auf die Lippen drückte. Dann bereitete sie ein kleines Mittagessen zu. Immer noch spürt er den Geschmack ihres Lippenstifts. Abends, es war Samstag, gingen sie mit Apostolos und Evanthia in der Plaka essen. Apostolos war ein langjähriger Freund und Fachkollege. Die beiden erkundigten sich nach Ismini. Doukarelis antwortete, sie schneide bei den Prüfungen hervorragend ab und seine Kollegen in Thessaloniki seien von ihr sehr angetan. Sie zeigten großes Interesse, Isminis Masterarbeit zu betreuen. Evanthia neckte ihn, er müsse sich darauf gefasst machen, sie bald als Brautvater in die Kirche zu führen. „Wie die Zeit vergeht!", bemerkte er mit einem Lächeln.

Er erinnert sich, dass seine Frau einen Salat bestellt hatte. In der letzten Zeit hielt sie Diät, um einige Kilos loszuwerden, die sich an den Hüften festgesetzt hatten. Apostolos erklärte ernsthaft, er mache jetzt auch Diät, nämlich die Kartoffeldiät. Die anderen fragten sich, was das sein sollte. „Ich esse alles", antwortete er. „Alles, außer Kartoffeln." Sie lachten. Nach dem Essen teilten sie sich eine Flasche Sandeman aus dem Douro-Tal und saßen schweigend da, den Blick auf den Mond gerichtet, der langsam auf die Akropolis zusteuerte.

„Ganz schön viel Romantik, Leute!", bemerkte Doukarelis.

„Wieso? Ist es schlimm, romantisch zu sein?", wunderte sich Apostolos.

Der zwanzigprozentige Alkohol brachte sie in Stimmung. Sie lächelten, ein jeder verlor sich in seinem eigenen vergänglichen Nirvana. Doukarelis beobachtete seine Frau dabei, wie sie das Glas an die Lippen führte und ein Tropfen Sherry daran hängen blieb. Sie waren in einem diskreten Rotbraun geschminkt. Ihr Gesicht war von der Aura eines Heiligenscheins umgeben.

„Giorgos", sagte sie scherzend, „war früher auch Romantiker. In der letzten Zeit allerdings ist er zum Zyniker geworden. Romantik verspürt er nur noch bei den Ausgrabungen zwischen den Gräbern und den Toten."

Sie lachten, als das befreundete Ehepaar meinte, selbst in ihrem Alter könne ein wenig Romantik ab und zu nicht schaden.

„Ich bin doch im besten Alter", bemerkte Doukarelis, worauf Apostolos hinzufügte, nicht er, sondern seine Frau sei im besten Alter. Wieder blickte sie ihn für einen kurzen Moment mit diesem seltsam durchdringenden Blick an. Und in seinem Gedächtnis wurden unangenehme Erinnerungen wach.

Doukarelis erklärte ihnen, für ihn äußere sich Romantik in der Ausgrabungsarbeit auf den Ägäisinseln, wenn sie, gepeitscht vom Seewind und unter sengender Sonne, zwischen Steinmauern, Schieferplatten, Oleander, Feigenbäumen und Weinstöcken schufteten. Alle drei stimmten zu, schließlich sei er doch ein Romantiker, ganz egal, was er sage. Auch, wenn er den starken Mann spiele.

Am nächsten Tag saß er am Schreibtisch, und obwohl es fast schon Mittag war, trug er immer noch seinen Schlafanzug. Er saß an den letzten Korrekturen für die Publikation seiner letzten Ausgrabung auf der Insel Iraklia. Da läutete das Telefon. Seine Frau hob ab. Er dachte, es sei Ismini aus Thessaloniki. Nachdem ein paar Minuten verstrichen waren, schlurfte er in seinen Pantoffeln übers Parkett ins Wohnzimmer, weil auch er ein paar Worte mit seiner Tochter sprechen wollte. Da hörte er das Lachen seiner Frau. Und dann erblickte er sie im gleißenden Licht dieses Sonntagmorgens, mit ihrem langen schwarzen Haar, das offen über die Schultern fiel und einen Gegensatz zu ihrem hellen Gesicht bildete. Plötzlich fiel ihr Blick auf ihn und sie schien, so war sein Eindruck zumindest, kurzfristig die Haltung zu verlieren. Doch dann erlangte sie ihre Selbstbeherrschung wieder. Ihre Gestalt strahlte denselben Glanz aus wie damals, als sie sich kennenlernten.

„Giorgos", rief sie ihm zu, „Apostolos will dich sprechen."

Er ging auf sie zu und führte den Hörer ans Ohr, blickte ihr jedoch gleichzeitig weiter ins Gesicht. Er hörte einen von Apostolos' üblichen Scherzen: „Noch Restalkohol von gestern, was?" Er wollte ihm den Witz mit dem Betrunkenen erzählen. „Das Kind ruft: ‚Mama, der Papa ist schon wieder betrunken!' Und sie wundert sich: ‚Woran hast du das gemerkt, Schatz?' Und das Kind antwortet: ‚Er ist im Bad und rasiert den Spiegel.'" Am anderen Ende der Leitung war Apostolos' dröhnendes Gelächter zu hören, und auch er zwang sich zu einem Lachen. Im Anschluss warf er seiner Frau noch einen letzten Blick zu.

20

„Er hat Sie angerufen, weil er Ihnen einen Witz erzählen wollte?", hört Doukarelis eine Stimme sagen.

Er weiß nicht, wie ihm geschieht. Wer hat ihn das gefragt? Wem gehört diese Stimme? War es die innere Stimme seines Gewissens, die in einer fremden Person Gestalt angenommen hat, nur um ihn zu quälen? Doukarelis schießt ein verrückter Gedanke durch den Kopf: Ist er gegen seinen Willen gefangen in einer Geschichte, aus der er nicht mehr herausfindet? Aber wer zum Teufel sollte ihn in diese Falle locken? Und warum? Ist alles eine Ausgeburt seiner Fantasie? Lebt er in einer Scheinwelt? Wäre er der Held eines Romans, könnte er durchhalten. Denn dort gibt es immer eine Hoffnung. *Und wenn sie nicht gestorben sind, dann leben sie noch heute ...*

Die Stimme beharrt: „Er hat Sie angerufen, weil er Ihnen einen Witz erzählen wollte?"

Doukarelis hat sich in die letzten Tage damals zurückversetzt. Im Sog seiner düsteren Gedanken hat er versucht, sich alle Versatzstücke in Erinnerung zu rufen, die in seinem Gedächtnis aufgezeichnet sind. Jetzt kehrt er in die Gegenwart zurück, zu seinem zweiten Ich, in die wirklich existierende Welt, in diesen engen und freudlosen Raum. Ihm gegenüber sitzt der Untersuchungsrichter, der auf seine Antwort wartet und sich mit einem Blatt Papier Luft zufächelt, um sich in der Hitze Erleichterung zu verschaffen.

„Ja, so ist Apostolos. Er ist ein passionierter Witzeerzähler. Er hat mich oft auch spät abends angerufen, um mir einen Witz zu erzählen."

„Kam Ihnen das nicht seltsam vor, Herr Doukarelis?"

„Keine Ahnung. Nein, eher nicht."

„Sie haben mir beschrieben, wie Ihre Frau an diesem letzten Morgen am Telefon reagiert hat. Am Vortag ihres Verschwindens wirkte sie also überrascht, als Sie plötzlich vor ihr auftauchten."

„Moment mal ... Ich habe Ihnen die Reaktion meiner Frau doch gar nicht beschrieben."

„Doch, haben Sie, Herr Doukarelis. Hier, bitte sehr. Vor mir liegt der Text."

Doukarelis hat nicht darauf geachtet, dass der Untersuchungsrichter die ganze Zeit seine ergänzende Aussage auf einem offiziellen Briefbogen mitgeschrieben hat. Sehr eigenartig! Wie in seinem Kopf alles drunter und drüber geht ... Jetzt wird es ihm klar: Er hat nicht alles für sich behalten und ausschließlich in seinen Gedanken formuliert. Die ganze Zeit hat er laut erzählt, was damals passiert ist. Seine Miene verfinstert sich. Seine persönlichen Erinnerungen und seine ganz privaten Augenblicke mit seiner Frau sind nun auf dem offiziellen Briefbogen festgehalten, DIN A4 21x30, 80 gr, weiß, ganz oben das Logo der griechischen Polizei und das tiefblaue Emblem der Republik Griechenland. Seine Worte sind nun aktenkundig. Ist es möglich, dass sein ganzes Leben auf diesem Briefbogen Platz findet? Es wird Teil seiner Akte, landet dann in der verstaubten Schublade eines metallenen Büroschranks und bleibt für jeden neugierigen Dorfpolizisten zugänglich, der seine Nase hineinstecken will. Mit der Zeit vergilbt das Papier, unsichtbare Insekten zernagen es, es wird muffig, modrig und schimmelig. Ist das sein Leben?

„Haben Sie den Verdacht, dass mit diesem Apostolos etwas gelaufen sein könnte?"

„Nein ... Das habe ich nie gesagt."

„Aber Sie haben es angedeutet."

„Nicht doch ... Schauen Sie, es stimmt, dass es mir an dem damaligen Tag durch den Kopf gegangen ist."

„Was genau ist Ihnen durch den Kopf gegangen?"

„Dass ... es sein könnte, dass zwischen ihm und meiner Frau etwas läuft."

„Glauben Sie das heute auch noch?"

„Nein ... nein ..."

„Warum nicht?"

„Ich bin mit Apostolos seit meiner Anfangszeit an der Uni eng befreundet. Und ich glaube nicht, dass meine Frau je so etwas getan hat. Vertrauen war ... ist das Fundament unserer Beziehung."

Als sein Handy läutet, reagiert er überrascht. Er blickt auf die Nummer und drückt dann den Anruf weg. Der Untersuchungsrichter blickt andächtig zur Zimmerdecke hoch. Sein Blick verliert sich zwischen den Holzbalken, der Schilfdecke und den Spinnweben in den Ecken. Dann ruft er den Dorfpolizisten kurz zu sich und fragt, ob das Revier über einen Ventilator verfüge.

„Nein? Alles klar!"

„Es war meine Tochter", flüstert Doukarelis.

„Sollen wir kurz unterbrechen?"

„Nein, ich würde es lieber jetzt zu Ende bringen."

„Herr Doukarelis, Sie behaupten, Ihre Frau habe sie nicht betrogen, oder zumindest glauben Sie das, wie Sie sagen. Aber ganz sicher sind Sie nicht", sagt der Untersuchungsrichter. Er blickt Doukarelis in die Augen, ganz tief in die Pupillen. Er wartet. Gern würde er bei dieser Befragung einen Lügendetektor einsetzen. Doch hier ist man in Griechenland, und nicht in den USA. Die Untersuchungsmethoden sind hier noch nicht soweit.

„Hören Sie, Herr ..., sowohl in meinem privaten als auch in meinem beruflichen Leben habe ich gelernt, dass man sich niemals sicher sein kann."

„Das meine ich auch. Waren Sie auf Ihre Frau eifersüchtig, Herr Doukarelis?", setzt der Untersuchungsrichter aus heiterem Himmel nach.

Doukarelis reagiert genervt, sein Blick verdunkelt sich. „Ich bitte Sie, Herr ... Wie können Sie es wagen? Ich dachte, es geht darum, eine zusätzliche Aussage zu machen, und nicht darum, ein Geständnis abzulegen."

„Alles ist von Bedeutung, Herr Doukarelis. Es ist Ihre Entscheidung, wenn Sie mir nicht antworten wollen."

„Das heißt, wenn ich recht verstanden habe, verdächtigen Sie mich wegen des Verschwindens meiner Frau?"

„Aber nein. Diese Möglichkeit haben wir untersucht und ad acta gelegt. Vorläufig jedenfalls ..."

Doukarelis ist ins Schwitzen gekommen. Sein Denkvermögen lässt ihn im Stich, sein Schädel brummt, ihm wird schwindelig. Er schließt die Augen und presst die Fingerspitzen in die Augenhöhlen, an die Stirn und an die Nasenwurzel.

„Haben Sie Ihre Frau je betrogen, Herr Doukarelis?", beharrt der Untersuchungsrichter.

Doukarelis erhebt sich von seinem Platz, den Strohhut behält er in der Hand. Er ist knapp davor, wutentbrannt hinauszustürzen. „Wer gibt Ihnen das Recht ...? Sind Sie hergekommen, um mich auf die Couch zu legen?"

„Herr Doukarelis, bitte setzen Sie sich wieder. Ich war die ganze Nacht hierher unterwegs. Seit achtundvierzig Stunden habe ich nicht mehr geschlafen. Ich tue nur meine Arbeit und versuche, den Fall zu lösen. Es tut mir leid, wenn ich Ihnen Unannehmlichkeiten bereite, aber Sie müssen verstehen ... Wir müssen alles überprüfen, wenn wir die Wahrheit herausfinden wollen. Arbeiten Sie in der Archäologie nicht genauso? Sind das nicht auch Ihre Methoden?"

Doukarelis seufzt, der andere hat recht. Das muss er zugeben, daher nimmt er wieder Platz.

„Herr Doukarelis ...", sagt der Untersuchungsrichter. Er blickt ihm vorsichtig ins Gesicht und lässt ein paar Minuten verstreichen. Er setzt die Pausen spielerisch ein, genauso wie den Tonfall seiner Stimme und sein Mienenspiel. Vielleicht ist das seine Taktik, die er im Zuge seiner Ausbildung gelernt hat. Oder vielleicht hat er sie sich im Laufe seiner Dienstzeit angeeignet. Vielleicht ist es eine Fähigkeit, die er im Umgang mit Mördern, Vergewaltigern, Prostituierten, Betrügern, Drogensüchtigen, Schuldigen und Unschuldigen und Menschen wie Doukarelis entwickelt hat. „Herr Doukarelis", fährt er fort, „warum haben Sie den Vorfall mit Apostolos in Ihrer ersten Vernehmung auf dem Präsidium nicht erwähnt?"

„Es schien mir nicht wichtig."
„Tja, jetzt aber schon."
„Nein, auch jetzt nicht."
„Aber warum haben Sie es dann erwähnt?"
„Weil Sie mich gebeten haben, mich an diese letzten Tage zu erinnern."
„Der Vorfall hat sich Ihnen aber eingeprägt. Ich frage Sie noch einmal, Herr Doukarelis. Glauben Sie, dass Ihre Frau mit Apostolos eine Affäre hatte?"
„Nein ... nein. Um Himmels willen. Lassen Sie ihn aus dem Spiel. All das hat nichts mit Apostolos zu tun."
„Herr Doukarelis, ich wiederhole es noch einmal: Bei polizeilichen Ermittlungen sollte man nichts ausschließen. Wir haben da unsere Erfahrungen."
„Dann ... tun Sie, was Sie nicht lassen können. Ich kann Sie nicht aufhalten. Ich sage Ihnen nur, dass Apostolos an dem Tag, als meine Frau verschwunden ist, also den ganzen Montagmorgen, an der Uni war. Ich selbst habe ihn zweimal in seinem Büro besucht. Meine Frau wird, wenn ich mich nicht täusche, seit elf Uhr dieses Tages vermisst, nachdem sie ihr Büro verlassen hatte, um im Athener Zentrum ein paar Einkäufe zu erledigen. Folglich ..."
Der Untersuchungsrichter hebt die Hand, schüttelt abwehrend den Kopf und fällt ihm ins Wort: „Das beweist gar nichts, Herr Doukarelis. Ich erinnere Sie daran, dass Ihre Frau am Nachmittag desselben Tages in einem Hotel auf Euböa gesehen wurde. War Apostolos da in Ihrer Nähe?"
Doukarelis seufzt auf und lässt die Schultern sinken. „Nein, war er nicht", antwortet er.

„Herr Doukarelis, ist Ihnen an dem damaligen Morgen am Verhalten Ihrer Frau irgendetwas Ungewöhnliches aufgefallen?"

„Nein. Sie ist vor mir zur Arbeit aufgebrochen. Wir haben nur kurz miteinander geredet."

„Hat sie nichts mitgenommen?"

„Nein, gar nichts. Weder Geld noch Kleider, soweit ich es mitbekommen habe. Aber das habe ich damals schon im Präsidium ausgesagt."

„Ja, richtig. Aber sind Sie sicher, dass *der Koffer*, der aus der Wohnung fehlte, tatsächlich in Thessaloniki ist? Ich meine ... Hat ihn Ihre Frau wirklich nicht mitgenommen?"

„Aber nein, das hat meine Tochter doch bestätigt. Mehr kann ich Ihnen dazu nicht sagen ..."

„Hatte sich Apostolos' Verhalten in den Tagen danach verändert?"

„Nein, überhaupt nicht. Als er vom Verschwinden meiner Frau hörte, kam er mit Evanthia zu mir nach Hause, um mich zu trösten. An der Uni haben wir uns in der letzten Zeit nicht mehr getroffen. Ich habe Urlaub genommen, wenn Sie verstehen. Aber wir telefonieren regelmäßig miteinander."

„Ich frage Sie noch einmal, Herr Doukarelis ... Können Sie sich vorstellen, warum Ihre Frau am Vortag ihres Verschwindens zweitausend Euro abgehoben hat?"

„Nein."

„Hat sie das Geld mitgenommen?"

„Wohin mitgenommen?"

„Das kann ich Ihnen nicht sagen, Herr Doukarelis. Wir hoffen, dass Sie uns dabei weiterhelfen."

Der Untersuchungsrichter entlässt ihn schließlich mit der Feststellung, er habe ihn nun genug gequält. Zum Abschluss ermuntert er ihn, jede Kleinigkeit, die ihm einfällt, *je-de Klei-nig-keit*, er betont dabei jede Silbe, rückhaltlos der Polizei zu melden. Er werde bis zum Nachmittag noch auf der Insel sein und dann mit dem Boot der Hafenpolizei nach Naxos übersetzen, von wo er die Verbindungen der Küstenschifffahrt nach Athen nutzen werde, *der Herr Kommissar*. Doukarelis bestätigt kühl, er werde sich daran halten. Dann geht er – mit gerunzelten Brauen, mit gebeugtem Kopf und gedankenschwer. Was soll die Fragerei nach dem Geld? Warum sie es abgehoben und was sie damit gemacht hätte? Er weiß nicht mehr, welchen Hypothesen er glauben soll. Den Verdächtigungen des Untersuchungsrichters oder seinem eigenen Gewissen? Warum, zum Teufel, hat er bloß das alles über Apostolos gesagt? Im Grunde konnte man natürlich nichts ausschließen. Aber, verdammt noch mal, er kannte doch seine Frau! Auch wenn er bisweilen seine Zweifel hatte. Doch eine innere Stimme ruft ihm in Erinnerung, dass ein Ehebruch ganz überraschend kommen kann, ehe man es sich versieht. Zuerst fühlt ihn das Herz, dann erst registriert ihn der Verstand. Alles, was ihm bisher fest und sicher schien, gerät ins Wanken. Er verliert den Boden unter den Füßen. Doch er hätte es wissen müssen, so ist das Leben. So verlief auch seine akademische Karriere: ohne unerschütterliche Wahrheiten. In der Archäologie gibt es keine sicheren Erkenntnisse. Nur viele Fragen und wenige Antworten. Wie sollte er da über sein Leben mehr sagen können? Fragen über Fragen nisten in seiner Seele. Er versucht, sich an jede Einzelheit zu erinnern. War da vielleicht tatsächlich etwas zwischen den beiden gewesen? Wieder und wieder lässt er ihre Gesichter und ihre gemeinsamen Treffen vor seinem geistigen Auge Revue passieren.

21

Zu seinen Füßen liegt das Meer. Schäumend schlägt es an die Felsen. Wie viele Meter mochten es bis zum Meeresgrund sein? Es war ein unendlich tiefer Abgrund. An seinen Schuhen bleiben winzige Salzwasserbläschen hängen, die weiße Punkte hinterlassen. Es sind Erinnerungsmale einer früheren Existenz, die vom zähen Leder aufgesaugt und ausgelöscht werden. Die Sonne versengt die Augen. Manchmal gehen ihm seltsame Gedanken durch den Kopf ... In diesem Moment läutet sein Handy.

„Guten Morgen, Papa."

„Guten Morgen, mein Schatz."

„Wie läuft's bei dir?"

„Was soll schon sein ... Nichts Besonderes ... Ni ... Nichts, was der Mühe wert wäre."

„Das klingt ja gar nicht gut. Wenn du beim Sprechen stockst, ist etwas nicht in Ordnung ... Du bist ganz außer Atem. Ist etwas passiert?"

„Nein ... Was soll schon passiert sein? Ich war ein wenig spazieren und bin jetzt müde. Sind die Prüfungsergebnisse raus?"

„Noch nicht. Ich warte noch drauf ... Demnächst, heißt es im Sekretariat."

„Gut ... Alles wird gut. Was für Wetter habt ihr?"

„Wir sind ja in Athen, nichts als Zement, aber das weißt du ja ... Und dann noch die Hitze dazu ..."

„Zum Glück ist es hier bei uns ein wenig kühler."

„Papa, gibt es Neuigkeiten von Mama?"

„Nein, noch nicht. Sie suchen weiter."

„Gut. Ist bei dir wirklich alles in Ordnung?"

„Alles bestens, mach dir wirklich keine Sorgen."

„Soll ich zu dir auf die Insel kommen? Hättest du gern Gesellschaft?"

„Nein ... Nein, Schatz, lass nur. Ich bleibe nicht mehr lange. In ein paar Tagen packe ich meine Sachen und komme zurück. Mach dir keine Gedanken. Warst du in den letzten Tagen mal in der Wohnung?"

„Nein, ich mag nicht hingehen. Das macht mir Angst."

„In Ordnung. Ich meine nur, ob du in den Briefkasten geschaut hast. Kann sein, dass ..."

„Gut, ich schaue morgen vorbei. Aber nur zusammen mit der Tante. Alleine mach ich das nicht, weißt du ..."

„Ja, klar ... Wie geht's deiner Tante?"

„Prima. Du kennst sie ja ... Sie kümmert sich rührend um mich. Ab und zu gehe ich abends aus, sonst fällt mir die Decke auf den Kopf."

„Schau mal, Ismini, wir müssen es so sehen: Das Leben geht weiter. Wir dürfen den Kopf nicht hängen lassen."

„Das sagst gerade du, Papa?"

„Ja, gerade ich."

„Na gut, melde dich hin und wieder. Schön, dass es dir gut geht."

„Einverstanden. In ein paar Tagen bin ich zurück. Ah, sag mal, Ismini ... Bist du sicher, dass der Lederkoffer deiner Mutter in Thessaloniki ist?"

„Hatten wir das Thema nicht schon? Mama hat ihn

mir mitgegeben. Meiner war beim Packen kaputt gegangen. Und ich hatte keine Zeit, mir einen neuen zu kaufen. Wie kommst du drauf?"

„Ach, nichts weiter ... Es ist mir nur wieder eingefallen und da wollte ich ..."

„Ist wirklich alles okay bei dir? Du verschweigst mir doch etwas, Papa!"

„Nein ... Nein, mein Schatz, ich habe keine Geheimnisse. Mach dir keine Sorgen."

„Na dann, bis später."

„Bis bald, mein Liebes, pass gut auf dich auf."

„Du auch."

Ja, er hatte seine Tochter. Sie war das Wertvollste in seinem Leben. Sie war das Wichtigste, das er irgendwann zurücklassen würde. Er erinnert sich an ihre fassungslose Reaktion, als er ihr vom Verschwinden ihrer Mutter berichtete. Sie brauchte eine Weile, um sich von der Nachricht zu erholen, gewann ihre Fassung jedoch recht bald wieder. „Habt ihr euch gestritten?", fragte sie ihn. „Habt ihr vielleicht ...?" Er meinte, sie solle sich nicht mit solchen Fragen quälen, das habe keinen Sinn. Sie wirkte besonnen, obwohl ihr die Nachricht zu schaffen machte. Nur in der Wohnung wollte sie nicht alleine bleiben. Sie war eine gute Tochter und über ihr Alter hinaus reif. Es sah so aus, als würde sie an der Uni nur Bestnoten einheimsen. Sie hatte sich auf Literaturwissenschaft eingeschworen und der Archäologie eine Absage erteilt. Sie wolle nicht in der Erde herumwühlen und Knochen ans Tageslicht bringen, meinte sie. Die gehörten ins Jenseits und sie habe nicht vor, ihre Ruhe zu stören.

Ihm kommt der erste Tag in der Geburtsklinik in den Sinn ... Als sie das Licht der Welt erblickte, hatte sie die Augen weit, ganz weit offen. Sie schaute ihrer Mutter direkt in die Augen, über und über bedeckt vom Fruchtwasser, das an ihrem Rücken zu einer dicken weißen Schicht getrocknet war. Sie weinte herzzerreißend. Und als die Hebamme die Nabelschnur mit der Schere durchtrennte, griff sie sich mit der linken Hand ans Köpfchen. Ihr Gesicht war blau angelaufen, ihr Mund weit aufgerissen, und sie bebte am ganzen Körper, obwohl kein Weinen zu hören war, als hätte sie schon damals gewusst: Was geschehen ist, kann man nicht mehr rückgängig machen. Punktum, sie würde hier bleiben, in dieser ungastlichen Welt. Da weinte auch er. Vor Freude. Tränen liefen ihm über die Wangen. Das war Glück, das größte Glück.

22

Wie es scheint, kommt er heute nicht zur Ruhe: Es klopft. Verärgert öffnet er die Tür und steht seiner Vermieterin gegenüber. Sie wünscht ihm einen guten Tag und entschuldigt sich für die Störung. Sie habe gesehen, dass der Dorfpolizist bei ihm war, und sie hoffe, er habe keine Unannehmlichkeiten.

„Nein ... Nein. Alles gut."

Wie sollte er jetzt mit ihr plaudern? Was sollte er ihr sagen? Was hatte er mit einer fremden Frau zu schaffen? Sollte er ihr hier auf der Türschwelle sein Herz ausschütten? Fände sie das ganz normal?

Genau in dem Moment, als er die Tür schließen will, streckt sie unerwartet ihre Hand aus. Er ist überrascht und verstört. Es ist eine riskante Geste. Leicht könnte sie missverstanden werden. *Was mischt du dich in mein Privatleben ein? Warum steckst du deine Nase in meine Angelegenheiten, Gnädigste?* Ja, solche Worte lagen ihm schon auf der Zunge, aber er sprach sie nicht aus.

„Herr Doukarelis, da ich Sie ohnehin schon gestört habe: Wollen Sie nicht eine Tasse Kaffee mit mir trinken? Hier unten im Hof. Er ist in zwei Minuten fertig."

Doukarelis blickt ihr einen kurzen Moment verwundert in die Augen und versucht, ihre Absichten zu erraten. Er stutzt, fast hat er sich schon entschlossen: *Vielen Dank, aber ich habe noch etwas zu erledigen, vielleicht ein andermal.* Aber er lehnt dann doch nicht ab. Nicht mal am Morgen hat er Kaffee getrunken, er kann eine

Tasse gebrauchen. Außerdem ist es ja seine Vermieterin, sie wird ihn schon nicht auffressen. Er kann seine Geheimniskrämerei ruhig mal sein lassen. Wie lange will er sich noch wie der Steppenwolf vor der Welt verkriechen?

„Ich bin in fünf Minuten unten, danke."

Sie stellt erst die Tassen auf das Tischchen, dann die Wassergläser und holt zwei Plastikstühle heran. Doukarelis kommt langsam die Treppe herunter und nimmt Platz. Die Bougainvillea wirft ihren Schatten auf sie. Immer wieder werden ihre roten Blüten von den gelegentlichen Windstößen fortgerissen. Na also, der erste Schritt ist getan. Die Würfel sind gefallen. Das Eis ist gebrochen. Jemand hat das Drehbuch entworfen: Es sieht nach einem romantischen Treffen aus – ein Mann, eine Frau, Kaffeetrinken, die Bougainvillea, die roten, durch die Luft wirbelnden Blüten.

„Ist wirklich alles in Ordnung?", fragt sie erneut. Sie bemerkt seine Blässe.

„Ja, alles in Ordnung", antwortet er, aber offenkundig sagt er nicht die Wahrheit. Es ist an seinem Blick, an seinem Gesichtsausdruck, an seinen Worten abzulesen und an allem, was er zu verbergen sucht.

Doukarelis beobachtet sie, wie sie ihre Tasse in der Hand hält. Sie ist noch jung und sieht gut aus. Er fragt, wie es sie auf diese vergessene Insel verschlagen hat.

Sie habe Jahre in Amerika gelebt, in New York, *im Land der Freien und in der Heimat der Tapferen*. Sie habe Anglistik studiert, geheiratet und sich dann getrennt. Vor ein paar Jahren habe sie sich entschlossen, auf die Insel ihrer Vorfahren zurückzukehren. So habe sie die Pension eingerichtet, zum Zeitvertreib. Es sei schön hier, doch das Leben stehe im Winter wie im Sommer förmlich still. Ihre Gesellschaft ist angenehm, ihre Stimme ist sanft und charmant, sie lächelt oft.

„Und Sie?"

„Ich?"

„Sind Sie verheiratet?"

Schon wieder überrascht sie ihn. Was soll er antworten? Er zögert seine Entscheidung hinaus. *Wahr oder falsch*, das alte Kinderspiel kommt ihm in den Sinn. Schließlich entschließt er sich, so unbequem es auch sein mag, für die *Wahrheit*.

„Ja, ich bin verheiratet, aber ... Wissen Sie, meine Frau wird seit sechs Monaten vermisst. Die Polizei sucht immer noch nach ihr", sagt er mit rauer Stimme.

Spontan streckt sie die Hand aus und streichelt seinen Handrücken. Dort, wo die blauen Adern aus dem Fleisch pulsierend nach oben dringen – als Zeichen, dass er am Leben ist. Die Dinge entwickeln sich heute sehr rasch.

„Das tut mir leid ...", sagt sie, zieht ihre Hand zurück und fährt nach kurzer Pause fort: „Ich will nicht indiskret sein, aber ... Haben Sie einen Verdacht?"

„Nein, absolut nicht."

„Jetzt verstehe ich, warum Sie auf unsere Insel gekommen sind."

„Ja, es ist viele Jahre her, dass ich hier Ausgrabungen geleitet habe. Damals habe ich sehr bedeutende Funde gemacht. Seitdem bin ich nicht mehr hier gewesen. Und mir scheint, dass sich auf Ihrer Insel vieles verändert hat. Auch die Menschen ..."

„Stimmt, von den Ausgrabungen habe ich gehört. Wissen Sie, die Menschen hier sind störrisch und merkwürdig. Vielleicht sollte ich es nicht sagen, aber da wir im Gespräch drauf gekommen sind ... Wissen Sie, sie halten mich auf der Straße an und fragen nach Ihnen. Es sind verschiedene Gerüchte über Sie im Umlauf."

Doukarelis verharrt in nachdenklichem Schweigen. Doch die Neugier lässt ihm keine Ruhe. „Was sagen sie denn?"

„Dass Sie ein seltsamer Geheimnistuer seien, und dass Sie in den Ruinen herumschleichen. Jemand hat Sie angeblich sogar dabei gesehen, wie Sie sich nackt beim Teufelsauge zwischen den Felsen versteckt haben. Die Leute hier sind sehr neugierig, Herr Doukarelis. Passen Sie auf ..."

„Das werde ich", sagt er und erhebt sich. Er denkt, dass dieser Kaffee zu lange gedauert hat. Oberhalb der Nase gräbt sich eine senkrechte Linie in seine Stirn. Er wirkt zerstreut und abwesend, verloren im Ödland, in seiner planetenhaften Einsamkeit. „Vielen Dank für den Mokka, er hat mir gut getan."

„Ich habe mich auch über unser Gespräch gefreut. Wissen Sie, auf dieser *vergessenen Insel*, wie Sie sagten, hat man nicht oft die Gelegenheit, sich mit kultivierten Menschen zu unterhalten. Koufonissi liegt in jeder Hinsicht am Ende der Welt, Herr Doukarelis."

„Nochmals vielen Dank", sagt er. Als er missmutig die Treppe zu seinem Zimmer hochgeht, wendet er sich noch einmal um und blickt sie an. „Ihre Rosenstöcke und die Geranien brauchen Dünger, die Gardenien Eisen. Ihre Blätter sind vergilbt. Sie brauchen organische

Substanzen wie Stickstoff, Phosphor und Kalium und auch Pflanzenerde oder Dung. Wir hatten bei uns zu Hause sehr viele Rosenstöcke. Meine Frau hatte viel Freude daran. Sie hat sich selbst darum gekümmert. Jetzt sind sie vertrocknet."

Sie nickt, blickt auf ihre Blumen und schürzt die Lippen. „Sie haben recht. Sie brauchen Dünger. Ich kümmere mich darum."

Die Sonne steht im Zenit. Es ist Mittag.

23

Es wird Abend. Ein zarter Nebel hat sich herabgesenkt und breitet seinen geheimnisvollen Schleier über die Welt. Die leuchtenden Farben verblassen rasch und verlöschen im Dämmerlicht. Zu dieser Stunde übernehmen die Schatten die Herrschaft.

Doukarelis sitzt auf dem Balkon und betrachtet die ringsum atmende Nacht. Nachdem der Abendstern in vollendeter Pflichterfüllung seine seit Milliarden von Jahren, seit Anbeginn der Welt unausweichliche Bahn eingeschlagen hat, steht er weithin sichtbar an seinem Platz am Firmament. Gibt es ihn nicht mehr, wird es auch nichts anderes mehr geben. Nach Sonnenaufgang nennt man ihn Morgenstern, die Alten bezeichneten ihn als „Bringer der Morgendämmerung". Doch all diese Bezeichnungen meinen ein und denselben Planeten – die sagenumwobene Venus, den Inbegriff von Weiblichkeit, Liebe und Schönheit.

Doukarelis sieht den Planeten dort oben und hat das Gefühl, er zittere ganz leicht im Dunst des Ägäischen Meeres, als wolle er ihm zuzwinkern. Winzige Fledermäuse, die aus ihren Verstecken geflattert sind, sausen an ihm vorbei und streifen beinah sein Gesicht. Ein Nachtvogel erhebt in der Ferne seine Klage.

Doukarelis ist ganz in seine Gedanken und seine Melancholie versunken. Er lässt die schwierigen Situationen seines Lebens und all die unbeantworteten Fragen Revue passieren, die in der letzten Zeit seine Seele bevölkern. Da läutet erneut sein Handy. Ein-, zwei-, dreimal, bevor er rangehen kann. Die Nummer sagt ihm nichts. Der Anruf wird von seinem Festnetztelefon auf sein Handy weitergeleitet. Das hatte ihm die Polizei geraten, bevor er nach Koufonissi aufgebrochen war.

„Hallo!", sagt er mit heiserer Stimme, die seine Überraschung verrät. „Hallo! Hallo!", wiederholt er, doch die Leitung am anderen Ende ist tot. Sein Herzschlag beschleunigt sich, er reißt die Augen auf, die Angst überrollt ihn.

„Hallo, hallo!", sagt er wieder, hörbar genervt. Ein paarmal ruft er den Namen seiner Frau. Schlagartig hellt sich seine Miene auf. Ist es ein Lebenszeichen? „Bist du's? Bist du's? So antworte doch!"

Aber die einzige Antwort, die er erhält, ist ein schweres Atmen, das aus dem Nichts herüberklingt und seine Wirbelsäule wie ein elektrischer Schlag trifft. Es klingt ihm in den Ohren, dieses männliche, langgezogene, beinah bedrohliche Atmen. Und dann bricht die Verbindung ab. Nur ein beharrlicher, durchdringender, schriller Ton bleibt zurück.

Doukarelis ist verwirrt. Dieser Anruf, so denkt er, ist möglicherweise die erste Nachricht nach langer Zeit, die mit dem Verschwinden seiner Frau zu tun hat. Es klingt, als käme sie aus weiter, nebliger Ferne auf den elektromagnetischen Wellen vom anderen Ende des Universums.

Sofort ruft er den Untersuchungsrichter an, doch dessen Handy ist abgeschaltet.

Die ganze Nacht tut er kein Auge zu. In seinen Ohren dröhnt unentwegt dieses schwere Atmen. Er versucht, diesen Atemzügen am Telefon ein Gesicht zu geben. Doch unmöglich, er kann sich keine konkrete Person dazu vorstellen.

Am nächsten Morgen ruft ihn der Untersuchungsrichter zurück. Man habe ihn bereits benachrichtigt. Die Polizei habe den Anruf aufgezeichnet, der von einer öffentlichen Telefonzelle in Piräus aus getätigt wurde.

„Was hat dieser Anruf zu bedeuten, Herr Kommissar?"

Er hüllt sich in nachdenkliches Schweigen. „Alles und nichts, Herr Doukarelis." *Alles und nichts.*

Der Untersuchungsrichter fordert ihn auf, beim nächsten Mal den Anruf so lange wie möglich hinauszuzögern, den Anrufer am Auflegen zu hindern, zu versuchen, den Unbekannten in ein Gespräch zu verwickeln. Er selbst werde alles daran setzen, ihn in eine Falle zu locken.

24

Maria Doukareli war aus Athen herbeigeeilt. Die Fähre aus Naxos war zu Mittag in Epano Koufonissi eingelaufen. Sie hatte einen großen Koffer dabei. Das hieß, sie hatte nicht vor, mit dem nächsten Schiff gleich wieder zu verschwinden. Doukarelis traf ihr Besuch vollkommen unerwartet. Sie hatte ihr Kommen nicht angekündigt. Die Überraschungstaktik kam also nicht nur im Krieg zur Anwendung, sondern auch in den strategischen Schachzügen einer Ehe.

Doukarelis und Konsorten, wenn nicht gar Komplizen, hatten das Tuten des Schiffes in Herrn Anestis' Taverne gehört. Sie spitzten die Ohren und verstummten kurz. Andreas fragte sich: *Wer sollte hier wohl aussteigen wollen, an diesem vergessenen Ort?* Das Menü bestand aus „Patatato", dem lokalen Ziegenfleisch-Kartoffel-Eintopf, schneckenförmigem Blätterteigkuchen mit Reisfüllung, Bauernsalat und salzigem Ricotta. Alle stürzten sich auf das Essen. Alle bis auf Makis, den zutiefst Verletzten, der lustlos im Essen herumstocherte. Er war das Opfer eines Verrats und störte dadurch die Harmonie der Runde. Er durchlebte seine ganz persönliche Passion, wie Jesus beim Letzten Abendmahl. Alle anderen waren bester Stimmung. Es war Samstag und das Grabungsteam hatte nun Feierabend und dazu noch den ganzen Sonntag zur freien Verfügung. Doukarelis' Tyrannenherrschaft war kurzfristig unterbrochen. Sie beobachteten die Einheimischen, die zum Hafen zogen.

Die Ankunft des Schiffes war an dieser selten befahrenen Strecke ein Wunder, ähnlich wie Manna, das vom Himmel fiel. Einige waren spät dran und versuchten, die Ankunft des Schiffes nicht zu verpassen. Sie erwarteten Inselbewohner, die nach Athen ausgewandert waren, als Sommergäste. Andere warteten auf Päckchen und Pakete, auf bestellte Waren, auf ernüchternde Antworten oder auch auf schöne Aussichten. Ortsfremde verließen verschwitzt und hundemüde mit ihrem Gepäck das Schiff und begannen, sich in den Gassen zu verteilen. Sie ähnelten einem Trupp abgekämpfter Soldaten, die gerade von der Front kamen.

Maria Doukareli fragte sich zu Herrn Anestis' Taverne durch. Gerade als Doukarelis ein Stück aromatisch zubereitetes Fleisch mit der Gabel aufspießen wollte, hob er den Blick und sah sie sonnenüberflutet am Eingang des Lokals stehen. Er fragte sich kurz, ob er einen Geist vor sich sah, ein Abbild seiner Fantasie, eine optische Täuschung. Sie wirkte müde von der anstrengenden Reise. Das aufgewühlte Meer hatte ihr den Magen strapaziert. Es war mittlerweile August und die Meltemi-Winde hatten eingesetzt.

Doukarelis wurde kreidebleich, sein Atem stockte. Er versuchte, den Kloß in seinem Hals hinunterzuschlucken, ließ das Besteck fallen und ging auf sie zu. *Eins, zwei ..., eins, zwei ...* Fast hätte er das Tischtuch mitsamt den Tellern und Gläsern heruntergerissen. Er küsste sie auf beide Wangen. Schließlich fand er sein Lächeln wieder, auch seine Wangen zeigten wieder Farbe. Dann griff er nach ihrem Koffer und ließ sie neben sich Platz nehmen.

„Wo kommst du denn her?", fragte er.

„Ich wollte dich überraschen. Ich hoffe, ich komme nicht ungelegen ..."

Doukarelis tat alles, um ihre Ankunft angenehm zu gestalten. Er rief nach Herrn Anestis, *der Herr Professor*, und verlangte nach einem weiteren Teller mit Besteck. Erst zierte sie sich, doch schnell gab sie klein bei, als das Schmorfleisch mit Kartoffeln vor ihr auf dem Teller lag. Doukarelis stellte seine Mitarbeiter einzeln vor, als stünden sie – *Habacht!* – dem General gegenüber, der die Truppe – Gewehre, Soldatenstiefel und Knöpfe – inspizieren sollte. Als Antigoni an die Reihe kam, blieb ihr Gesicht ausdruckslos, oder besser gesagt kühl. Immer wieder lugte sie zur Ehefrau hinüber, mit einem Röntgenblick, der Gesicht, Nase, Mund, Augen und Haar durchdrang. Makis starrte mit offenem Mund vom einen zum anderen, sein Gesicht war bleich geworden. Seine Miene hatte sich verfinstert, sie spiegelte Gewitterstimmung wider. Die ganze Zeit wetzte er auf seinem Stuhl hin und her, als hätte er Hummeln im Hintern.

Maria Doukareli lobte Herrn Anestis' Kochkünste. „Wenn die Insel so vielversprechend ist wie Ihre Speisen, dann ...", bemerkte sie.

Auf Angelikis Frage antwortete sie, sie wolle eine Woche auf der Insel bleiben und einen kleinen Badeurlaub machen, da ein harter Winter mit vielen anhängigen Klagen und Gerichtsverhandlungen auf sie warte. Außerdem sei sie neugierig, die Funde der Ausgrabung aus nächster Nähe zu sehen. Ihr Mann habe ihr ja so viel davon erzählt!

„Wie schade", meinte Antonis, „dass Cassiopeia schon nach Deutschland geschickt wurde."

„Cassiopeia?"

„Ja", erklärte er lachend. „Hat Ihnen der Herr Professor nichts davon erzählt? Wir haben die Tote Cassiopeia getauft."

Doukarelis wirkte unruhig und verlegen. Er kratzte sich am Ohr, starrte an die Decke, die steile Falte auf seiner Stirn vertiefte sich und ähnelte einer aufgebrochenen Erdspalte.

Nicht lange danach machte sich die Gesellschaft auf den Weg in die Schlafsäle und Fremdenzimmer: *Wegtreten!* Die Truppeninspektion war zu Ende.

„Jetzt ab zur Siesta!", rief Andreas. Und Antonis stellte richtig: „Hier heißt das: Abhängen!"

Mit Blick auf Maria Doukareli flüsterte er Myrto ins Ohr: „Sherlock Holmes sitzt ganz schön in der Klemme!"

Herr Anestis brachte das Tablett mit dem bestellten Mokka. „Waren Sie schon einmal auf unserer Insel?", fragte er Maria Doukareli.

„Nein, ich bin zum ersten Mal hier."

„Ich glaube, es wird Ihnen gefallen. Unser Meer ist sauber, die Insel ist ruhig, Sie werden sich erholen. Herr Doukarelis kennt die Insel wie seine Westentasche. Da haben Sie den besten Fremdenführer."

Sie dankte ihm. Auch sie sei sicher, dass es ihr auf der Insel gefallen werde. Sie bemerkte, hier öffneten sich die Menschen wie Rosenknospen. Sie wirkten so gutherzig und freundlich.

„Ja, es sind gastfreundliche, gute Menschen", stimmte er lächelnd zu.

Mehr gab es nicht zu sagen, der Gesprächsstoff war erschöpft.

Verlegen drehte Herr Anestis das Tablett in seinen Händen, dann ging er zurück in die Küche. Sein gütiges und sanftmütiges Gesicht hatte sie beeindruckt.

„So sind die Menschen in der Provinz, ganz anders als die Athener", bemerkte Doukarelis.

Er zog seine Pfeife hervor, säuberte sie, legte einen neuen Filter ein und stopfte sie mit einer duftenden schwarzen Tabakmischung aus Burley, Kentucky und Virginia mit Kirscharoma und einem Hauch Vanille. Er drückte den Tabak ein paar Mal fest und zündete dann mit dem Feuerzeug zuerst die Zigarette seiner Frau und dann seine Pfeife an. Sie schloss die Augen und nahm einen tiefen Zug. Sie mochte den Geruch seines Pfeifentabaks. Sie hatte ihn vermisst. Er lächelte. Es war derselbe Geruch, den seine Kleider verströmten, derselbe Geruch, der sich seit Jahren in seinem Körper eingenistet hatte.

„Sehr begeistert bist du über meinen Besuch ja nicht." Mit diesen Worten ging sie in medias res und versuchte, ihn herauszufordern.

„Warum sagst du das? Es kam eben ein bisschen plötzlich."

„Du bist leichenblass geworden, als du mich gesehen hast."

„Unsinn! Du übertreibst, wie immer. Ich freue mich, dass du da bist. Ich mache mir einfach nur Gedanken. Wir haben auf der Ausgrabung eine Menge zu tun, wir müssen rechtzeitig fertig werden, und die Grabungssaison ist bald vorbei. Uns bleibt nicht mehr viel Zeit."

„Ist das alles, was dir Sorgen macht? Ich will nur

ein bisschen herumstreunen, die Insel kennenlernen, schwimmen gehen. Ich werde dich nicht von der Arbeit abhalten."

„Dir ist wahrscheinlich klar, dass man sie zu Fuß in ein paar Stunden abgelaufen hat. So hast du die Gelegenheit, dich auszuruhen. Nur, dass das Zimmer klein und das Bett eng ist."

„Umso besser", sagte sie bedeutungsvoll und lächelte schelmisch. „Wo ein Wille ist, ist auch ein Weg ..."

Doukarelis erwiderte ihr Lächeln, während seine Gedanken revoltierten. Als er mit ihr ins Zimmer trat, kehrte seine Panik zurück. Er ließ sie allein, damit sie ihre Sachen auspacken konnte, und schloss sich im Bad ein. Er musterte sein Spiegelbild, diesen langen Schatten, den er durch Raum und Zeit warf, als sei er auf einer verblichenen Schwarz-Weiß-Fotografie verewigt worden, die immer noch seine angeborene Traurigkeit und Melancholie ausstrahlte. Während er sein Gesicht wusch, sah er plötzlich, wie sein bis dahin teilnahmsloser Blick aus dem Augenblicksgefängnis des Fotopapiers ausbrach. War er das, Doukarelis? Ja, er war's, urteilte er nach kurzem Zögern. Da, sein Haar begann an den Schläfen zu ergrauen, die sonnenverbrannte Haut, die braunen Augen. Er war es in der Tat. Langsam gewann er seine Selbstbeherrschung zurück. Dann schlüpfte er ins Zimmer zurück.

Seine Frau lag nackt auf dem schmalen Feldbett. In solchen Dingen waren Frauen unschlagbar. Seit Adam und Eva hatten sie die Kunst der Verführung weiterentwickelt. Frauen verführen gerne, Männer werden gerne verführt. Doukarelis fiel Kalypso ein, wie sie Odysseus auf ihr Liebeslager im hinteren Teil der Höhle lockte, fernab von den zudringlichen Blicken der Diener, um sich *an Kuss und Umarmung zu erfreuen*. So hatte auch sie ihn schlau in die Falle gelockt und stellte ihn, sozusagen, vor vollendete Tatsachen. Nach so langer Trennung hatte sie sich genau danach gesehnt. Doukarelis konnte nicht anders als klein beigeben. *Eins, zwei ..., eins, zwei ...* Was sollte er sagen: Weißt du, Antigoni wartet nebenan auf mich. Mein Körper und mein Herz gehören längst ihr?

Er erfüllte seine eheliche Pflicht, bis sie beide schweißüberströmt waren. So übel war es doch gar nicht. Nur, dass seine Hände von der Ausgrabung rau und schwielig waren, wie sich Maria Doukareli beschwerte. Sie war erregt und ihre Leidenschaft war schwer zu zügeln. Immer wieder bat er sie, aus Angst, man würde sie hören, nicht zu laut zu werden, bis ihr Crescendo in einem letzten, langen Stöhnen erlosch. Nun breitete sich Schweigen im Zimmer aus. Sie blickten eine Weile zur Decke. Dann drehte sie sich zu ihm, küsste ihn zart auf die Lippen und rauchte eine Zigarette. Sie sagte, sie müsse sich nach der langen Reise ausruhen. Einen Augenblick blieb er am Bettrand sitzen, den Kopf in die Hände gestützt. Er saß in der Klemme und wusste nicht, wie er aus der Sache herauskommen sollte. Er nahm eine kalte Dusche, um einen klaren Kopf zu bekommen, hinterließ ihr einen Zettel auf dem Nachttischchen, packte die Zeitung, die sie aus Piräus mitgebracht hatte, und lief ins Kafenion neben den Docks. Dort verschanzte er sich wie ein Hase in seinem Bau, um den Jagdhunden zu entgehen, die ihn geifernd verfolgten.

25

Er las einen Artikel über AIDS, das sich damals unter den Athener Transvestiten ausbreitete. Und die Geschichte von Thodoros Vernardou, dem galanten Bankräuber mit den Gladiolen, den man gerade erhängt in seiner Zelle aufgefunden hatte. Des Weiteren las er Analysen und Vermutungen über die Terrororganisation „17. November". Ein Autor bezog sich auf die Bekennerschreiben von April und Mai zum versuchten Attentat auf den US-amerikanischen Seargent Robert Judd. Für eine kurze Weile gelang es ihm abzutauchen, und alles andere verschwand aus seinen Gedanken. Er versenkte sich in die Illusion, auch er sei ein Teil dieser Welt und wie alle anderen beladen mit den großen Problemen seiner Zeit und angesteckt von der Krankheit der Massen, persönliche Tragödien und soziale Dramen in allen Einzelheiten in sich aufzusaugen. Endlich konnte sich Doukarelis nach einer ganzen Weile wieder auf den letzten Stand der Nachrichten bringen. Zeitungen gelangten nur selten auf die Insel. Am Ort seines Exils war er abgeschnitten von der Welt. Hier konnte man sich dem Glauben hingeben, es gebe kein anderes Leben auf diesem Planeten außerhalb dieser sechs Quadratkilometer. So ähnlich mussten sich Odysseus' Gefährten auf der Insel der Lotophagen gefühlt haben. Sorgenvoll seufzte er auf. Wie sollte er angesichts der verfahrenen Situation sein Leben in Ordnung bringen?

Und wenn es nur das gewesen wäre ... Während er –

ganz verstrickt in seine Angst und seine Schuldgefühle – dort saß, tauchte Antigoni plötzlich wie aus dem Nichts auf. *Aufgestanden!* Sie warf ihm einen giftigen Blick zu, wollte ihm etwas sagen, zwinkerte ihm zu. Sie ging am Kafenion vorbei hinunter zum Dock. Sein Panikanfall kehrte zurück, er fühlte die Schweißperlen auf seiner Stirn und an der Schläfe, als berühre ihn dort die eiskalte Mündung einer Pistole, und er fröstelte. Er schlug die Zeitung zu und voller Angst, es könne irgendjemand bemerken, lief er ihr hinterher, packte sie am Handgelenk und zog sie hinter die Windmühle. Immer wieder blickte er sich um, ob jemand sie beobachtete.

„Bist du verrückt geworden? Warum bist du hergekommen?"

Ihre Stirn war umwölkt, sie stand kurz vor einem Wutausbruch. Eifersucht brodelte in ihr wie Lava in einem Vulkan.

„Es ist doch nicht meine Schuld", erklärte er, „dass meine Frau hergekommen ist. Ich hab sie nicht darum gebeten. Ich war genauso überrascht wie du."

Sie war stinksauer und wollte nichts davon hören. Das hatte ihm gerade noch gefehlt, dass sie ihm vor aller Augen eine Szene machte und ihm ihre heimliche, verbotene Beziehung vorwarf. Er flehte sie an, bis zur Abreise seiner Frau noch ein paar Tage Geduld zu haben. Hier sei nicht der richtige Ort für ein Gespräch, sonst würde alles in einem Fiasko enden.

„Ich muss gehen. Was wir hier tun, ist gefährlich", sagte er, bevor er ins Kafenion zurückkehrte.

26

Als er wieder zur Zeitung griff, zitterten seine Hände. Er war ganz durcheinander und wusste nicht, wie er aus der Zwickmühle herauskommen sollte. Er hatte ein ungutes Gefühl, als ziehe ein Unwetter auf. Sein Leben ähnelte einem Munitionsdepot, das jeden Moment in die Luft fliegen konnte. Er beobachtete die Inselbewohner an den umliegenden Tischchen. Keiner schien sich um ihn zu kümmern. Obwohl er die Zeitung aufgeschlagen hatte, las er nicht. Es saß da, als hätte er sich im Nebel verirrt und als wisse er nicht, ob das, was er erlebte, ein Drama oder eine Komödie war.

Seine Frau kam und setzte sich neben ihn, gab ihm einen flüchtigen Kuss auf die Wange und brachte ihn zurück in die Realität. Er grübelte darüber nach, ob die Wirklichkeit nicht alptraumhafter war als seine Alpträume.

„Stimmt etwas nicht?", fragte sie ihn.

„Ach nichts, ich habe mir Gedanken wegen der Ausgrabung gemacht ..."

„Alles wird gut", sagte sie. Das Nachmittagsschläfchen hatte ihr gut getan, die Blässe war von ihren Wangen gewichen, ihre Augen zeigten keine Müdigkeit mehr. Sie hatte blauen Lidschatten und Mascara aufgetragen und die Lippen in einem zarten Rosa geschminkt.

„Willst du Kaffee?"

„Nein", erwiderte sie. „Ich würde lieber spazieren gehen."

Und schon liefen sie Arm in Arm durch die Sträßchen, wie es Pärchen so tun und ganz wie in der guten alten Zeit. Maria Doukareli war begeistert von den einfachen traditionellen Häusern, von ihrem klaren architektonischen Stil. Kurz blieb sie vor einem halb verfallenen Herrenhaus stehen. Doukarelis fragte, was sie gerade denke. Sie sagte, sie finde das Haus wunderschön – die heruntergestürzten Balken, die übereinander geschichteten Steine, die Vögel, die in den Spalten hockten, die Gräser und Sträucher, die aus den Rissen hervorsprossen, die Pracht, die das Haus trotz des Verfalls ausstrahlt. Doukarelis erklärte ihr, dass man früher die Dächer aus Schilfrohr und Erde und mit Balken aus Wacholderholz gebaut habe.

„Wacholderholz?"

„Der Phönizische Wacholder, eine Koniferenart, die in der trockenen Umgebung der Kykladen gedeiht. Früher gab es ganze Wälder auf den Inseln. Die Bauart dieser Häuser", fuhr er fort, „hat sich seit der Ur- und Frühzeit kaum geändert. Seit damals ist dieser Kosmos gleich geblieben."

„Man könnte so ein Haus kaufen und renovieren ...", sagte seine Frau verträumt. Er lächelte.

Dann wollte sie von ihm etwas über die Geschichte der Insel erfahren. Diese Frage kam ihm gelegen, da er damit die gefährlichen Riffe der Gefühlsfragen umschiffen und gewissen Fallen ausweichen konnte. Er bezog sich auf die antike Bezeichnung „Stiller Hafen" und deutete auf die Meerenge zwischen Koufonissi und Keros. Man könnte meinen, immer noch die Ruderschläge auf dem Wasser zu hören und die Ruderer – *die*

Augen gesenkt und der Atem im Takt – vor sich zu sehen. Dann ging er zur nächsten historischen Epoche über: „Weiterhin wurden die Reste einer römischen Siedlung im Dorf gefunden." In einem der Häuser war eine römische Skulptur eingemauert worden, die als Baumaterial Verwendung gefunden hatte. Er erzählte vom byzantinischen Kaiserreich, von der Frankenherrschaft und der Eroberung durch die Osmanen im Jahr 1537. In der Folge sei die Insel zum Piratennest verkommen. Heute noch verfügten die Einwohner über die vergleichsweise größte Fischereiflotte in der ganzen Ägäis. Der Apfel falle nicht weit vom Stamm.

„Von der Toten, von ... Cassiopeia, wie ihr sie genannt habt, hast du mir gar nichts erzählt."

„Ähm ... Wir wissen noch nicht viel darüber. Die Laborergebnisse liegen noch nicht vor. Ich wollte nicht vorgreifen ..."

27

Doukarelis begleitete seine Frau zur Ausgrabung. Lächelnd meinte sie, sie wolle den „Tatort" besichtigen. Sie hatte auf einem Stein Platz genommen, der ihr zunächst, aufgeheizt von der Sonne, zu heiß erschien. Doch dann lauschte sie doch von dort seinen Ausführungen. Sie blickte nach unten auf die traumhafte Bucht von Pori mit dem goldgelben Strand, auf die grauen Umrisse von Amorgos und rechts davon auf Donoussa, das aussah, als wäre es gerade aus der blauen Ägäis emporgetaucht. Auf dem Rückweg gingen sie hinunter zur Küste, zogen ihre Badesachen an und sprangen ins Meer. Danach legten sie sich in den Sand. Ihr schneeweißer Körper schien im Sonnenlicht zu phosphoreszieren, nachdem er ein ganzes Jahr unter den Kleidern verborgen geblieben war. Sie waren allein an diesem unendlichen Strand. Das Plätschern der Wellen und der Hauch des Windes übertönten ihren Atem. So waren die Strände Homers. Sie wollte den Badeanzug ausziehen und ganz nackt sein. Sie wollte an diesem verlassenen Ort, befreit von den Verkleidungen der Zivilisation, die ursprüngliche Natur des Menschen spüren.

Doukarelis sprang auf. „Was tust du da? Bist du verrückt geworden?", rief er und blickte sich um. Zum Glück war weit und breit keine Menschenseele zu sehen.

„Wieso denn? Hier sieht uns doch keiner", rechtfertigte sie sich. Doch dann unterdrückte sie ihren Wunsch, sich wie einer jener Menschen zu fühlen, die diesen Strand zum ersten Mal betreten hatten.

Sie kauerte sich neben ihn, schmiegte sich in seinen Arm, berührte seine Brust und bemerkte, dass seine Haare grau zu werden begannen. Über ihnen zog ein Wanderfalke seine Kreise und ließ sich von der Strömung des Windes tragen. Beim Sinken der Dämmerung brachen sie auf zur Siedlung und hinterließen ihre unauslöschlichen Spuren im Sand. Auf den Dünen blühten Lilien genau an der Stelle, wo der Strand am Fuß der Anhöhe endete.

„Weißt du, diese Lilien blühten einst in der ganzen Ägäis. Für die antiken Griechen symbolisierten sie Vollkommenheit. In der modernen Botanik entsprechen sie dem *pancratium maritimum*, der Dünen-Trichterlilie. Sie werden auch im berühmten Frühlingsfresko der Wandmalereien von Akrotiri auf Santorin dargestellt."

Maria Doukareli beugte sich hinunter, um daran zu riechen. Sie fand den Duft angenehm. Doukarelis fand, sie ähnele der Safransammlerin aus der Kykladenzeit auf dem gleichnamigen Fresko aus Santorin.

28

Maria Doukareli wanderte über die Strände, freundete sich mit den alten Frauen in den engen Gässchen an, setzte sich mit dem Buch, das sie auf die Insel mitgebracht hatte, in die kleinen Kafenions. Mit ihrem langen, durchsichtigen und weit geschnittenen Kaftan, den sie über dem Badeanzug trug, mit ihrem Strohhut und den riesigen dunklen Sonnenbrillen hatte sie für die Einheimischen Wiedererkennungswert. Ihr Mann war tagsüber unter der sengenden Sonne der Ägäis auf der staubigen Ausgrabung. Mittags kam er hundemüde zurück, und nachmittags überwachte er, *der Herr Professor*, die Sortierung, Anordnung und fortlaufende Registrierung der Funde, die Säuberung und Zusammensetzung der Bruchstücke. Abends thronten beide beim Essen am Meer, lehnten sich rauchend in ihren Stühlen zurück, tranken Wein und blickten stundenlang den Mond an, der sich im Meer spiegelte, die beleuchteten Schiffe, die einen großen Bogen um die Insel machten, aufs offene Meer hinausfuhren und sich in der Ferne verloren.

Maria Doukareli hatte das Gefühl, dass sie ihren Mann zurückgewonnen hatte. Genauer gesagt begann sie sich zu fragen, ob sie ihn je verloren, ob sie sich das alles nur eingebildet hatte. Ihr quälender Verdacht verflüchtigte sich langsam. Sie hatte sich umsonst Sorgen gemacht, Doukarelis' Stimmungsschwankungen waren wohl dem Stress und dem Druck während der Ausgrabung geschuldet. Wäre hier, in diesem Mikrokosmos etwas vorgefallen, hätte es den Ansatz einer ehelichen Untreue gegeben, dann war sie rechtzeitig gekommen, bevor die Absicht Wurzeln schlagen konnte. Irgendwann würde sie ihn danach fragen, und er würde ihr die Wahrheit erzählen. Überfallsartig war sie hierhergekommen, um die Sache wieder ins Lot zu bringen, und offensichtlich hatte ihre Anwesenheit klärend gewirkt. Die Dinge nahmen wieder ihren gewohnten Gang. Die Insel, die Ruhe und die einfachen Menschen gefielen ihr. Sie malte sich aus, ihm nach ihrer Rückkehr nach Athen den Kauf und die Renovierung eines alten Steinhauses vorzuschlagen. Warum nicht? Hier hatten sie das letzte unverdorbene Paradies der Ägäis gefunden. Sie wollte mit ihm noch weitere Sommer auf Koufonissi verbringen, im Morgengrauen aufwachen, wenn die Sonne aus dem Meer emportauchte, und in der Abenddämmerung vom Balkon aus ihr Versinken betrachten. Sie stellte sich vor, sie könnten in der Rente für immer nach Koufonissi ziehen, gemeinsam alt und runzlig werden, an einem Ort, der irgendwo zwischen Himmel und Erde lag, und wie die ersten Menschen mitten in der Wildnis leben.

Und als sie so, zwischen Träumerei und Wirklichkeit, zwischen Zweifeln und Zukunftsplänen unbeschwert durch die verwinkelten Gässchen gingen, liefen sie Koukoules in die Arme. Er bestand darauf, sie am nächsten Abend zum Essen einzuladen, *der Herr Bürgermeister*. Sein Sohn reise in die USA, um dort sein Glück zu suchen. Die Wörter schossen ihm, von Speichelbläschen begleitet, aus dem Mund wie Späne aus einer Sägemaschine. Sie fand, er mustere sie seltsam überrascht und neugierig. Unangenehm berührt wich sie einen Schritt zurück. Seine Augen funkelten. Doukarelis versuchte, die Einladung abzulehnen.

„Sie weichen uns aus in der letzten Zeit, Herr Doukarelis. Nicht einmal im Kafenion ist ihnen unsere Gesellschaft gut genug", scherzte Koukoules mit leisem Vorwurf. Damit hatte er sie in die Pflicht genommen. Am nächsten Abend würden sie der Einladung des Lokalmatadors Folge leisten müssen.

Als sie bei Koukoules eintrafen, sah Maria Doukareli attraktiv und begehrenswert aus, in ihrem engen schwarzen Kleid und mit ihrer Perlenkette um den Hals, während sie ihr Haar nach hinten gekämmt hatte. Verwandte und Nachbarn waren schon versammelt. Koukoules erhob sich zur Begrüßung, *werter Herr Bürgermeister, werter Herr Professor*. Die Tische im Hof waren mit Fleischgerichten und Blätterteigkuchen üppig gedeckt. Kaum vorzustellen, dass diese Inselbewohner im 17. Jahrhundert, als Osmanen und Venezianer hier aufeinanderprallten, einst eine schreckliche Hungersnot erlebt hatten. Damals ernährten sie sich von Wurzeln und Lupinen. Koukoules' Söhnchen, ein dicklicher Jüngling mit rot angelaufenem Gesicht, saß mit seinen Freunden lachend an der Seite.

Maria Doukareli bewunderte das zweistöckige Haus mit seinem Hof. „Es ist das Erbteil meiner Schwiegermutter", erklärte Koukoules. „Bei uns hier geht das Vermögen der Mutter als Mitgift an die älteste Tochter. Das väterliche Vermögen ist für die Zweitgeborene beziehungsweise für den erstgeborenen Sohn bestimmt. Die Söhne heiraten in die Familien der Frauen ein und ziehen zu den Schwiegereltern. Natürlich bauen die Eltern allen Töchtern Häuser. Und sie selbst richten sich in einem Häuschen ein, das ihr Altenteil bildet. In ein paar Jahren, das sehe ich schon kommen, werden wir uns selber aufs Altenteil zurückziehen. Unsere Tochter ist bald im heiratsfähigen Alter", sagte er und deutete auf die junge Frau, die das Tablett mit den Grappagläschen herumreichte. Koukoules streckte die Hand aus und wünschte seinem Sprössling, der sich in die Fremde aufmachte, lautstark eine gute Reise. Doukarelis erinnerte sich an die sitzende, *einen Trinkspruch ausbringende* Figur im Museum für Kykladische Kunst. *Ja,* dachte er, *manche Dinge änderten sich nicht.*

Koukoules' Frau lief geschäftig hin und her, bis der Bürgermeister sie schließlich anhielt und ihr das Paar aus Athen vorstellte. Sie hatte große mandelförmige Augen, und man wunderte sich, wie sie zu den winzig kleinen Marderaugen ihres Mannes passten.

Maria Doukareli erfreute sich am Sternenhimmel und am Augustvollmond. Sie kam mit den Einheimischen ins Gespräch, die sie die ganze Zeit mit bewundernden und neugierigen Blicken musterten. So eine Dame aus Athen mit einer Perlenkette um den Hals, die sich in die Niederungen der Normalsterblichen begeben hatte, war ein seltener Anblick für sie. Maria Doukareli trank ein paar Gläser zu viel. Der intensive Jasminduft, der aus einer Ecke des Hofes drang, rief ihr Besuche im Freiluftkino in Erinnerung, bei denen man Sonnenblumenkerne knabberte, und auch die guten alten Zeiten in den Athener Vierteln, bevor Zement und Smog alles erstickten.

29

Das Gewitter entlud sich mitten im Hochsommer. Am Tag vor Maria Doukarelis Abreise nach Athen hielt Antigoni den Professor zurück, als das Grabungsteam – staubbedeckt und unter der sengenden Mittagssonne – auf dem Weg vom Grabungsgelände zum Inselhauptort war. Sie blieben an einem Feigenkaktus stehen und ließen die anderen weitergehen. *Was wir hier tun, ist gefährlich.* Dann ließ sie die Bombe platzen.

Makis drohe, alles Doukarelis' Frau zu erzählen. Schon hörte er die Donnerschläge und sah die Blitze über den wolkenlosen Himmel zucken. Instinktiv fasste er sich an die Stirn. Wie war er bloß in diese verfahrene Situation hineingeraten? Doch er durfte sich nicht wundern, *der Herr Professor. Wie man sich bettet, so liegt man.* Stattdessen legte er sich mit Antigoni an.

„Hast du ihm die Geschichte aufgetischt?"

„Ich habe ihm nichts gesagt. Er hat uns vor ein paar Tagen bei den Docks an der Windmühle gesehen und dann noch einmal gestern um Mitternacht, als wir uns an den Felsen getroffen haben."

„Das waren doch nur zehn Minuten. Woher zum Teufel weiß er, wo wir uns treffen? Spioniert er uns nach?"

Sie zog die Schultern hoch und ließ sie wieder fallen. Ihr fiel nichts weiter dazu ein.

Doukarelis sah, wie Makis sich mit all den anderen von Sekunde zu Sekunde weiter entfernte. Er richtete seinen bohrenden Blick auf dessen Rücken und Nacken.

Da wandte Makis plötzlich den Kopf und blickte ihm direkt in die Augen, sein Blick schien Doukarelis und Antigoni – allein und mitten in der Wildnis – wie auf einer Fotografie festzuhalten. Dann drehte er sich um und setzte seinen Weg fort.

Was ist, wenn er blufft? Kann sein, dass er nur so tut, als ob, dachte Doukarelis. Doch je später es wurde, desto unwahrscheinlicher war es, dass sich seine frommen Wünsche erfüllten. So wurde er immer niedergeschlagener. Und wenn er beschlossen hatte, sich an ihnen zu rächen? Ihm war klar, dass enttäuschte Liebe schnell in Hass umschlagen konnte.

Er spürte, wie der Boden unter seinen Füßen nachgab. Er fühlte sich wie ein kleines Boot draußen auf dem aufgewühlten Meer. Düsternis machte sich in seiner Seele breit. Er hatte keine Wahl. Er musste den Mut aufbringen, mit seiner Frau offen zu reden. Auf dem Weg ins Dorf legte er sich unter Seufzen und Stöhnen seine Worte zurecht.

30

Doch seine ganzen Vorbereitungen waren vergebens. Er senkte den Kopf, wich ihrem Blick aus, stotterte und verlor den Faden. Seine Frau vergrub ihr Gesicht in den Händen und weinte lautlos. Nur ein einziges Schluchzen war zu hören, dann kein Ton mehr. Als er ratlos auf sie zugehen wollte, stieß sie ihn zurück. Er hatte die schlaue Idee, sie zu umarmen und zu trösten!

„Rühr mich nicht an!", zischte sie und hielt die Hände abwehrend vor ihren Körper. Dabei hielt sie die Augen geschlossen, als könne sie seinen abstoßenden Anblick nicht ertragen, als sei er eine monströse Ausgeburt aus der Welt der bizarren Fabelwesen der griechischen Mythologie, die im Betrachter Ekel hervorrufen.

Dann brach der aufgestaute Zorn aus ihr heraus und sie versetzte ihm einige verbale Ohrfeigen. Jedes ihrer Worte zeigte, wie verletzt ihre Seele war. Es waren keine Worte, sondern Messerstiche. Sie sagte, die ganze Zeit habe er hinter ihrem Rücken Spielchen gespielt, er habe ehrlos gehandelt, sie betrogen und ihr kindische Lügenmärchen erzählt. Er sei zu feige gewesen, die Wahrheit einzugestehen. Und sie habe all die Tage geglaubt, dass ... Wie konnte sie darauf nur hereinfallen? Wie konnte sie so naiv sein ... Sie brach in Tränen aus, während sie erbittert ihre Kleider zusammenknüllte und in den Koffer schleuderte. Schon war sie an der Tür und wollte auf und davon.

Da sprang er dazwischen und hielt den Türknauf fest. „Wo willst du hin?"

„Weg! Hier drin kriege ich keine Luft mehr!"

„Maria, ich bitte dich, bleib heute Abend hier und geh morgen. Das gibt einen Skandal auf der Insel!"

„Ist das das Einzige, was dich interessiert? Dass dein guter Name keinen Schaden nimmt? Und was ist mit mir? Zähle ich gar nichts?", sagte sie und stürzte hinaus.

Sie setzte sich in Herrn Anestis' Taverne. Der Wirt versuchte, sie zu beruhigen, und brachte ihr ein Glas Wasser.

„Aber was ist denn los ...? Was ist passiert?", fragten er und Frau Annio, seine Ehefrau.

„Nichts ... nichts", heulte sie.

Ihre Augen waren verschwollen, der blaue Lidschatten war verwischt und ihre Wangenknochen hatten eine kränkliche, graue Farbe angenommen. Als sie sich ein wenig beruhigt hatte, bat sie die beiden, ihr ein Zimmer für die Nacht zu finden. Herr Anestis erklärte ihr, es gebe keine freien Zimmer mehr auf der Insel. Die Archäologen hätten alle belegt, doch er wisse eine Lösung. Er und seine Frau würden hinten in der kleinen Kammer schlafen, und sie könne bei ihnen im Haus übernachten. Er bestand darauf und wollte keine Einwände hören.

Dann kam Doukarelis, um mit ihr zu sprechen. Er klopfte an die Tür, doch sie öffnete ihm nicht. Am Abend setzte sich Frau Annio zu ihr und riet ihr, ihre Ehe nicht aufs Spiel zu setzen. Frauen müssten klein beigeben, *mein Kind*. Sie solle nicht zulassen, dass eine rücksichtslose Tat ihres Mannes ihr ganzes gemeinsames Leben zerstörte. Er habe es in der Zwischenzeit bereut, und sie solle ihn wieder bei sich aufnehmen.

Sie blieb still, ihre Augen waren rotgeweint. Sie ließ ihr ganzes gemeinsames Leben Revue passieren: die Studentenzeit, die wirtschaftlich harten Anfänge, die Siebzigerjahre und die Militärdiktatur. Damals, als er ihr sang: *Schwarzes Haar und Rosenaugen hat der Schatz, den ich liebe.* Dann erinnerte sie sich an die geheimen Treffen der Studentengruppierungen, deren Einfluss kaum über die Studentenbuden hinausreichte.

Am nächsten Morgen machte Doukarelis, schlecht ausgeschlafen und zögerlich, einen weiteren Versuch, sich ihr zu nähern und um Verzeihung zu bitten. Diesmal fand er die Tür offen vor, sie hatte den Blick in den Spiegel gerichtet und die Arme – ganz wie ein kykladisches Idol – wie Flügel vor der Brust gefaltet. Die schräg einfallenden Sonnenstrahlen drangen ins Zimmer. Millionen von Staubkörnern wirbelten im Licht. Da bemerkte sie, dass er draußen stand. Obwohl sie ihm die Tür vor der Nase zuschlagen hätte können, tat sie es nicht. Das machte ihm Mut.

„Maria", begann er mit sanfter Stimme. Er seufzte und blieb an der Schwelle stehen. „Bitte hab Verständnis. Es war ein Moment der Schwäche, ein Fehltritt. Das kann jedem passieren. Lass uns nicht alles kaputt machen, was wir die ganzen Jahre aufgebaut haben. Zum Teufel, wir sind doch seit Ewigkeiten zusammen!"

Abrupt wandte sie sich um und blickte ihm ins Gesicht. Ihre verschwollenen Augen waren von Hass, Abscheu und Verachtung erfüllt. „Anscheinend sind wir schon lange kein Paar mehr. Ich hatte es nur nicht gemerkt. Du hast mich dieses verlogene und scheinheilige Leben einfach weiterleben lassen!"

„Nein ... das stimmt nicht", versuchte Doukarelis einzuwenden.

Doch sie fiel ihm ins Wort. „Wenn du deine Freiheit willst, werde ich dir nicht im Weg stehen. Ich reiche die Scheidung ein ..."

„Ich will nicht ...", sagte Doukarelis mit letzter Kraft, „ich will nicht, dass wir uns trennen."

„Das hättest du dir früher überlegen müssen. Wie lange geht das eigentlich schon hinter meinem Rücken?"

Doukarelis war blass geworden und in sich zusammengesunken. Dann richtete er seinen Blick hinaus auf die Straße. Schließlich machte er zwei Schritte ins Zimmer. „Seit drei Wochen", stammelte er.

Sie schwiegen. Jeder von ihnen blickte in eine andere Richtung. Jeder lebte in seiner eigenen Welt, in einer anderen Galaxie. Sie waren wie Paralleluniversen, die nebeneinander existieren, aber nichts voneinander wussten. Doukarelis ergriff als Erster das Wort.

„Maria, gib mir noch eine Chance. Ich habe einen Fehler gemacht."

Erneut blickte sie ihm in die Augen. „Du willst eine zweite Chance? Gut, dann sag ihr, sie soll auf der Stelle die Ausgrabung und die Insel verlassen. Dann gebe ich dir die zweite Chance. Los, das Schiff fährt bald ab."

Doukarelis stutzte. Im Grunde hatte er nicht mit einer Antwort gerechnet. Es gab also doch noch eine, wenn auch schwache Hoffnung. Er meinte es ehrlich, als er sagte, er wolle sich nicht trennen. Und, dass er jedes Aufsehen vermeiden wollte. Denn wie sollte er sonst die

Stirn haben, die Ausgrabung fortzusetzen? Seine Frau hatte die Arme in die Hüfte gestützt und wartete ...

Er saß in der Falle, er fühlte sich, als hätte man ihn wie ein Insekt mit einer Pinzette gepackt, als hätte man ihn unters Mikroskop gelegt und beobachtete nun sein Ein- und Ausatmen, sein Wimpernzucken, seine Bewegungen, seine Gefühlsschwankungen. Ganz so, als hätte ihn ein Insektenforscher zu einer bestimmten Spezies zugeordnet und wäre gerade dabei, ihn mit unsichtbaren Nadeln in seine Sammlung zu heften. Wieder fühlte er sich verloren. Aber es war doch nur seine Frau, die vor ihm stand, niemand sonst. Mit ihren verschwollenen Augen, ihrem zerrauften Haar und ihrem blassen Teint. Ja, sie war es, und sie forderte eine Antwort.

„Aber ... das ... das geht jetzt nicht", stotterte Doukarelis. „Wir haben noch zwei Wochen. Wenn wir fertig sind, schicke ich sie fort, ganz bestimmt. Wir sollten jetzt nicht überzogen reagieren, sonst gibt es einen Eklat. Hab noch ein wenig Geduld."

Maria Doukareli lächelte spöttisch. „Jetzt benimm dich endlich mal wie ein richtiger Kerl", schleuderte sie ihm ins Gesicht, packte ihren Koffer und wandte sich zum Hafen.

Er fragte sich, ob er ihr hinterherlaufen sollte. Doch er konnte sich nicht dazu entschließen, ihm fehlte der Mut. Er sah ihr hinterher, bis sie im Bauch des Schiffes verschwand, als hätte ein riesiges Meerungeheuer sie verschlungen. Er stand vor Herrn Anestis' Haus und beobachtete, wie das Schiff ablegte und Schaumkronen hinter sich zurückließ, während die Möwen ihm aufs offene Meer hinaus folgten.

31

Wie konnte er nur? ... Wie konnte er nur? ...
Er hat mich ins offene Messer laufen lassen. Alle anderen haben es bestimmt gewusst oder zumindest geahnt. Wahrscheinlich haben sie es mit eigenen Augen gesehen: Herr Anestis, Frau Annio, Koukoules. Deshalb gingen die Türen auf, wenn ich durch die Straßen ging. Deshalb haben mir die Leute neugierig hinterhergestarrt. Und ich war die gutgläubigste, die naivste Person von der Welt. Eine Lachnummer. Wie eine dumme Gans bin ich herumspaziert, ohne zu ahnen, was hinter meinem Rücken vorgeht. Er hat mich lächerlich gemacht ... Ich hätte nicht auf diese verfluchte Insel kommen sollen.

Wie konnte er nur? ... Ich hasse ihn. Wie konnte er mich berühren und dann ... So viele gemeinsame Jahre hat er einfach weggewischt. In einem einzigen kurzen Augenblick war alles vorbei.

Trotzdem bist auch du schuld, Maria. Warum hast du ihm blind vertraut? Warum bist du so blauäugig gewesen? Und jetzt? Was passiert jetzt?

Ich will ihn nie wiedersehen. Ich will überhaupt niemanden sehen, ich werde mir bis nächste Woche Urlaub nehmen. Ich habe keine Lust, irgendwelche Erklärungen abzugeben ... Mein Gott, es ist unerträglich ...

„Ihre Fahrkarte, bitte."

„Bitte schön."

Wie kann es sein, dass alle um mich herum weitermachen, als wäre nichts geschehen? Wie kann es sein, dass das Meer so ungerührt wirkt und die Möwen immer noch das Schiff umschwärmen? Da, wie beharrlich sie es kreischend verfolgen ... Würde jetzt ein Unglück passieren oder die Welt vor meinen Augen untergehen, wäre es mir vollkommen gleichgültig. Mir ist alles egal ... Mein Gott, wie halte ich es bloß aus ... Soll ich mich ins Meer stürzen?

Es ist mir immer wieder durch den Kopf gegangen. Was passiert, wenn ... Und jetzt ist der Tag gekommen. Und es ist kaum zu ertragen. Mein Leben ist nicht mehr dasselbe ...

Ich habe mich lächerlich gemacht. Wie konnte er nur ... Wir sind zusammen durch dick und dünn gegangen. Fünfzehn Jahre lang. Und er ... Wie blöd ich doch war! Ich habe immer hinter ihm gestanden, aber er ... Und ich blöde Kuh habe ihm geglaubt.

Wie konnte er nur? ...

„Geht es Ihnen nicht gut, Madame? Brauchen Sie Hilfe?"

„Nein, danke ... Alles bestens, kein Problem, vielen Dank."

Warum lassen mich die Leute nicht einfach zufrieden? Ich brauche niemanden ... Ich muss mich beherrschen. Ich bin ganz durcheinander und ziehe schon neugierige Blicke auf mich. Am besten stelle ich die Sessellehne nach hinten, schließe die Augen und stelle mich schlafend.

Und wenn er tatsächlich bereut, was er getan hat? Was soll ich dann tun? Soll ich ihm verzeihen? Er hat mich verletzt, er hat mich verraten. Noch nie habe ich mich so gefühlt wie jetzt. Der Schmerz bohrt sich tief in meine Seele ... Es fühlt sich an, als würde mich etwas von innen auffressen, an meinen Eingeweiden nagen, etwas Metallisches. Es ist wie eine Klinge, die sich hineinbohrt. Es ist wie Krebs.

Soll ich so tun, als sei nichts passiert? Soll ich den Mund halten und alles hinunterschlucken?

Wäre es vielleicht besser gewesen, nicht Hals über Kopf abzureisen? Hätte ich dort bleiben und die beiden vor aller Welt bloßstellen sollen?

Guter Gott, mein Kopf dröhnt. Wie soll ich das nur aushalten? Ist es so, wenn sich das Leben von einem Augenblick zum anderen ändert? Drückt man auf einen Knopf und alles ist vorbei? Beginnt alles von neuem?

32

Doukarelis sucht die Aufnahmen von der Ausgrabung heraus und verteilt sie auf dem Bett. Es sind alte, schwarzweiße Erinnerungen an eine Zeit, die ihn körperlich und seelisch geprägt hat. Auf den Fotografien ist er noch ein junger Mann, staubbedeckt sitzt er am Tisch unter dem Sonnensegel, umhüllt von einer Rauchwolke, die aus seiner Pfeife hochsteigt. Er wirkt wie ein Filmstar aus den Fünfzigerjahren. Vor ihm liegt aufgeschlagen der Grabungsbericht. Im Hintergrund ist unscharf Makis zu sehen, der gerade die Schubkarre mit dem Abraum ausleert. Überrascht wendet er den Kopf und blickt direkt in die Kamera. Auf einer anderen Fotografie stützt sich Frau Evlalia auf ihre Kreuzhacke, und Antigoni beugt sich gerade mit der Spitzkelle in der Hand im Grabungsschnitt zu Boden. Erneut mustert er das Skelett an den Grundfesten des Gebäudes, den zertrümmerten Schädel und daneben den Stein, die angezogenen Beine und das angehobene Becken. Noch einmal liest er den Laborbericht.

Die deutschen Osteoarchäologen bestätigten seinen Verdacht, hatten jedoch noch wesentlich mehr Dinge festgestellt. Sie lieferten überraschende und unerwartete Ergebnisse, die er sich trotz all seiner wissenschaftlichen Neugier nicht hätte träumen lassen. Der Tod war durch einen spitzen, scharfen Gegenstand herbeigeführt worden, ein Werkzeug vermutlich, das dem Opfer wiederholt in die Brust, wenn nicht sogar direkt ins Herz gestoßen wurde. Darauf ließen die Einkerbungen an den Rippen schließen. Es handelte sich um einen Trümmerbruch im Stirnbereich, der vermutlich von dem neben den Knochen aufgefundenen Stein, der zehn Zentimeter Durchmesser hatte, verursacht wurde. Der mit brutaler und gewaltiger Wucht ausgeführte Hieb erfolgte jedoch erst, als die junge Frau bereits tot war.

Das Skelett war dank der besonderen Bodenverhältnisse aufgrund des basischen pH-Werts und der niedrigen Konzentration an Wasserstoffionen erhalten geblieben. Die Frau war nicht älter als zwanzig. Dafür sprach der Zustand des Gebisses, da der dritte obere Backenzahn noch nicht durchgebrochen war. Außerdem hatten sich die Epiphysenfugen der Röhrenknochen noch nicht geschlossen. Mit dem anvisierten Alter stimmte auch die Analyse der Havers-Kanäle in den Röhrenknochen überein, um die konzentrische Knochenlamellen gelagert sind, ferner die Breite der großen Einkerbung des Sitzbeins, der Durchmesser der Röhrenknochen und die Länge der Wirbelsäule, aber auch die chemische Altersdatierung durch Messung des Stickstoff-, Fluor- und Urangehalts. In den Knochen wurde aufgrund des weiblichen Hormonzyklus eine hohe Konzentration an Nitratsalzen gefunden. Gemäß einer Versuchsanordnung, die sich auf Antigene und Polysaccharide im Zahnbein und in den Knochen stützte, hatte die Frau Blutgruppe A positiv. Sie war zirka 1,55 Meter groß und gehörte zum selben Typus wie die Skelette, die in der Nekropole von Agrilia gefunden worden waren. Es handelte sich um ein kleinwüchsiges Mittelmeervolk, es könnten die Karen und Lelegen aus Thukydides' Beschreibung sein.

Karies und Veränderungen am Zahnfleisch verrieten, dass sie an Zahnfleischentzündung gelitten haben musste. Die Kohlenstoff- und Strontiumwerte sowie die Stickstoffisotope im Kollagen der Knochen zeigten, dass Fisch und Meeresfrüchte, aber auch Hülsenfrüchte, Gerste und andere einheimische Pflanzen zu ihren Nahrungsgewohnheiten gehörten. Das Stickstoffisotop 15 wies darauf hin, dass sich die Frau mit Milchprodukten, die von Haustieren stammten, ernährte. Trotzdem wurde ein gewisser, vermutlich auf einseitige Ernährung zurückzuführender Eisenmangel festgestellt. Diese Frau musste in ihrem Alltag einer anstrengenden Tätigkeit nachgegangen sein, wie die Skoliose im Wirbelsäulenbereich und die Arthritis an Schulter, Rücken und Ellenbogen bezeugten. Das deutete darauf hin, dass Rumpf und obere Gliedmaßen stark beansprucht waren. Die Verformung am Ende des Oberschenkelknochens und an den Sprunggelenken legte nahe, dass sie im Hocken und Knien unter starker Belastung der Zehen Getreide gemahlen oder Körbe geflochten haben musste.

Darüber hinaus – und das war die größte Überraschung – wies die Untersuchung nach, dass die Frau mit ihrem ersten Kind schwanger war. In der Probe, die Doukarelis aus dem Bauchbereich gesammelt hatte, wurden Spuren winzig kleiner embryonaler Knochen gefunden. Zum Todeszeitpunkt musste die junge Mutter im dritten Monat schwanger gewesen sein. Dieses unerwartete Ergebnis sicherte dem prähistorischen Fund einen Platz unter den größten und bedeutendsten archäologischen Entdeckungen der letzten Jahrzehnte. Die Frau aus der Urzeit war laut Radiokarbondatierung um 2600 vor

Christus gestorben. Das stehe, wie der Forschungsbericht schrieb, im Einklang mit der Datierung der versteinerten Weizenkörner und Gerstensamen, die in einem bauchigen Gefäß in derselben Grabungsschicht wie die Tote gefunden worden waren.

Der Laborbericht der deutschen Forscher wurde ein Jahr nach der Entdeckung des Skeletts in den renommiertesten internationalen Zeitschriften veröffentlicht, rief weltweit Aufsehen hervor und zog das Interesse der wissenschaftlichen Gemeinschaft auf sich. Er befeuerte allerdings auch eine Reihe von Vermutungen über die Todesumstände der jungen Frau. Und es waren Vermutungen, die den fantasievollen Kriminalgeschichten eines Sir Conan Doyle in nichts nachstanden. Die geheimnisumwitterte Geschichte der menschlichen Überreste auf Koufonissi gewann in der Presse rund um den Globus zum zweiten Mal eine kurzfristige und vergängliche Aktualität.

33

Er raucht. Die weiße Rauchwolke weicht vor ihm zurück, verteilt sich in der Luft und bildet einen hellen, durchsichtigen Schleier. Dahinter erblickt Doukarelis die Frau, die am Grundpfeiler des Hauses steht, das aus einem einzigen Raum und aus unbehauenen flachen Steinen besteht, die mit Lehm verbunden und übereinander geschichtet wurden. Balken aus Phönizischem Wacholder, Zweige und Schilf, mit gehärteten Lehmschichten versehen, ragen über den Dachrand hinaus. Sie trägt einen Faltenrock aus Wolle und ein Mieder, das die Brust freilässt. Sie selbst hat die Schafwolle mit Spindeln aus Tierknochen gesponnen. Ihr Haar ist lang und hinten mit einem Band aus roten und gelben Kieselsteinen zu einem Zopf zusammengebunden. Um den Hals trägt sie eine Kette aus Anhängern mit kleinen Steinchen. Unterhalb des Nackens ist auf ihrem nackten Rücken die Tätowierung eines blauen Schwalbenfisches zu erkennen.

Gern würde er tiefer in ihre Seele und ihr Denken eindringen, er möchte seine Finger nach ihr ausstrecken und sie berühren. Auch sie spürt die Berührung einer unsichtbaren Hand, die ihr durchs Haar fährt, und dreht sich überrascht um. Doch es ist nur Einbildung, es ist nur der Wind, niemand ist in der Nähe. Sie lugt hinunter zum Strand, zum kleinen, windgeschützten Naturhafen und dann weiter aufs offene Meer, als suche sie etwas. Ihr Blick heftet sich auf die vorgelagerte Halbinsel.

Zwei fremde Schiffe, die aus unbekannten Gegenden kommen, laufen gerade in den Hafen ein. Es sind die ersten, die in diesem Frühjahr eintreffen. Sie zeigen, dass die Zeit gekommen ist, wieder die Ägäis zu durchpflügen. Bald brechen die Männer der Siedlung erneut zu fernen Zielen auf. Die Ruderer, die in zwei Reihen sitzen, geißeln das Meer. Diese Schiffe sind anders als die länglichen kykladischen Fahrzeuge. Ihnen fehlt der spitze Kiel, mit dem Geschwindigkeit erzielt wird, und das hochgezogene Heck mit einem Fisch als Galionsfigur. Stattdessen haben sie Masten und Segel, die aufgrund der Flaute eingeholt sind, und einen hochgezogenen Bug. Die Mannschaft wird sich auf ihrer gastlichen Insel ausruhen, Wasser fassen und dann die Reise zu den großen Kykladeninseln fortsetzen. Dort werden sie ihre exotischen Waren gegen Dolche, Perlen und anderen Edelsteine, Schmuck, kykladische Gefäße und Statuetten tauschen. Aus Santorin werden sie Bimsstein mitnehmen, aus Naxos Schmirgel, aus Paros Marmor, aus Milos Obsidian, aus Sifnos Kupfer, Blei und Silber. Bis hier oben kann sie ihre Stimmen hören, die Worte in einer unbekannten Sprache sprechen, während sie die steinernen Anker ins Meer werfen und durch das stille, seichte Wasser waten.

Cassiopeia möchte rasch zum Bachlauf hinter dem Hügel, um Schilfrohr und Binsen für Körbe und Kiepen, Matten und Reusen zu holen. Wie schade, dass sie keinen Vorrat davon hat. Dann hätte sie heute Tauschgeschäfte mit den Fremden machen können. Aber das macht nichts, dafür würde ihr Mann ein andermal mit seinem kleinen Boot nach Naxos gegenüber und nach

Daskalio fahren. Durch die engen, steingepflasterten Gässchen des Dorfes gelangt sie zum kleinen Weg. In ihren Händen hält sie eine Sichel mit der Obsidianklinge, die ihr Mann im letzten Jahr von seiner Fahrt nach Milos, mit dem vom Dorf ausgerüsteten Schiff, mitgebracht hat.

Sie blickt hoch zum Himmel. Das Wetter ist frühlingshaft. Man könnte es sogar heiß und – bis auf vereinzelte Schönwetterwolken – strahlend schön nennen. Ringsum auf den Felsen blühen Anemonen, Margueriten und Lilien. Die in die Höhe geschossenen Wildkräuter bewahren die morgendliche Kühle noch in ihren Blättern. Wie schön das alles ist, *Mutter*. Sie erinnert sich an ihre tote Mutter, mit der sie über die Felder gegangen war. Schwalben schwirren durch die Luft, senken sich herab zum Tiefflug, berühren mit ihren Schnäbeln fast den Boden, um nach winzig kleinen Insekten zu schnappen. Hoch droben überqueren Bienenfresser den Himmel. Als sie ihr Krächzen hört, wendet sie den Kopf und mustert sie kurz. Unterwegs trifft sie immer wieder auf junge, kahl geschorene Frauen. Sie pflücken Safran und sammeln ihn in Körben, um ihn in den nächsten Tagen, wenn die Erde wieder erwacht und der Tod und die langen Winternächte dem Licht und dem Leben weichen, der Göttin darzubieten. Reife Frauen steigen mit Blumensträußen im Arm den Hang hoch. Sie tragen Ohrringe und Halsketten, ihre Lippen und Wangen sind mit Bleiweiß geschminkt.

Jetzt wandert sie den Hügel auf der anderen Seite hinunter, durchquert einen Olivenhain und verschwindet in der Schlucht mit den wilden Zypressen. Ein kleiner

Wasserlauf plätschert über die Steine. Blaue und rote Libellen fliegen durch die Schlucht. Dort will sie die festesten Binsen aussuchen und erst einmal auf dem Boden stapeln, bis sie mit dem Schneiden des Schilfrohrs fertig ist. Die ganze Zeit hat sie das Gefühl, dass ein Augenpaar mit starrem Blick ihrer einsamen Gestalt durch die verlassene Gegend folgt. Das kann nur die Große Göttin sein. Überall hat sie ihre Zeichen hinterlassen, ihre Spuren sind allgegenwärtig. Sie erweckt alles, was in der Zeit der kurzen Tage und der langen Winternächte vergangen ist, wieder zum Leben. Alles erhält Sinn durch sie, *Mutter*. Die junge Frau weiß, wenn sie nicht mehr ist, wird sie in einer anderen Welt weiterleben, die ihr die Göttin im Moment ihres Aufbruchs zur großen Reise offenbaren wird.

Dann bahnt sie sich ihren Weg durch das Dickicht. Sorgfältig wählt sie das geeignete Schilfrohr aus. Sie packt das Röhricht, drückt es nach unten und – mit einem einzigen, geschickten Ruck – schneidet sie es an der Wurzel ab und schichtet es übereinander.

Plötzlich raschelt etwas hinter ihr, *Mutter*! Eine blaue Wildente flattert hoch und landet in einer Wasserpfütze. Als Zeichen ihrer göttlichen Gnade erscheint ihr die Große Göttin. Das Rascheln stammt von ihrem, über den Boden schleifenden Schleier. Sie bleibt kurz stehen und beobachtet, wie sie ihren langen Hals streckt, wie sie unruhig um sich blickt, bis sie wieder ihre Flügel ausbreitet und über dem Schilfgürtel verschwindet. Sie schaudert, *Mutter*! Für einen flüchtigen Moment fühlt sie einen Schmerz an der Seite. Dort, wo die Göttin sie berührt hat.

Rasch bündelt Cassiopeia das Röhricht und die Binsen mithilfe von Wildkräutern, hievt alles auf ihre Schultern und kehrt zur Siedlung zurück. Hinter einem Felsmassiv liegen zwei junge Männer auf der Lauer, ihr langes Kraushaar fällt ihnen über die Schultern. Sie halten Pfeil und Bogen bereit für Wild, Rebhühner und Hasen. Ein Stück entfernt hütet ein Hirte auf der Wiese seine Schafe.

Am Hauseingang legt sie ihre Last ab. Sie wird Schilf und Binsen erst trocknen lassen, um sie dann ein paar Tage später mit Wasser zu befeuchten, biegsam zu machen und zu Körben zu flechten. Zunächst wirft sie ein paar Holzscheite auf die Feuerstelle und entzündet ein Feuer. Mit dem Mühlstein kniet sie sich hin und mahlt Gerste, bereitet den Teig zu und bäckt auf den heißen Steinen das Brot. Am Hauseingang taucht ihr Gefährte auf, ein kleingewachsener, kräftiger junger Mann mit eintätowierten Rosetten, Pflanzen und Vögeln. Sein riesiger Schatten fällt auf die gegenüberliegende Wand. Er hält einen Bund Fische in der Hand. Frühmorgens ist er hinausgefahren und hat vor Keros seine Netze ausgeworfen. Die Frau lächelt ihm zu, sie hat sich Sorgen gemacht, er ist spät dran heute. Als sie ihm die Fische abnimmt, will sie ihm unmerklich die Hand streicheln. Doch dann lässt sie es lieber, denn er wirkt verärgert. Es muss etwas vorgefallen sein. Er herrscht sie an. Die Delfine hätten ihm die Netze zerfetzt, jetzt müsse er sie wieder flicken. Er sagt etwas Despektierliches über die Göttin der Jagd, die ein solches Fiasko zugelassen hat. Zu Tode erschrocken bedeutet sie ihm, still zu sein. Doch er fährt ihr über den Mund. Da senkt sie den Kopf und kämpft mit den Tränen. Sie ist doch nicht schuld daran. Wieso muss sie sich von ihm anschreien lassen? In der letzten Zeit reagiert er ungehalten und verliert schnell die Geduld. Sie hat keine Ahnung warum. Doch sie wagt nicht, ihn danach zu fragen, *Mutter.* Sie fühlt, wie sich ihr Herz zusammenzieht und wie sich ganz tief in ihrem Leib ein neues Leben regt. Ihr Bauch beginnt sich langsam zu wölben. Wenn sie die Hand auf ihren Nabel legt, kann sie spüren, wie sich der Embryo von der einen Seite auf die andere dreht.

Sie denkt, vielleicht liege die Schuld doch an ihr, da sie in diesem Sommer nicht auf die etwas weiter entfernten Inseln mitkommen kann. Und er muss bei ihr bleiben. So befiehlt es die Große Göttin. Er muss sich auf eintägige Reisen beschränken, die er allein unternehmen kann und die ihn nur zu den nahe gelegenen Inseln führen, wie Naxos, Amorgos und den übrigen Kleinen Kykladen. Reicht ihm das nicht?

Cassiopeia wartet, bis das Feuer heruntergebrannt ist. Er hat sich weit weg, ans andere Ende des Zimmers gesetzt. Seine geröteten Augen glänzen feucht. Sie ist schuld, dass er so lange auf der Insel bleiben muss, während alle anderen über das Ägäische Meer rudern, eine Insel nach der anderen ansteuern und Tauschhandel treiben. Er vermisst den Nervenkitzel, den die Reise ins Unbekannte verspricht, und die wunderbaren Dinge in der Fremde, die einen staunen machen.

Cassiopeia brät in der Glut ein paar Fische, die sie schweigend verzehren, während sie auf ihren Holzschemeln sitzen. Ein jeder hüllt sich in seine eigene Einsamkeit. Doch auch jetzt will der Eindruck nicht weichen, dass noch jemand im Haus ist. Sie hat wegen der gotteslästerlichen Worte, die ihr Mann ausgestoßen hat, Angst und lugt vorsichtig in alle Ecken. Doch dort ist niemand. Sie hat den Eindruck, *Mutter*, dass jede ihrer Bewegungen mit einem Pinsel festgehalten wird. So, wie sie es selbst manchmal tut auf den noch feuchten Tonkrügen, während sie den Augenblick für immer festbannt, da die Fische ins Wasser tauchen und die Schwalben mit dem Wind spielen. Oder sie fühlt sich an die Wandmalereien in den kräftigen zinnoberroten, azurblauen und malachitgrünen Farben erinnert, die sie im großen Haus am Ende der Siedlung gesehen hat. Darauf durchpflügen Schiffe das Meer und Tiere laufen die Flüsse entlang, Lilien wachsen auf den Felsen und Festumzüge finden statt. Alles scheint zu Stein erstarrt, doch die Berührung eines Zauberstabs genügt, um alles wieder zum Leben zu erwecken, um es zum Fliegen zu bringen und dazu, sich im ersten Windhauch zu wiegen. Ja, sie hat das Gefühl, die Hand, die sich aus dem Nichts zu ihr hinstreckt, wird auch sie zu den Frauen des Festumzugs hinzufügen. Ob sie ihr entkommen kann? Sie fühlt sich gefangen wie der Sperling, der sich, fern von Mutter und Vater, aus dem Nest gewagt hat und nun auf Gedeih und Verderb dem Falken ausgeliefert ist.

Vielleicht ist es der Geist der Großen Göttin, der aus der fernen Zukunft herbeigeeilt ist und ihre Gegenwart beäugt. Wenn die Steine und Wände dieses Hauses, die Holzbalken und das Dach nachgeben, zusammenfallen und jedes Leben unter sich begraben, hält jener Geist vielleicht für immer ihre Seele und ihr Bild in der Erinnerung fest. Sie spürt, dass ihr eine Rolle zugedacht ist, nach der sie nicht gestrebt hat. Nämlich, eine jener

Legenden zu werden, die sich die Inselbewohner abends einst vor dem Herdfeuer erzählen werden.

Sie blickt in die Ecke des Zimmers und auf den Obsidiankern, von dem ihr Gefährte Scheiben abschneidet und zu Messern verarbeitet, dann auf die kleine, auf der letztjährigen weiten Reise erworbene Statue, welche die Große Göttin als Gebärende darstellt. In ein oder zwei Monaten, wenn die Tage des Jahres am längsten sind, wird sie mit ihm nach Keros fahren. Und sobald der Vollmond aus der Bucht der Göttin steigt und sich im Meer spiegelt, werden sie die Statue in ihrem Heiligtum zerschlagen und dazu ihre heiligen Gesänge murmeln.

Am Nachmittag holt sie ihren Schmuck aus der Tonschatulle, schminkt ihre Wangen und geht wieder auf die Felder hinaus. Dann kehrt sie im Abendlicht mit einem Blumenstrauß zurück und macht sich auf den Weg zur Nekropole von Agrilia im Norden der Insel. Sie legt die Blumen zwischen den Felsengräbern auf die niedrige Rampe am Altar der Göttin.

Unterwegs werden zu Ehren der Göttin Kultmelodien auf Harfe, Lyra und Flöte gespielt, welche die Gläubigen darauf vorbereiten sollen, sich ihr respektvoll und andächtig zu nähern. Während die Dunkelheit voranschreitet, zünden die Priesterinnen ein Feuer an und räuchern die Umgebung des Altars mit Weihrauchkesseln.

Sie weiß, dass die Große Göttin sie vor den Einflüssen der Dämonen und den Schmerzen der Geburtswehen bewahren wird, *Mutter*, bis sie ihr Kind sicher zur Welt gebracht hat. Sie wird dafür sorgen, dass sie, nach ihrem kurzen Erdendasein, ihr Leben an einem anderen Ort fortsetzen kann.

34

Die anderen bereiten sich jetzt auf die Abreise vor, fahren hinaus aufs Meer und kommen erst in einem Monat wieder. Sie werden ganz weit hinausfahren, bis ans Ende der Welt. Und ich ... Ich muss hier bleiben ... Auf dem Festland festgenagelt, allein mit ihr, mit den Frauen, mit den Alten und Gebrechlichen aus der Siedlung, wie ein Schwächling. Das Leben pulsiert in meinem Körper, meine Arme sind kräftig und stark. Ich könnte Tag und Nacht rudern, bei noch so heftigem Wellengang, bei noch so sengender Sonne. Niemand war erfolgreicher als ich auf der letzten Reise. Alle wissen das.

Wie soll ich es bloß aushalten? Hier fühle ich mich wie im Straflager. Und sie ... Ständig nörgelt sie, die ganze Zeit hat sie Angst, sieht irgendwo Schatten, immer wieder taucht plötzlich die Große Göttin vor ihr auf. Bald platzt mir der Kragen ...

Letztes Jahr um diese Zeit war alles ganz anders. Solange das Wetter gut war, waren wir unterwegs. Bei der Abreise versammelte sich das ganze Dorf am Strand und hat zum Abschied für uns gesungen. Sie war auch dabei und hat mitgemacht. Seit damals hat sie sich verändert.

In ein paar Tagen fahren die anderen los. Ich werde eine Ausrede finden, um mich nicht von ihnen verabschieden zu müssen. Im Morgengrauen werde ich mit meinem Einbaum zum Fischen fahren. Ich habe keine Lust, sie zu sehen.

Damals war alles gut ... Wir legten uns zum Schlafen hin unterm Sternenzelt, auf dem offenen Meer, an unbekannten Küsten. Manchmal schauten wir beim Rudern zum großen Stern im Norden. Jeder Tag brachte uns eine ganz andere Welt. So viele Inseln, so viele Menschen. Auf Amorgos wütete ein schlimmes Unwetter, der Wind heulte, die Wellen schlugen über dem Schiff zusammen. Und während wir uns abmühten und kaum noch auf Rettung hofften, legte sich plötzlich der Sturm und wir konnten an Land. Von Milos holten wir Obsidian und aus Kythnos Kupfer. Auf Naxos, Paros und Syros verirrte ich mich im Gewühl der lärmigen Hauptorte. Da dachte ich, wie klein und ruhig unser Dorf doch war. Ich stand da und schaute mir die hin- und herwuselnde Menschenmenge an, die Krüge und Körbe, Hülsenfrüchte und Fische schleppte. So viele Menschen an einem einzigen Ort! Ich kam mit ihnen ins Gespräch, und durch Fragen erfuhr ich eine Menge Dinge. Viele kannten unsere Insel gar nicht, hatten noch nie davon gehört. Ich erfuhr einiges über ihr Leben und über Sachen, die wir uns überhaupt nicht vorstellen können. Sie erzählten mir, weit fort, hinter diesen Inseln, sei das Meer zu Ende und auch der Himmel. Das konnte ich kaum glauben, das Meer hat doch kein Ende, und der Himmel auch nicht. Doch sie lachten und bestanden darauf, dass das Meer irgendwo zu Ende sei und dort das riesige Festland beginne. Die Menschen dort seien anders als wir. Viele von ihnen hätten noch nie das Meer gesehen, und die meisten hätten Angst davor.

Dreißig Tage waren wir unterwegs, bevor wir mit unserem großen Schiff, beladen mit wahren Wunderdin-

gen, zurückkehrten. Dann fuhren wir wieder los und sahen neue und unbekannte Orte. Doch bevor das Wetter umschlug, waren wir wieder zu Hause. Auf dieser Reise habe ich so viel gelernt, wie in meinem ganzen Leben nicht.

Aber jetzt ... Wie soll ich es, eingesperrt mit lauter Alten, Kranken und Schwachen, an diesem gottverlassenen Ort aushalten? Und sie ... Sie ist so seltsam geworden, ständig nörgelt sie und hat immer nur Angst. Sie glaubt, dass ich den ganzen Tag bei ihr sitzen werde, wie ein Gefangener in meinem eigenen Haus. Aber ich werde meinen Einbaum nehmen und wegfahren ...

35

Schon wieder wird mir übel. Ich muss mich übergeben, Mutter. *Mein Hals ist voller Schleim. Wie soll ich das nur aushalten? Ich spüre, wie sich das Kleine in mir zuckend bewegt.*

Wenn er wenigstens an meiner Seite wäre, wenn er sich von mir nicht so fernhalten würde und so abweisend wäre. Er jagt mir Angst ein. Ein paar Mal habe ich ihn ertappt, wie er mich mit diesem harten, schrägen, wilden Blick ansah, als sei seine Seele von Hass erfüllt. Was kann ich denn dafür? Ich wünschte, er wäre jetzt, da sich alles für mich verändert, zärtlich und verständnisvoll. Ist das zuviel verlangt?

Ich weiß, dass er gern auf die Reise mitgefahren wäre. Aber ich fürchte mich und brauche ihn. Ich habe doch sonst niemanden. Er soll bei mir bleiben, bis unser Kind geboren ist. Bis dahin will ich mich ganz der Großen Göttin widmen. Für sie ist diese Schwangerschaft heilig, das weißt du, Mutter. *Sie ist ein rätselhaftes Geheimnis und der Grundstein der von ihr beherrschten Welt.*

Vielleicht habe ich auch Schuld, Mutter. *In der letzten Zeit verliere ich schnell die Nerven, ohne es zu wollen. Das alles übersteigt meine Kräfte. Ich weiß nicht, was mit mir los ist. Alles gerät außer Kontrolle, ich habe keine Geduld mehr und keine Ausdauer. Manchmal vergrabe ich mein Gesicht in den Händen und weine grundlos.*

Ich brauche seine Zärtlichkeit und seine Aufmerksamkeit. Ich würde ihm gern von allem erzählen, was mich quält. Aber wenn ich ihn so verschlossen und missmutig sehe, traue ich mich nicht. Wie lange ist es her, dass er mich zum letzten Mal berührt hat ... Er spricht beinah nicht mehr mit mir. Nur ein paar Worte, nur das Nötigste zischt er mir zu. Ich fühle mich so einsam ...

Ja, mir geht es nicht gut in der letzten Zeit, Mutter. *Ständig sehe ich Schatten um mich herum. Bei jeder Kleinigkeit zucke ich zusammen. Du bist mein einziger Trost,* Mutter. *Nur an deinem Grab finde ich Frieden. Wenn ich an dich denke, kehrt Ruhe in meine Seele ein. Wenn ich dir erzähle, dass ich ein Kind erwarte, habe ich das Gefühl, dass du mir zuhörst und dich darüber freust. So schöpfe ich Kraft und kehre durch die Wildnis nach Hause zurück.*

Morgen werde ich wiederkommen und an deinem Grab sitzen. Ich werde auch zum Altar der Großen Göttin gehen und ihr einen Feldblumenstrauß bringen. Ich werde sie anflehen, sie möge ihn beschützen, wenn er mit dem Einbaum aufs Meer hinausfährt. Und sie solle es nicht ernst nehmen, wenn er manchmal im Zorn gotteslästerliche Dinge sagt.

Warum muss alles so schwierig sein! Wie soll ich die kommenden Monate bloß überstehen? Wenigstens habe ich das Kleine, das sich in mir regt. Und wenn es auf der Welt ist, wird alles vergessen sein. Und auch er wird sich verändern, Mutter, *du wirst sehen.*

36

Die Geschichte mit den Rosen fällt ihm hier auf der Insel wieder ein. Der Auslöser ist die welke Rose, die er im Hof seiner Vermieterin vom Strauch gepflückt hat. Der Stiel ist mittlerweile vertrocknet, und die Blüte hat die meisten Rosenblätter verloren. Er hätte eine Aspirin-Tablette im Blumenwasser auflösen sollen. Ein Jahr, nachdem der Unbekannte in Ismini Zimmer eingedrungen war, fand seine Frau eines Tages eine rote Rose auf ihrem Schreibtisch vor, ohne Absender und ohne Begleitschreiben. Als sie am Nachmittag nach Hause kam, hatte sie die Rose dabei. Sie war rot und ihre Dornen waren entfernt worden. Die Blätter waren an den Rändern vergilbt und hatten dunkle Flecken. Er lachte auf.

„Ein heimlicher Verehrer", scherzte er. „Der sollte seine Rosenstöcke besser gegen Pilze und Sternrußtau besprühen."

Weder schenkte er dem Vorfall besondere Beachtung noch war er eifersüchtig. Er stand aus dem Sessel auf und ging zum Schreibtisch hinüber, wobei er die Melodie pfiff, die er die ganze Zeit auf CD gehört hatte, während er seine Pfeife rauchte: *Et si tu n'existais pas/ Dis-moi pourquoi j'existerais ...* Seine Frau war schön und attraktiv, da war so etwas nicht verwunderlich. Einige Tage später stand eine weitere Rose in der Vase auf ihrem Nachttischchen. Er fragte sich, ob sie vom selben heimlichen Verehrer stammte. Immer wenn er ihr gemeinsames Schlafzimmer betrat, hatte er sie vor Augen. Das eine Mal war auch seine Frau im Raum und machte gerade das Bett, das nächste Mal probierte sie einen Rock an, den sie auf der Ermou-Straße gekauft hatte. Er stellte ihr keine Fragen, und auch sie erwähnte die Sache mit keinem Wort. Erst am Abend, als sie sich schlafen legten, lenkte sie, während sie „Die Liebe in den Zeiten der Cholera" las, das Gespräch auf die Rose. Dabei blickte sie ihn nicht an, sondern las ganz vertieft im Schein einer altmodischen Leselampe in den Seiten ihres Buches. Ja, sie habe oben auf einem Stapel dienstlicher Unterlagen gelegen, dort habe sie die Rose am Morgen gefunden. „Und warum hast du sie behalten? Wieso hast du sie ausgerechnet in unser Schlafzimmer gestellt?" Das habe sie nicht getan, um ihn zu provozieren, wehrte sie ab. Es sei doch eine Rose. Sie habe es schade gefunden, sie einfach wegzuwerfen. Er kannte ihre Schwäche für Blumen und insbesondere für Rosen. Ärgerlich packte sie die Vase, stand auf und trug sie in die Küche. Sie warf die Rose jedoch nicht weg. Nein, das tat sie nicht. Doukarelis fand sie am nächsten Morgen neben dem Kühlschrank auf der Arbeitsplatte vor. Sie war das Überbleibsel einer Meinungsverschiedenheit, die sichtbare Seite eines Streits, über den sich Schweigen gebreitet hatte. Ihre Blütenblätter hatten sich geöffnet, und als er am Nachmittag zurückkehrte, waren die meisten abgefallen und lagen auf der Granitplatte. Die Schönheit und das Leben hatten, wie sich zeigte, ein Ablaufdatum.

Dann hatte er vollkommen auf die Rosen vergessen, und auch seine Frau machte keine Andeutung mehr in diese Richtung. Ein Jahr später waren sie über Weihnachten nach Arkadien in die Berge gefahren. Ismini war zu ihrer Cousine gereist, die in London studierte. Von ihrem Fenster aus sahen sie das schneebedeckte Mainalo-Gebirge. Die Tannenzweige bogen sich unter der Schneelast. Gerade hatten sie sich vor dem offenen Kamin geliebt, und nun nippte er an einem Glas Rotwein. Die Holzscheite sirrten im Feuer. Er griff nach seiner Pfeife und suchte nach dem Feuerzeug, konnte es jedoch nicht finden. Da öffnete er die Handtasche seiner Frau, und auf der Suche nach ihrem Feuerzeug stieß er auf eine rote Rose. Sie war welk und fast ganz vertrocknet. Eine tote, kranke Rose, die völlig verblichen war. Wie vom Donner gerührt starrte er sie an, sein Gesicht war bleich geworden, und er sackte in sich zusammen. Im offenen Kamin war ein lautes Knacken zu hören, vermutlich von einem noch nicht gut durchgetrockneten Holzscheit. Er zündete seine Pfeife an und versank in seinem Sessel wie ein Schiffbrüchiger. Seine Frau trat in ein Handtuch gehüllt aus dem Bad.

„Ich habe mir dein Feuerzeug ausgeliehen", sagte er. „Es liegt auf dem Tisch, neben deiner Handtasche."

Als sie es in ihre Tasche zurückgleiten lassen wollte, lag die vertrocknete Rose ganz obenauf. Hinter seiner Rauchwolke verborgen beobachtete er sie. Er sah das unmerkliche Zucken ihrer Lippen, das Flattern ihrer Lider. Sie setzte sich neben ihn. Immer noch hielt sie das Feuerzeug in der Hand.

„Ich wollte dir nichts davon sagen, weil ..."

„Weil ...?"

„... weil du beim letzten Mal eingeschnappt warst."

Doukarelis sagte nichts. Was auch? Der Schleier seiner Melancholie senkte sich auf die Möbel, den Boden, die Wände und sogar die Flammen im Kamin. Sein Mund spuckte eine zweite Rauchwolke aus, der er hinterherblickte, während sie ins Zimmer schwebte und sich, auf der Suche nach dem Weg hinaus ins Freie, in den Zimmerecken an der Decke auflöste.

37

Ja, an die Geschichte mit den Rosen hat er sich heute – im Grunde schon zum zweiten Mal – wieder erinnert. Ihm ist bewusst, dass sich ihre Liebe auf einen Ehebruch gründet. Dieser Gedanke geht ihm nicht aus dem Kopf. Zweifel und Unsicherheit quälen ihn die ganze Zeit. Er sitzt auf seinem Balkon und blickt auf die Insel Keros, die gerade in der mythischen Abenddämmerung versinkt. Er greift nach seinem Handy und wählt die Nummer des Athener Polizeipräsidiums. Der Untersuchungsrichter ist nicht in seinem Büro. Da hinterlässt er dem diensthabenden Beamten eine Nachricht. Fünf Minuten später läutet sein Handy.

„Gut, dass Sie sich melden, Herr Doukarelis. Ich kann Ihre Sorgen zerstreuen: Ihr Freund Apostolos hat nichts mit dem Verschwinden Ihrer Frau zu tun. Er hat ein hieb- und stichfestes Alibi. An dem besagten Montagnachmittag hat er einen Vortrag an der Athener Akademie besucht. Das wird von zahlreichen Gästen, die im selben Saal waren, bestätigt. Ich wollte Sie schon eher anrufen, aber ich bin einfach nicht dazugekommen ..."

„Wie schön, ich hatte Ihnen ja gesagt, dass man ihn da nicht mit reinziehen sollte."

„Wir mussten jede Möglichkeit überprüfen, Herr Doukarelis", beharrt der Untersuchungsrichter. „Ah, wir konnten auch diese Geldabhebung klären. Erinnern Sie sich ...? Die zweitausend Euro."

Doukarelis' Puls beschleunigt sich. Er wartet auf die Fortsetzung.

„Sie waren für ihre Schwester gedacht. Die war wegen eines Kredits, den sie aufnehmen musste, in eine Zwangslage geraten. Die Schwester hat uns das im Zuge einer weiteren Vernehmung erzählt. Ich wundere mich, Herr Doukarelis, dass sie es Ihnen gegenüber bis heute nicht erwähnt hat. Aber das ist Ihre Privatangelegenheit. Wir fangen jedenfalls wieder bei Null an."

Doukarelis weiß nicht, wie er reagieren soll. Soll er sich freuen oder soll er darüber, was er gerade erfahren hat, traurig sein? Was auch immer passiert war, sie hatte ihm jedenfalls nichts gesagt. Doukarelis denkt, es sei eben auch zwischen ihnen nicht alles perfekt gewesen. Ihre Beziehung hatte auch Schattenseiten. Der Untersuchungsrichter ist immer noch am Apparat. Aber jetzt macht sich zwischen ihnen ein längeres Schweigen breit. Es vergehen drei, vier, fünf Sekunden, in denen kein Wort fällt. Schließlich ergreift der Untersuchungsrichter die Initiative.

„Ist etwas Außergewöhnliches vorgefallen, Herr Doukarelis? Sie wollten mich sprechen, und der Anruf schien dringend."

„Wissen Sie ... Mir ist etwas eingefallen, das Ihnen vielleicht weiterhelfen könnte."

Doukarelis berichtet ihm die Geschichte mit den roten Rosen. „Ihre Blätter", sagt er, „waren vergilbt und hatten schwarze Flecken, wahrscheinlich von einem Pilz, der Sternrußtau hervorruft." Er hört ein „Hm" am anderen Ende der Leitung. Vermutlich, so denkt er, arbeiten jetzt die grauen Zellen des Untersuchungsrichters.

„Sie rücken erst nach und nach mit der Wahrheit heraus, Herr Doukarelis ..."

„Es schien mir nicht wichtig zu sein. Ich empfand es als nebensächlich."

„Und den Spender der Rosen kennen Sie nicht? ... Oder anders gesagt: Haben Sie keinen Verdacht?"

„Nein."

„Hatte Ihre Frau eine Ahnung, wer es gewesen sein könnte?"

„Nein, davon hat sie nichts erwähnt."

„Wie lange zog sich die Geschichte hin, Herr Doukarelis?"

„Über mehrere Jahre hinweg tauchte in größeren Abständen immer wieder eine welke Rose auf. Das letzte Mal vor einem Jahr, wenn ich mich nicht irre."

„Schön, wir sehen, was wir machen können", sagt der Untersuchungsrichter zum Abschluss.

„Wissen Sie ... Ich weiß nicht, ob es eine Rolle spielt, aber ... Vor ein paar Jahren ist noch etwas Seltsames passiert." Doukarelis kommt der Vorfall mit dem Eindringling in Isminis Zimmer in den Sinn.

„Glauben Sie, dass es etwas mit den Rosen zu tun hat? In Ihrer Akte habe ich nichts Derartiges gefunden. Vielleicht wurde eine mögliche Anzeige von der Polizeidienststelle Ihres Bezirks nicht an uns weitergeleitet."

„Es gibt nichts weiterzuleiten, weil ich keine Anzeige erstattet habe."

„Aber ... wieso nicht?"

„Ich wollte meine Frau und meine Tochter nicht unnötig quälen. Sie haben an dem Abend damals gar nichts von dem Vorfall mitbekommen."

„Das war keine gute Idee."

„Kann sein."

„Was genau ist damals passiert?"

Doukarelis durchlebt den Alptraum aufs Neue. Der Untersuchungsrichter nimmt das Ganze sehr ernst und wiederholt, dass er es auf jeden Fall der Polizei hätte melden müssen.

„Entschuldigen Sie, aber Ihr Verhalten war unreif und unbedacht", bemerkt er.

„Ich sagte doch, ich wollte die beiden nicht beunruhigen."

„Na gut. Wie, sagten Sie, heißt diese Rosenkrankheit, Herr Doukarelis?"

„Sternrußtau."

„Ich sehe zu, was ich machen kann, Herr Doukarelis."

„Vielen Dank."

Er geht nach draußen, um Luft zu schnappen. Kurz bleibt er vor Herrn Anestis' verfallenem Haus stehen. Von hier war damals im August die fuchsteufelswilde Maria Doukareli mit ihrem Koffer losgestürmt. In seinen Ohren klingen noch ihre Worte: *Jetzt benimm dich endlich mal wie ein richtiger Kerl ...* Er sieht immer noch ihre rotgeweinten Augen vor sich und auch die Augen der Einheimischen, die hinter den geschlossenen Türen lauerten und durch die Jalousienspalten der Fensterläden spähten. Er schweift durch die Gässchen, pflückt einen Basilikumzweig von einem Blumentopf, führt ihn zur Nase und riecht daran. Auf der Straße hat sich der Geruch nach heißem Bratöl verbreitet, da die Hausfrauen am Kochen sind. Er sieht Touristen mit Mokassins und Rucksäcken, die zwischen den kleinen Souvenirläden herumstreifen, junge Pärchen, die turtelnd in den Cafés auf den Gehsteigen sitzen. Früher saßen hier die alten Frauen, und die Kinder rannten mit den Pappkartons voller Grillen durch die Gassen. *Kou-kou-les. Kou-kou-les.* Die Szenen, die er einst auf der vom Rest der Welt abgeschnittenen Insel erlebt hat, sind im Strom der Zeit und in den Stürmen des neuen Zeitalters verblasst. Die Fähren kommen mittlerweile regelmäßig aus Piräus und spucken lärmige Besucher aus, und die Zeitungen und Zeitschriften schreiben immer öfter über diese winzig kleine Insel. Das Paradies von damals – und damit auch ein Teil seines Lebens – ist verloren gegangen.

Während er so – ganz in Gedanken, von Einsamkeit umweht und unbeeindruckt vom Lärm der Welt – dahinspaziert, stößt er auf Koukoules, *den Herrn Bürgermeister.* Er ist alt geworden, er muss schon über achtzig sein, ist jedoch noch gut beisammen – *ein alter Mann mit ergrautem Haar,* mit durchfurchtem Gesicht und schwieligen Händen. Im Vergleich von damals und heute wird Doukarelis bewusst, welche Spuren die Zeit an seiner eigenen vergänglichen menschlichen Natur hinterlassen hat.

„Herr Doukarelis!", ruft Koukoules lächelnd aus und drückt ihm die Hand. „Ich habe schon gehört, dass sie wieder auf unserer Insel sind. Warum haben Sie nicht ein einziges Mal bei uns angeklopft ...?"

Doukarelis fühlt sich überrumpelt, stößt ein undefinierbares Brummen aus und murmelt eine vage Entschuldigung. Was sollte er sagen? *Wissen Sie, ich habe nicht erwartet, dass ich Sie nach all den Jahren noch lebend antreffe?*

„Wie geht es denn Ihrer wunderbaren Gattin?", fragt Koukoules plötzlich. „Ist sie nicht mitgekommen?"

Doukarelis stutzt verwundert. Er fragt sich, was der andere mit diesen – vielleicht absichtlich – rätselhaften Worten meinen könnte.

„Gut ... es geht ihr gut", antwortet er. „Sie musste wegen dringender Angelegenheiten, die sich kurzfristig ergeben haben, in Athen bleiben." Und im Zuge einer Gegenoffensive fragt er ihn, um das Thema zu wechseln, nach seiner Familie.

„Gott sei Dank, alles bestens ... Wissen Sie, meine Frau und ich wohnen jetzt auf dem Altenteil am Ende des Dorfes. Schauen Sie doch mal bei uns vorbei. Meine Tochter hat geheiratet und wir haben vier Enkelkinder. Mein Sohn ist vor ein paar Jahren mit seiner amerikanischen Frau aus den USA zurückgekehrt. Er hat ein paar Fremdenzimmer hergerichtet und vermietet sie an Touristen. In seinem kleinen Weinberg produziert er seinen eigenen Wein."

„Wirklich? Das freut mich."

„Ich schicke Ihnen eine Flasche, zum Probieren."

„Vielen Dank", sagt Doukarelis und wünscht ihm eine gute Nacht.

„Allerbeste Grüße an Ihre Frau", ruft ihm der andere hinterher.

„Ebenfalls!", meint Doukarelis, etwas pikiert.

Koukoules hält Wort. Schon am nächsten Tag hat er herausgefunden, wo Doukarelis wohnt und lässt ihm eine Flasche zukommen. Sein Sohn hat den Wein, wie auf dem Etikett zu lesen steht, nach der altgriechischen Bezeichnung des Ortes „Stiller Hafen" genannt. *Gekeltert aus ausgewählten Reben der Sorte Assyrtikos, die im warmen und trockenen Klima der Kleinen Kykladen gedeihen. Sie verleihen dem Wein seine einzigartige goldgelbe Farbe und den typisch erdigen Geschmack mit einem Hauch von Fruchtaromen.* Die Flasche wird bei seiner Vermieterin abgegeben, da er die ganze Zeit unterwegs ist und wie gehetzt durch die verlassenen Gegenden, die wilden Zypressenhaine, die Felsenlandschaft und die Ruinen mit den Feigenbäumen läuft. Als er erschöpft, staubbedeckt und verschwitzt das Gartentor öffnet, hält ihm seine Vermieterin die Weißweinflasche entgegen und lädt ihn zum Abendessen unter der Bougainvillea ein.

38

Er kommt mit der Flasche im Arm zu Tisch und bittet sie, den Wein kurz einzukühlen. Sie hat frischen Fisch gebraten – Schnauzenbrassen, Sardinen und zwei große Doraden. Dazu hat sie Seeigelsalat zubereitet sowie Zucchini und Amaranth blanchiert.

Zunächst fragt sie ihn, ob er sich etwas erholt habe. Dann fasst sie Mut und hakt nach, ob er etwas Neues von seiner Frau wisse. Nein, er habe keine Neuigkeiten, schon seit einem halben Jahr habe er nichts mehr gehört. Und er habe keine Hoffnung mehr, nicht die geringste.

„Wie meinen Sie das?"

Er glaube nicht mehr, dass man sie finden werde. Oder zumindest nicht lebend. Sie blickt ihn mit offenem Mund an. „Ja, was sollte denn sonst passiert sein?", fragt er verwundert. Er ist nicht sicher, ob er das nur seiner Vermieterin oder zum ersten Mal auch sich selbst eingesteht. Um das Schweigen, das sich zwischen ihnen breitgemacht hat, zu durchbrechen, sagt er, das Abendessen sei köstlich. Nur wenige Male habe er so frischen und gut zubereiteten Fisch gekostet. Wo sollte man so etwas auch in Athen finden, wo doch alles tiefgefroren sei. Athen sei in jeder Hinsicht eine tiefgekühlte Stadt. Sie lächelt geschmeichelt und stimmt seiner Meinung über Athen zu. Jedes Mal, wenn sie für Behördenwege und andere Erledigungen dorthin müsse, verursachten ihr das Chaos und die Anarchie dieser Stadt Widerwillen und brächten sie ganz aus dem Konzept, so dass sie gleich wieder mit dem erstbesten Schiff zurück auf ihre Insel wolle. Er treibt den Scherz noch weiter. „Athen ist wie ein riesiger Friedhof." Sie lachen, sprechen dem Weißwein von Koukoules' Sohn zu und ihre Zungen lösen sich.

Während sie das letzte Glas trinken, setzen sie das Gespräch fort, reden über Schriftsteller und Bücher. Er erklärt seine Vorliebe für die anspruchsvolle Literatur – Dostojewski, Hesse und die lateinamerikanischen Autoren wie Marquez und Llosa, aber auch Samarago. Stolz erzählt er, dass er alle Bände von Prousts „Auf der Suche nach der verlorenen Zeit" gelesen habe. Sie ergreift Partei für die amerikanische und angelsächsische Literatur, für Philip Roth und Ian McEwan. Sie schlägt ihm vor, die „Schwarzen Hunde" zu lesen. Es wird kühl. Der Himmel über ihnen wirkt, als sei ein riesiges Feuerwerk abgebrannt worden und noch nicht völlig erloschen. Der Wind säuselt zwischen den Blättern der Bougainvillea. Der erste Abendtau tropft auf den Tisch.

Dann wendet sich das Gespräch der Archäologie zu. Sie möchte mehr über die Relikte der Frau wissen, die vor zwanzig Jahren bei der Ausgrabung gefunden wurden. Er erzählt ihr, sie sei in ihrer ersten Jugendblüte und gerade schwanger gewesen. Da sei sie brutal umgebracht und im Haus, an einer der Grundmauern, verscharrt worden.

„Wie schrecklich!", ruft sie aus und fragt sich, ob die Störung der Totenruhe nach so vielen tausend Jahren nicht ein Frevel und eine verkappte Grabschändung sei.

Doukarelis gesteht es ein: „Ja, leider, irgendwie schon." Doch er fügt hinzu, man könne nicht anders.

Erst die Erkenntnisse, welche die archäologischen Funde bringen, und die Fragen, die sie aufwerfen, entwickelten die Wissenschaft weiter. Der Mensch müsse sich mit seinen Wurzeln beschäftigen, nach seinen Vorfahren forschen und – das sei am interessantesten – versuchen, die menschliche Natur und damit sich selbst zu begreifen.

„Es gibt natürlich viele", fährt er fort, „die nicht nur – ganz wie die australischen Aborigines und die neuseeländischen Maori – Vorbehalte gegen die Methoden der Archäologie haben, sondern die Erforschung ihrer Vergangenheit generell kritisch sehen. Ihre von Generation zu Generation weitergegebene Geschichte ist ihnen heilig. Und sie bestehen darauf, dass diese Erkenntnisse nicht öffentlich diskutiert werden dürfen. Sie lassen die Überreste ihrer Vorfahren lieber verrotten, anstatt sie aus der Erde zu holen und in Laboren und Museen zu konservieren. Genauso denken die amerikanischen Indianer. Sie sind der Meinung, die sterbliche Hülle ihrer Vorfahren solle in Harmonie mit den Naturgesetzen zu Staub zerfallen. Ja, sie werfen den Archäologen vor, Grabschänder zu sein und bedrohen sie sogar mit dem Tod."

Sie lauscht so lange seinen Ausführungen, bis die Worte auf seine Lippen versiegen. Was er sagt, klingt charmant, vor allem durch die Art, wie er es sagt, mit seiner gelassenen Stimme, mit seiner lang gezogenen Sprechweise, mit seinem leuchtenden Blick, *werter Herr Professor*. Der schwere Duft der Gardenie breitet sich zwischen ihnen aus und umfängt sie in der Dunkelheit.

„Ich jedenfalls finde die Haltung der Indianer besser. Ich meine das, was sie über die Naturgesetze sagen", erläutert sie lächelnd. „Nicht, was ihre Drohungen gegen die Archäologen angeht. Besser, Sie überlassen die Überreste dem Inneren der Erde, damit Zeit und Vergänglichkeit darüber urteilen können."

„Sie sind also auch gegen mich", lächelt Doukarelis und ergänzt in einer poetischen Anwandlung: „Das einzige glaubwürdige Zeugnis dafür, dass unsere Vorfahren gelebt haben, ist ihre Abwesenheit."

„Was fühlen Archäologen eigentlich, wenn sie einen Gegenstand nach Tausenden von Jahren zum ersten Mal wieder ans Licht holen?"

„Alles und nichts. Selbst das Unerwartete wird zur Gewohnheit. Es ist, als ob man zum ersten Mal Liebe macht. Die nächsten Male sind anders, an die erinnert man sich aber nicht mehr. Nur das erste Mal vergisst man nicht. Wenn ich die Worte eines Kollegen wiederholen darf: *Nach so vielen Jahren der Forschung begreife ich erst jetzt langsam, dass bei einer Ausgrabung auch das augenscheinliche Nichts ein großer Fund sein kann.*

„Und was ist mit der menschlichen Natur? Hat sie sich seit damals verändert, als diese unglückliche Frau hier auf der Insel gelebt hat?"

„Ich glaube nicht. Die menschliche Natur erweist sich als sehr widerstandsfähig gegenüber dem Lauf der Zeit. Sie ist seit vier- bis fünftausend Jahren unverändert. Wenn sich etwas verändert hat, dann der menschliche Alltag. Der Mensch hat die Landschaft um sich herum verändert, aber nicht sich selbst."

Beim Gedanken an die unveränderliche menschliche Natur verfinstert sich seine Miene. Darin erkennt er seine eigene, mit dem Schicksal der Menschen aus seinem Umfeld eng verknüpfte Natur, die zwischen den mythischen Sympligaden, den zusammenschlagenden Felseninseln der Zeit, in die Enge getrieben wird. Er ist Gefangener seines selbst gewählten Alltags, eingeschlossen wie in einem Puppentheater. Er ist eine Marionette, die an unsichtbaren Fäden hängt, die von jemand anderem bewegt werden. Er erinnert sich an den Untersuchungsrichter. Mit all den Fragen und Antworten erscheint ihm ihre Unterhaltung wie ein Verhör. Schlagartig fühlt er sich bloßgestellt. Alles, was er so lange Zeit bei sich behalten hat, scheint nun bedroht.

Jetzt hat er nichts Romantisches mehr zu sagen. Ihm gehen die Ideen aus. Das fällt auch ihr auf, und sie zieht ihre Jacke enger um die Schultern. Es ist kühl. Auf ihre gerade und aufrichtige Art sagt sie, sie finde ihn ein wenig melancholisch, ein wenig ... *depressed*, fügt sie mit ihrem amerikanischen Akzent hinzu.

Ach was, entgegnet er, ihm sei nur der Wein ein wenig zu Kopf gestiegen, auch die Hitze und der nachmittägliche Spaziergang hätten ihn ermüdet. Ja, eigentlich fühlt er sich irgendwie schuldig. Weswegen, weiß nur er allein. *Es ist ja nur ein Abendessen, ein Gespräch, da ist doch nichts dabei,* denkt er. Er nimmt sich zurück und behält seine Gedanken für sich, während sie einen frischen und lebenslustigen Eindruck macht.

„Ich will nach Athen zurückfahren. Ich habe meine Tochter schon eine ganze Weile allein gelassen. Es tut mir leid, dass ich Ihnen nicht früher Bescheid gesagt habe", sagt er am späten Abend und setzt dem Gespräch ein plötzliches Ende, das gerade begann, Gedanken und Facetten ihrer beider Leben zu enthüllen.

Als die Worte nach und nach versiegen, bleiben sie beide in der kalten Ödnis ihrer Existenz zurück. Sie senkt die Augen. Es ist offensichtlich, dass die Gedanken hinter ihrer Stirn weiter arbeiten. Steht es ihr zu, seine Entscheidungen zu kritisieren? Kann sein, dass sie sich ein wenig näher gekommen sind. Kann sein, dass die Worte, der Fisch und der Wein eine Vertrautheit geschaffen haben. Doch das Sie-Wort, die Zurückhaltung, die Geister und ihre gespenstischen Seelen stehen wie eine Wand zwischen ihnen, an der Erwartungen und Hoffnungen, dass sich mehr daraus entwickeln könnte, zerschellen.

39

Ich sah, wie sie aus der Ferne auf mich zukam und den Pfad zwischen den Felsen entlangging. Ich konnte es kaum fassen. Ohne mich anzublicken, ging sie an mir vorbei. Kein einziger Blick, als sei ich gar nicht vorhanden. Sie wirkte traurig, Tränen standen in ihren Augen. Ihr schwarzes Haar reichte bis zu den Schultern. Das Seltsame war, dass sie nicht wie eine Frau aus der Urzeit aussah. Aber wie hat eine urzeitliche Frau auch ausgesehen? Sie wirkte wie eine ganz normale Frau, wie eine, der man in den Straßen rund um die Panepistimiou- und Akadimias-Straße im Athener Zentrum begegnet, wie eine, die man in Klamottenläden, im Kaufhaus Mignon, im Supermarkt trifft. Ihre Lippen waren genauso rot wie ihre Nägel, sie trug Jeans und eine schwarze Bluse mit einem breiten Gürtel. In der Hand hielt sie eine Ledertasche.

Ich sprach sie laut mit ihrem Namen an, Cassiopeia. Einen Augenblick schien sie zu zögern. Ich bildete mir ein, dass ihre Lider leicht flatterten, obwohl sie mir den Rücken zudrehte. Auf einmal hörte ich so etwas wie ein Heulen und Jaulen, das von einem Wolf stammen könnte. Ein Raubvogel flog über sie hinweg, warf seinen Schatten auf sie und verschwand. Dann setzte sie sich wieder in Bewegung. Jetzt hatte sie es eilig, beschleunigte den Schritt und wandte sich zum Friedhof von Agrilia.

Alle zusammen saßen im Sand um Andreas versammelt und der nächtliche Dunst durchdrang ihre Leiber.

Schweigend lauschten sie seiner Erzählung unter den Sternen. Dann verstummte auch er und versank wieder in dem Traum, den er gestern im Schlaf durchlebt hatte. Schließlich war er gar nicht mehr sicher, ob es wirklich nur ein Traum gewesen war.

40

Wäre Doukarelis ein Künstler, würde er Cassiopeia in einer einsamen Landschaft am Meer malen. Er würde ihre Gestalt für alle Ewigkeit bewahren, wie eine der jungen Safransammlerinnen auf den Wandmalereien von Santorin. Der Abdruck ihrer Fußsohlen und ihrer winzigen Zehen im Sand scheint einem kleinen Kind zu gehören. Er sieht, wie sie sich immer wieder bückt, gelbe, grüne und blaue Steinchen aufsammelt und sie in einen Bastkorb gleiten lässt, wo sie klingend aneinanderschlagen. Das Meer breitet sich ruhig und geheimnisvoll vor ihr aus. Darin glitzert die gelbe Sonnenscheibe, die sich in der Wasseroberfläche spiegelt. Es stimmt, dass sie Angst vor dem Meer hat. Sie erinnert sich an die Männer im Dorf, die mit ihren Booten von den schwarzen Wassern verschlungen wurden. Jedes Mal, wenn ihr Gefährte fortrudert, wird sie die Furcht nicht los, er könne nicht wieder zurückkehren.

Eine Meeresbrise fährt ihr durchs Haar. Nach und nach füllt sich Doukarelis' Leinwand mit Farben und Formen. Störche flimmern in dem Feuchtgebiet am Strand, auf ihrem Rastplatz zwischen Röhricht und Binsen, bevor sie ihre lange Reise nach Süden fortsetzen. Sie blickt hinaus aufs Meer, dorthin, wo die See mit dem Blau des Himmels verschmilzt. Auch jetzt hat sie das Gefühl, dass der Blick der Großen Göttin auf ihr ruht. Er ist überall: in der Luft, im Wasser, im Sand, in den Steinen. Sie fühlt sich machtlos und verschwindend klein in der unendlichen Welt, wie ein Nichts, wie ein Staubkorn, ganz so wie die Steinchen in ihrer Hand. Jetzt geht sie den Weg zwischen Strauchwerk und Steinmauern entlang. Auf dem Hügel erblickt sie Menschen, die wie Ameisen hintereinander herlaufen. Rauch steigt aus den Feuerschalen hoch über die Dächer hinweg. In ihrem Bauch regt sich ein winzig kleines Wesen wie ein Fisch im Meer. Ihr wird übel und schwindelig, *Mutter*. Sie geht in die Knie, beugt sich nach vorn und übergibt sich ins Gras. Jetzt ist ihr leichter, jetzt geht es ihr besser. In wenigen Monaten wird sie dieses Wesen zur Welt bringen. Es ist ihr Kind. Fleisch von ihrem Fleisch, Blut von ihrem Blut.

Doukarelis fühlt Mitleid mit der leidgeprüften jungen Frau. Er weiß um all die Dinge, die sie in den letzten Tagen ihres Lebens nicht mehr durchschauen konnte. Er denkt über das Schicksal und über die Seele des Menschen nach, die durch die Jahrhunderte unverändert bleiben. Schließlich kommt er zum Schluss, der Mensch sei nur ein Staubkorn im Wind. Er beobachtet, wie Cassiopeia auf dieser Erde wandelt. Sie ist ein Geschöpf seiner Fantasie. Irgendwann hat sie tatsächlich gelebt, und die Erinnerung an sie hat im Gedächtnis der Landschaft überlebt, als sei sie eingeschlossen in die Muscheln, in die Steine und in den Erdboden.

Sein Blick kann ihr immer noch folgen, während der Einbaum die Meerenge zwischen Koufonissi und Keros passiert. Ihr Gefährte ist schweißüberströmt, seine durchtrainierten, vom Meerwasser nassgespritzten Arme wirbeln die Ruder durch die Luft. Sie kauert hinten auf einer Matte, ängstlich presst sie die Statuette mit der Frau in Gebärstellung an sich. Die Sonne steht schon tief und erlischt langsam im Meer. Er springt ins seichte Wasser und zieht den Einbaum an Land, gleich neben die Boote der anderen Pilger, die der Großen Göttin die Ehre erweisen wollen. Harsch fordert er sie zum Aussteigen auf und streckt ihr die Hand zum Festhalten hin. Schon wieder ist seine Stimmung gereizt. Wenn er ihr gegenüber nur liebevoller wäre! Sie fühlt sich einsam, spürt eine unendliche Melancholie und Niedergeschlagenheit. Immer wieder reagiert er – scheinbar völlig grundlos – verärgert und genervt. Sie kann sich diese Stimmungsschwankungen nicht erklären. Wäre er weniger abweisend, könnten die Dinge viel einfacher sein. Ihr Körper verändert sich, sie spürt, wie sich ihre Haut spannt, wie sich ihr Bauch wölbt, wie Geruch und Geschmack geschärft werden. Sie fühlt sich verletzlich und schwerfällig, die Machtlosigkeit behindert und quält sie. Sie hat gelernt zu gehorchen und sich unterzuordnen, genauso wie es ihre Mutter getan hat und die Mutter ihrer Mutter. Ganz so, wie eine große Zahl und eine endlose Reihe von Frauen, die in die Tiefe der Zeit zurückreicht. Des Öfteren hat sie nach dem Tod der Mutter ihr Grab besucht. Sie wanderte bis Agrilia, vorbei an der niedrigen Tribüne am Rand, die für die Rituale der Göttin bestimmt war, und setzte sich vor ihr Felsengrab. Dort saß sie stundenlang allein und reglos in der Wildnis, wurde zum unauflöslichen Teil der Natur, kaum von ihr zu unterscheiden, wie ein Blatt, das vom Baum fällt, wie ein Käfer, der zwischen den Felsen verschwindet, wie ein Tropfen, der vom Morgentau auf den Oleanderblättern zurückbleibt. Sie tauchte hinab in die Tiefen ihrer Seele, unterhielt sich mit dem Geist ihrer Mutter, fragte sie nach den großen Mysterien des Lebens und des Todes. Ihr Gefährte reagierte schroff: „Was treibst du dort in der Wildnis? Was suchst du bei den Gräbern? An den Orten, wo sich die Toten aufhalten?"

Nun, jetzt ist er mitgekommen. Sie sitzen wie alle Anhänger der Großen Göttin schweigend auf dem Boden im Kreis um das Heiligtum. Ein frischer Windhauch weht von der Anhöhe herab, fährt raschelnd durch die Blätter und bringt Kühlung. Der Ort ist mit Splittern und Bruchstücken von Keramikgefäßen übersät. Sie warten auf den Einbruch der Dunkelheit, auf die Stunde, da der Vollmond in der Bucht der Göttin aufgeht. Es ist dieselbe Göttin, welche die antiken Griechen später Erdgöttin Aphrodite nennen und in Marmor bannen werden. Und dann wird, tausende Jahre später, Doukarelis wiederum ihre Anhänger sehen, die am 15. August in der Dämmerung zur Abendmesse in die Fischerboote steigen und zur Kirche der Heiligen Jungfrau in Kato Koufonissi ablegen, um ihr und dem göttlichen Kind auf der hölzernen Ikone zu huldigen.

Als der Mond hinter dem Berg aufsteigt, flüstern Cassiopeia und die anderen Gläubigen, vom Geist der Göttin überkommen, die heiligen Worte und zertrümmern Gefäße und Statuen auf dem zerklüfteten Boden. Einige hinterlassen, um ihre gehobene Position zu zeigen, wertvolle Stiletts aus Obsidian mit gebogener Klinge zum Zeichen ihres Schutzflehens. Sobald es dunkel ist, gleiten die Boote nacheinander ins Wasser, mitten in das Spiegelbild des Mondes, und schlagen den Nachhauseweg ein. Die Frau und ihr Gefährte, die während der ganzen Zeit kein Wort gewechselt haben, erreichen die Bucht von Pori, wandern den kleinen Pfad hoch und schlüpfen ins Haus.

Doukarelis folgt ihnen die ganze Zeit zum Ritual der Göttin nach Keros hinüber, fährt mit übers Meer und schleicht sich mit ihnen ins Haus. Wie ein Schatten sitzt er mit angehaltenem Atem in einer Ecke.

Bange blickt sie sich um, in jede Ecke, in jede Ritze, *Mutter*, sie hat Angst vor den Schatten und Geistern, vor den unsichtbaren Kräften, die das Leben der Menschen beherrschen. Er hingegen ist schlecht gelaunt, sein Herz ist aufgewühlt, die anderen Männer sind schon von ihrer ersten großen Reise zurück, die ihnen reiche Ausbeute und seltene, wertvolle Gegenstände beschert hat. Sie haben Gefahren bestanden und bereiten sich nun auf die Abreise mit dem langen Ruderschiff vor, die in ein paar Tagen erfolgt. Doch er muss zurückbleiben, in Ketten geschlagen und an dieses schmale Stück Land gefesselt.

Danach überkommt sie der Schlaf. Jeder von ihnen lebt eingeschlossen in seiner eigenen Welt. Auch Doukarelis kehrt auf seinen Balkon zurück, um die beiden in Ruhe zu lassen. Doch nach wie vor betrachtet er sie von oben, wie der göttliche Allherrscher in der Kirchenkuppel. Da ist sie wieder, die steile Falte auf seiner Stirn, die sich mit den waagerechten Falten vereint und seine Gedanken entzweit. Er fühlt, wie sich die Welt ringsum regt, er spürt den Geruch der feuchten Erde, vermischt mit dem Jod des Meeres. Er fühlt die Seelen im Wind flattern wie unsichtbare Vögel, und er ist überzeugt, dass diese junge Frau, die er ermordet und verscharrt im Schoß der Erde gefunden hat, Signale aussendet, in der

Hoffnung, dass eines Tages jemand ihre Spur verfolgen und ihre Geschichte entschlüsseln wird. Dann wird sie endlich Verständnis und ihr Leben einen Sinn finden.

Cassiopeia lebt in Unsicherheit und Einsamkeit, verschlossen in sich selbst, schwach und verängstigt in einer grausamen Welt. Bis die eiskalte Hand, *Mutter*, eines Abends in ihrer Steinhütte das mörderische Messer immer wieder in ihre Rippen senkt und ihr das Leben nimmt. Als letztes Bild prägt sich ihr sein verzerrtes Gesicht ein im flackernden Licht der Fackel und seine hervorspringenden Adern, als er das Messer umfasst und voller Wucht und in tollwütigem Zorn auf sie einsticht. Und er begegnet der Todesangst in ihrem Blick, hört ihr Todesröcheln und bereut seine Tat im selben Moment. Doch es ist zu spät, als ihr Körper auf dem Fußboden zusammensinkt und sie ihre Arme auf ihren Bauch legt, um ein letztes Mal das unglückliche kleine Geschöpf zu umarmen, das sie mitnimmt in die andere Welt.

41

Es gab keinen Weg zurück für Doukarelis. Er fühlte sich von Antigoni angezogen wie die Motten vom Licht. Er hatte die Waffen gestreckt. Er war nach ihr süchtig, und diese Sucht war schwer zu heilen. Die Dinge nahmen ihren Lauf. Aber es war keine der Liebesgeschichten, in denen man auf Wolken schwebt und völlig verzückt und mit einem törichten Lächeln auf den Lippen vor sich hinstarrt. Nein, das war es nicht. Es gab etwas, das ihn zurückhielt. Allerdings waren es nicht die befürchteten Reaktionen an der Uni, da Antigoni – auf dem Papier zumindest – bis zur Verleihung ihres Magistergrades noch Studentin war. Auch der Altersunterschied war es nicht, der sein Zögern und seine Zurückhaltung erklären könnte. Vor allen Dingen war es das fünfzehnjährige Zusammenleben mit seiner Frau. Ihre Beziehung hatte schwere Zeiten überdauert. Er liebte sie noch, er konnte ihr nicht einfach den Rücken kehren, und er hatte Schuldgefühle. Ja, er liebte sie mit einer Liebe, die Wurzeln geschlagen und die Jahre überdauert hatte, und nicht mehr mit der Verliebtheit, die mit der Zeit abnimmt und dahinschwindet. Er meinte immer, Liebe sei wichtiger als jede Form von Verliebtheit, die früher oder später zum Scheitern verurteilt sei.

Ein paar Mal hatte er versucht, sie in Athen anzurufen. Er ließ das Telefon läuten, aber sie ging nicht ran. Er sah seine Frau vor sich, wie sie rauchend auf dem venezianischen Samtsofa saß. Bestimmt wusste sie, dass er es war. Wer sonst würde es zehn-, fünfzehnmal hartnäckig läuten lassen und es nach kurzer Zeit wieder versuchen. Doch sie blieb wie angewurzelt auf ihrem Platz sitzen und starrte, immer noch aufgewühlt, auf die gegenüber liegende weiße Wand. Doukarelis erinnerte sich an die schwierigen Jahre der Militärdiktatur, als sie zusammen die Einzimmerwohnung in Pangrati mieteten, obwohl sie unverheiratet waren. Dadurch zogen sie die Kommentare und den Unwillen der konservativen Nachbarn auf sich. Das ging so weit, dass sie sich wie Ausgestoßene, ja wie Aussätzige vorkamen. Anfangs fühlten sie sich unwohl, doch dann gewöhnten sie sich an die abschätzigen Blicke und machten sich darüber lustig, indem sie den Mitbewohnern kleine Streiche spielten und sich vor ihren Augen leidenschaftlich küssten. Einige Nachbarinnen gaben sich schockiert. Sie waren der Kirche hörig, immer mit erhobenem Zeigefinger unterwegs, von Hass und Bosheit durchdrungen, trugen bodenlange Röcke und hochgeschlossene Blusen und zerrten stets einen Haufen Sprösslinge hinter sich her, denn Gott hatte ja die Liebe nur zum Kinderkriegen vorgesehen. Was war das für eine schöne Zeit gewesen, als sie endlose Stunden auf dem durchgesessenen Sofa lümmelten, das sie gebraucht in Monastiraki erstanden hatten. Ja, er sah sie immer noch vor sich, wie sie sich über die Lehrbücher des römischen und internationalen Rechts beugte, während ihr schwarzes Haar lang herunterfiel und ihr Gesicht verbarg. Auch er saß an seinem Schreibtisch, einem alten Sekretär aus Holz, der – wer weiß, aus welchem Grund – in dieser Wohnung zurückgeblieben war. Er war ein Überbleibsel aus einer

Epoche, die unwiederbringlich dahin war. Er tat so, als lerne er, doch in Wahrheit guckte er stundenlang zu ihr hinüber. Dann schlich er zu ihr, hob ihr Haar an, roch an ihrer Haut und ihrem Shampoo und küsste sie auf den Nacken. „Schwarzes Haar und Rosenaugen", flüsterte er ihr ins Ohr. Er war in sie verliebt, sie war seine erste große Liebe. Damals wünschte er auch, es wäre seine letzte. Hals über Kopf hatte er sich in den Strudel des Begehrens gestürzt. Jeder Augenblick gewann Sinn, die kleinen Dinge wurden groß, manchmal sogar übertrieben groß. Er beherzigte Yukio Mishimas Worte, der damals seinen Selbstmord inszenierte. *Jeden Augenblick geschieht etwas, das erschütternder ist als der Ausbruch des Krakatau ... Eine einzige Bitterorange ist imstande, die Glocke zum Klingen zu bringen ...*

Im nächsten Sommer fuhren sie mit dem Bus in das Dorf, aus dem ihre Familie stammte, und er hinterließ einen guten Eindruck. Noch bevor sie ihr Studium beendet hatten, beschlossen sie, ihr künftiges Leben, durch Popen und Trauzeugen besiegelt, gemeinsam zu verbringen. Ihre Eltern reisten aus dem Norden und seine Mutter mit dem Überlandbus aus ihrem Heimatdorf zur Hochzeit an. Seine Schwiegermutter redete sich den Mund fusselig, um ihn davon zu überzeugen, Anzug und Krawatte anzuziehen. Seine Mutter war da leidenschaftslos. Ihr genügte es, dass ihr einziger Sohn heiratete und der Stress mit der Familiengründung ein Ende hatte. Sie saß in einer Ecke und bctrachtete ihn voller Stolz. Den Verwandten seiner Frau erzählte sie immer wieder ihre Lebensgeschichte, wie sie, praktisch noch in den Windeln, mit ihren Eltern aus Ostrumelien in das befreite Griechenland gekommen war, wie sie die schweren Jahre des Bürgerkriegs und den Hunger überstanden hatten, wie sie nach dem Tod ihres Mannes ihren Giorgos allein großzog.

Danach ging Doukarelis als Auswanderer wie so viele andere nach Deutschland, um seine Doktorarbeit zu schreiben. In Griechenland war das nicht möglich. Er war als Linker gebrandmarkt, als *Feind der sogenannten „Revolution"*, als Kommunist mit Brief und Siegel, dessen politische Vergangenheit bis in die Zeit vor seiner Geburt zurückreichte. Alle Professoren, an die er sich wandte, lehnten ihn ab. Mit nach Deutschland kam auch seine Frau, die sich bei dieser Gelegenheit auf Völkerrecht spezialisieren wollte. Sie mischten sich unter die Junta-Gegner, die in München Unterschlupf gefunden hatten, hörten die kritischen Sendungen der Deutschen Welle und hatten das Gefühl, dass auch sie – in ihrem kleinbürgerlichen Apartment – zum Sturz der Diktatur beitrugen. Und so hofften sie, die Militärregierung könne rasch fallen, doch die Art und Weise, wie es nach den tragischen Ereignissen auf Zypern geschah, erfüllte sie mit großem Zorn. Doukarelis kannte die Insel nur von seinen akademischen Studien, also durch die Augen eines Archäologen der Früh- und Urzeit. Er wusste von den Statuetten, die Frauen in Gebärhaltung darstellten, von den kreuzförmigen Idolen aus grauem und grünem Speckstein und Serpentin, die einen Ausdruck von Erleichterung oder auch Verzweiflung auf den Gesichtern trugen. Dieses oberflächliche archäologische Wissen über die Insel und die Parallelen zur Kykladenkultur reichten aus, um ihn die Tragödie, die sich dort abspielte, hautnah mitfühlen zu lassen. Monatelang verfolgt er die Meldungen in den Zeitungen, hörte täglich Radiosendungen und lauschte erschüttert den Lebensgeschichten und Erzählungen, denen der Pulvergeruch des Krieges anhaftete. Später flossen seine Betroffenheit und sein Interesse in eine vergleichende Studie zwischen kykladischen und zyprischen Idolen ein. Im Zuge dessen besuchte er frühzeitliche archäologische Stätten und hielt Vorträge auf Kongressen. Das siebenjährige ungeduldige Warten auf den Zusammenbruch der Junta wich langsam dem Gefühl, als wäre seine Seele abgestumpft und starr geworden. Doukarelis musste an Seferis' Worte denken: *Die Tragödie harrt am Ende unabwendbar.* Vier Jahre blieben sie in Deutschland und kehrten dann zurück. In Griechenland war nun die Demokratie wieder hergestellt und die Dinge schienen sich zu wandeln ...

Da er selbst ein Einzelkind gewesen war, wünschte sich Doukarelis viele Kinder. Tag und Nacht war er nur mit seiner Mutter zusammen gewesen. Doch für Maria Doukareli stand der Kinderwunsch nicht an erster Stelle. Zunächst wollte sie sich eine Karriere aufbauen, ihr Berufsleben organisieren und, wenn möglich, eine eigene Kanzlei eröffnen. Sie sprach sich nicht prinzipiell gegen Kinder aus, doch die Jahre vergingen. Ein paar Mal hatten sie sich deswegen gestritten. Er regte sich auf, weil sie nach wie vor die Antibabypille nahm. Schließlich gab sie klein bei und wurde prompt schwanger. Im dritten Monat kam es zu Komplikationen und Blutungen. Der Frauenarzt verbot ihr, ins Büro zu gehen, und verdonnerte sie zu Bettruhe. Trotzdem verloren sie das

Kind. Gleichzeitig erloschen, wie es schien, auch die großen Erwartungen, Hoffnungen und Träume, die Doukarelis für sein ungeborenes Kind gehegt hatte. In der Nacht, als sie das Kind verloren, hatte er einen Traum. Er sah ein süßes kleines Mädchen, das ihm zulächelte und *Papa* rief. Doch am nächsten Morgen hatte sich der Traum in einen Alptraum verwandelt. Monatelang war er untröstlich und missmutig und trauerte seinem ungeborenen Töchterchen hinterher. Das Leben schien ihm unerträglich, denn damals hatte er nicht nur den Tod seines Kindes, das nie geboren wurde, zu bewältigen, sondern auch noch mit den Knüppeln zu kämpfen, die ihm die 21. Aufsichtsbehörde für ur- und frühzeitliche Altertümer wegen der Grabungsgenehmigung zwischen die Beine warf. Nach der Fehlgeburt war die Ausgrabung für ihn der Rettungsanker, um sein Gleichgewicht wiederzufinden. Seine Frau machte einen stabileren Eindruck, überwand den Verlust schneller und tat alles, um ihn zu trösten und aufzubauen. Außerdem hatten sie noch Zeit, und sie wollten es wieder versuchen.

Das war der Grund, warum seine Verliebtheit in Antigoni nichts von einem wilden Begehren an sich hatte, das mit ihm durchging und alles mit sich riss. Mit unsichtbaren Banden war er an seine Vergangenheit gebunden. Er schwankte zwischen zwei verschiedenen Lebensentwürfen hin und her und war unsicher, wie er sich entscheiden sollte. Seine Seele und sein Körper fühlten sich an wie entzwei geschnitten, zuckend wie die Überreste einer zerstückelten Schlange. Mittlerweile war er es, der an Antigonis Seite die Rolle von Cassiopeias Gemahl Cepheus spielte. Irgendwann packte Makis seine

Sachen und nahm das nächstbeste Schiff. Nach außen hin machte sein Entschluss ihr Leben leichter.

Die ganze Geschichte hatte auf der Insel für erhebliches Aufsehen gesorgt. Weder die Mordanschläge und die Bekennerschreiben der Terrororganisation „17. November" noch der Selbstmord des Gladiolenmörders oder die Krankheit AIDS, an der in Athen Homosexuelle und Prostituierte wie die Fliegen starben, fand solch ein Echo. Denn all das passierte ganz weit weg. Ob es in Athen, in Paris, in New York oder auf einem anderen Planeten stattfand, war für sie ein und dasselbe. Doukarelis' Liebesabenteuer mit der Studentin und die filmreife Abreise seiner Frau wurde jedoch zu einem lokalen Fortsetzungsroman, der von Ohr zu Ohr weitererzählt wurde. Jeden zweiten Tag gab's eine neue Folge der TV-Serie, ein Live-Theaterstück vor ihren Augen, das ihr Interesse fesselte und ihre Fantasie anregte. Die kitzeligen Einzelheiten, mit denen ein jeder seine eigene Version garnierte, eilte mit Lichtgeschwindigkeit vom einen Ende des Dorfes zum anderen.

Eines Morgens, noch bevor er zur Grabung aufbrach, kam Frau Annio auf Doukarelis zu. Sie wolle mit ihm sprechen, sagte sie mit ernster, besorgter Miene. Herr Anestis hatte sich nicht getraut. Was solle er ihm denn sagen, er wolle sich nicht in fremde Angelegenheiten mischen, das sei nicht seine Aufgabe, hatte er seiner Frau geantwortet, als sie ihn aufforderte, mit Doukarelis zu reden.

„Es wird viel getratscht, mein Junge", begann sie. „Die Leute stürzen sich auf so etwas. Hier ist nicht Athen, wo man seinen Nachbarn nicht mehr kennt. Geh zurück zu deiner Frau, besprecht die Sache und findet eine Lösung. Ihr seid vernünftige, gebildete Menschen. Ihr solltet eure Ehe nicht aufs Spiel setzen ..."

Doukarelis hörte ihr mit gesenktem Kopf zu. Zunächst wollte er aufbegehren. Wer gab ihr das Recht, sich in sein Leben einzumischen! Doch dann beruhigte er sich. Frau Annio war ein lieber, gutmütiger Mensch ohne Hintergedanken. Ihre Worte zeigen nur, dass sie sich wirklich Sorgen machte.

„Ich hab's versucht, Frau Annio. Ich rufe an, aber sie geht nicht ans Telefon."

„Du musst zu ihr hinfahren, mein Junge. Anders kommst du nicht weiter", sagte sie und ergriff unerwartet, voller mütterlicher Zuwendung, sein Handgelenk und umschloss es mit ihrer Hand.

Voller Überraschung betrachtete er ihren faltigen, knochigen und mit Altersflecken übersäten Handrücken. Seine Stirn umwölkte sich. Er wusste nicht, ob es Frau Annios Geste war, die ihn so traurig stimmte, oder der Gedanke an seine todkranke Mutter, den sie wachgerufen hatte. Er sah sie vor sich, wie sie im Krankenhausbett lag und nur noch mit Mühe sprechen konnte. Dennoch hielt sie seine Hand fest, *die Mutter*, als wolle sie sich noch ein klein wenig an diese Welt klammern. Ihre Augen waren weit, ganz weit offen. Von der weißen Wand gegenüber blickte aus dem Glasrahmen ein ungerührter Christus zu ihnen herüber. Seine Augen schimmerten feucht.

„Ich kann jetzt nicht alles liegen und stehen lassen. In einer Woche sind wir hier fertig", antwortete er Frau Annio und zog seine Hand zurück.

„Bis dahin ist es vielleicht zu spät", vermutete sie und seufzte. „Hör auf Gottes Ratschlag, mein Junge", fügte sie hinzu, bevor ihre Worte in einem letzten Seufzer erloschen.

Doukarelis fuhr schließlich doch nicht nach Athen, um seine persönlichen Dinge noch vor dem Ende der Grabungssaison zu regeln. In der letzten Arbeitswoche war die Stimmung sehr angespannt. Wenn die Einheimischen ihre Blicke auf ihn richteten, zeichnete sich auf ihren Gesichtern Neugier, gepaart mit Verachtung ab. Immer wieder ertappte er sie, wie sie ihn durchdringend und beharrlich musterten. Die ganze Stimmung beeinflusste auch seine Mitarbeiter, die Arbeiter und die Studenten, *werter Herr Professor*, die auf der Ausgrabung mitwirkten. Sie behandelten ihn kühl, und an ihren Blicken konnte er ablesen, dass sich hinter ihrer Stirn einiges zusammenbraute. Und das hatte natürlich auch mit Antigoni zu tun. Ihm gegenüber verhielt man sich vorsichtig distanziert, wie am Anfang der Ausgrabung, als man noch abwägte, wie man ihn einzuschätzen hatte. Doch ihr gegenüber herrschte blanke Ablehnung. Sie meinten, Antigoni hätte von Anfang an vorgehabt, Doukarelis den Kopf zu verdrehen. Sie tadelten ihr Verhalten Makis gegenüber, der große Sympathien genoss. Sie wurde für sein Unglück verantwortlich gemacht, aber auch für, wie sich zeigen sollte, das Zerbrechen einer Ehe. Für sie war Doukarelis Antigonis willenloses und nichts ahnendes Opfer, das sie an der Nase herumführte und das in ihrem Netz zappelte wie eine Eintagsfliege. Doch immerhin gab es einen unter all den anderen, der Doukarelis' Lage nachempfinden konnte. Kostis, der Fischer, der auf der Ausgrabung zum Hilfsarbeiter geworden war, bewunderte Doukarelis zutiefst. Er war sein Vorbild, weil er sich traute, die Grenzen zu überschreiten, aus dem üblichen wohlanständigen Betragen auszubrechen und sich, obwohl er verheiratet war, mit einer fünfzehn Jahre jüngeren Frau einzulassen. Mit einer, die noch dazu besonders hübsch war und von der alle Männer der Insel träumten. Mit einer, die begehrliche Blicke auf sich zog. Einmal hatte er sie im Badeanzug unten am Strand gesehen und war, wie vom Donner gerührt, völlig dahingeschmolzen. Ja, Kostis hielt sich an diesen Tagen immer in Doukarelis' Nähe und fand verschiedene Vorwände, um mit ihm ein Gespräch über die Grabung, *die alten Griechen*, seine eigenen Abenteuer mit seinem Fischerboot draußen auf dem Meer oder über das Leben in Athen zu beginnen. Und eines Tages, als er Doukarelis nachdenklich und melancholisch vorfand, klopfte er ihm freundschaftlich auf die Schulter, sperrte seinen Mund auf, in dem zwei Zahnlücken klafften, und sagte so laut, dass es alle hören mussten: „Mmmach dddir kkkeine Sorgen, Heeeer Proffffesssor. Die ssssind allllle nur neineineidisch."

Dann machte er kehrt und verschwand, ohne Doukarelis' Antwort abzuwarten.

42

Er hatte sich in sich selbst zurückgezogen. Den ganzen Tag wanderte er rauchend vom einen Grabungsschnitt zum nächsten. Makis' Stelle hatte erstmal Angeliki eingenommen. Mit entschuldigender Miene hatte Doukarelis sie eindringlich gebeten, diese undankbare Rolle an Antigonis Seite einzunehmen, und diese Bitte konnte sie dem *Herrn Professor* nicht abschlagen. In diesen Tagen redeten sie alle nicht viel miteinander. Keiner hatte Lust auf Gespräche, ein allgemeines Schweigen hatte sich breitgemacht. Die listige Frau Evlalia hielt die ungewohnte Grabesstimmung nicht aus und hatte ein japanisches Transistorradio dabei, das ihre Kinder aus Athen mitgebracht hatten. Sie platzierte es geschickt und stellte die Lautstärke so ein, dass es in allen Grabungsschnitten zu hören war. Im staatlichen Rundfunk informierten die warmen Moderatorenstimmen über das Wetter, die Temperaturen, die Windstärke in der Ägäis und die aktuellen Nachrichten aus der Inselregion. In regelmäßigen Durchsagen berichtete das Rote Kreuz von vermissten Personen und rief zu sachdienlichen Hinweisen auf.

Frau Evlalias Zunge stand keinen Augenblick still. Sie kommentierte das Wetter, die vermissten Personen, was mit ihnen wohl passiert und welche Mutter jetzt untröstlich sei. Sie sprach all die Gedanken, die ihr durch den Kopf schwirrten, einfach aus und übertönte damit das Rauschen des Meeres. Immer wieder hob sie den

Kopf und ließ ihre Augen periskopartig umherschweifen, um den Strand, die Studenten, die Arbeiter und Archäologen und insbesondere Doukarelis im Blick zu behalten, der ganz in sein Unglück versunken war. Immer wenn sich ihre Blicke kreuzten, *werter Herr Professor*, tauchte sie wieder in ihren Grabungsschnitt hinunter, als torpediere sie einen feindlichen Zerstörer, und grub so eifrig, dass der Staub hoch aufwirbelte.

So wurden die nächtlichen Zusammenkünfte unter den Sternen am Meer immer seltener und hörten schließlich ganz auf. Nur am letzten Wochenende auf der Insel gingen alle zusammen, ja, selbst Antigoni, zum Strand von Fanos, um den ausklingenden Sommer gebührend zu verabschieden. Wieder saßen sie am Feuer zwischen den Tamarisken. Sie hatten Bier mitgebracht und tranken schweigend. Im Grunde waren sie erleichtert, dass diese unerträglichen Tage endlich ein Ende fanden. Am Himmel fielen und erloschen die Sternschnuppen mit ihrem feurigen Schweif. Antonis interpretierte die Sternbilder am Firmament und erklärte ihnen, es handle sich um die Perseiden, ein Phänomen, das sich alljährlich wiederhole. Es seien lauter Meteoriten, die in die Erdatmosphäre einträten, es seien die Staubkörnchen eines erkalteten Kometenschweifs. Für Romantiker oder fromme Gläubige seien es die Tränen des heiligen Laurentius zum Zeitpunkt seines Märtyrertodes. Bei der nächsten fallenden Sternschnuppe wünschte sich Angeliki etwas, behielt den Wunsch jedoch für sich. Genauso taten es auch alle anderen, die in ihren parallelen Monologen gefangen waren.

Andreas hielt die gedrückte Stimmung nicht mehr länger aus, sie schnürte ihm die Kehle zu. Er dachte an Cassiopeia, die ihn in seinen Träumen verfolgte. Er wollte das Gespräch auf sie bringen. „Und was passiert, Herr Professor, mit Cassiopeia, wenn die deutschen Laboranalysen beendet sind?", fragte er Doukarelis.

„Hm ...", meinte der, machte ein paar Züge aus seiner Pfeife und ließ, bevor er antwortete, den duftenden Rauch, der kurz in seinem Mund gefangen war, wieder frei: „Sie kommt bestimmt nach Griechenland zurück und wird in einem Museum ausgestellt, voraussichtlich in Naxos ..."

„Wie ungerecht!", rief Andreas aufgeregt, und die Übrigen schienen seinen Unmut zu teilen. „Am besten wäre doch", fuhr er fort, „man würde hier auf der Insel ein kleines Museum einrichten und unsere Funde aus der Grabung und Cassiopeia hier ausstellen, Herr Professor", sagte er. Beinah hätte er Sherlock Holmes zu ihm gesagt, da er ihm mit selbstgefällig glänzenden Augen gegenübersaß – in den Tabakrauch gehüllt, der aus seiner Pfeife emporstieg.

„Das ist nicht so einfach. Für so etwas braucht man eine Menge Geld, und der Staat ... Vergiss es!", sagte Doukarelis.

Wieder versank er in seinem Schweigen. Auch die anderen waren still. Erneut sah er vor sich, wie Cassiopeia den Strand entlang wanderte, vom einen Grab zum nächsten ging und an diesen abgeschiedenen Orten mit ihrer toten Mutter redete. Ob er die Hand aufhalten könnte, welche die Klinge hielt? Als sie in der Luft schwebte, kurz bevor sie sich in Cassiopeias Brust senkte? Ob er eine Zeitreise unternehmen könnte, um den Mord zu verhindern?

Ihre Spur verlor sich wieder im Nebel der Frühgeschichte, als Antonis seine Träumereien schließlich unterbrach. Er fragte sich, was den Mörder wohl dazu getrieben haben konnte, Cassiopeias Schädel mit solch roher Gewalt zu zertrümmern. Doukarelis lieferte eine mögliche Erklärung: „Weil die Toten, wie die Urmenschen glaubten, so nicht wiederkehren konnten. Der Mörder hatte Angst, sie könnte zurückkommen und sich an ihm rächen. Er hatte also seine Gründe."

„Ja, aber was war sein Motiv? Warum ist er so weit gegangen, sie zu ermorden? Das ist doch die interessanteste Frage bei der ganzen Geschichte."

„Das werden wir wohl nie erfahren", sagte Doukarelis.

„Vielleicht…", gab Doukarelis, *der Herr Professor*, zu und blickte hoch zum Himmel, wo gerade ein Meteorit in die Erdatmosphäre eintrat und in Flammen aufging. Seine Stimme klang dumpf und erloschen.

43

Am letzten Tag bauten sie das Sonnensegel ab und schlossen es zusammen mit den Grabungsutensilien, den Messinstrumenten, dem Tisch und den Schubkarren in den Lagerraum ein. Danach deckten sie die Grabungsschnitte mit Sackleinen ab, um sie provisorisch vor dem Regen und den Ziegen zu schützen. Es war die vorläufige offizielle Demontage von Doukarelis' symbolischer Macht. Kurz vor Mittag schickte Doukarelis, *der Herr Professor*, seine Leute zurück ins Dorf. *Eins, zwei ... Eins, zwei ...* Er lehnte sich genau an der Stelle an den Felsen, wo damals seine Frau gesessen hatte, und betrachtete den Strand von Pori, das mittlerweile ausgetrocknete Feuchtbiotop und die vereinzelten kleinen Inselchen im Hintergrund. Die Farben der Felsen, der verkümmerten, niedrigen Bäume und des Meeres waren unter der glühenden Sonne verblasst, und ein heißer Windhauch schlug ihm ins Gesicht. Die Steine glitzerten ringsum auf der dürstenden Erde. Seine Haut war sonnenverbrannt. Immer wenn die Sonne weiterwanderte, veränderten sich die Formen, die Winkel und die Geraden der Landschaft. Sein Körper und seine Seele schienen sich zu verändern und zu einem länglichen Schatten zu schrumpfen, der sich vor ihm über den Boden und die Steine legte.

Unten am Strand ging eine junge Frau auf dem feuchten Sand. Doukarelis hörte das Knirschen ihrer einsinkenden Fußsohlen. Wieder konnte er Wirklichkeit und Illusion nicht auseinander halten. Alles war eins geworden. War es Cassiopeia, die aus der Tiefe der Urgeschichte hierhergekommen war? In den Händen hielt sie ausgeblichene Muschelschalen, Seeigel, Seesterne, Sepiaschalen und Steinchen. Die Wellen brachen sich an der Küste und verschluckten kurzfristig ihre Gestalt. Eine unsichtbare Hand malte fortgesetzt Zeichen in den Wind und versetzte Cassiopeia schließlich mitten auf den Strand, wo sie nachdenklich den Horizont musterte. Das Bild war fertig. An diesem Ort gab es keine Zeit mehr. Nichts veränderte sich. Wer weiß, mit welcher Sanduhr man sie damals maß. Jetzt hatte die Zeit einen christlichen Namen. Doch Geburt und Tod, Anfang und Ende, Blüte und Verfall sind Dinge, die sich nicht ändern. Es sind Dinge, welche die Zeit begrenzen. Sie zerteilt ihre beiden Leben, seines und ihres. Sie sind nun zwei Geraden, die einander zufällig im Gewühl der Menge begegnen und danach ihren Weg ins Unendliche fortsetzen, nachdem sie das Mal ihrer ersten Berührung im Grabungsschnitt für immer auf ihren Körpern tragen. Damals hieß sie vielleicht Cassiopeia, jetzt heißt sie Maria oder Antigoni.

Doukarelis hatte erneut das Gefühl, er sei eine Marionette in einer Welt, die von höheren Mächten regiert wird. Dass jemand anderer für ihn entschied. Und dass alles, was er erlebte und dachte, nur in der Vorstellung eines unbekannten Wesens geschah, das den Willen und die Macht hatte, diese Vorstellung seiner Wirklichkeit aufzuzwingen. Ein Schauder lief seine Wirbelsäule entlang, Schweiß brach ihm aus. Er sprang auf, drehte sich in seiner Verzweiflung einmal um sich selbst, wie ein tanzender Derwisch, mit Blick auf das Meer, den Himmel und die unfruchtbare Erde. Erneut fragte er sich, ob er tatsächlich existierte. Oder ob er bloß eine Idee, ein Gedanke, ein Schatten oder eine Spiegelung der Wirklichkeit im Geist jenes unbekannten Anderen war. Er wollte sein Schicksal selbst in die Hand nehmen, gegen das Vorherbestimmte aufbegehren, gegen die Szenerie, die in diesem Theater des Absurden entworfen wurde. Oder die Dinge so hinnehmen, wie sie kamen, sie mit der ganzen Kraft seiner Seele erleben und nichts jenseits dessen suchen, was er fühlte.

Eilig kehrte er ins Dorf zurück. Am Nachmittag begannen sie, die Funde sorgfältig in Kisten zu packen, um sie nach Athen zu verschicken. Am nächsten Morgen traf ihn Koukoules, diesmal quasi als Bürodiener, bei Herrn Anestis an, *werter Herr Bürgermeister, werter Herr Professor,* und übergab ihm ein Einschreiben. Kurz davor hatte er es in seinem Gemeinderatsbüro gegen das schwache Licht der Lampe gehalten und eingehend untersucht, jedoch ohne Erfolg. *Zum Teufel*, es gelang ihm nicht, wenigstens ein paar Buchstaben im Umschlag zu entziffern. Doukarelis öffnete den Brief erst, als Koukoules weg war. Es war der Scheidungsantrag, der am Landgericht eingegangen war, *Datum ... Geschäftszeichen ... An Herrn ... Meine Mandantin ...* Er schloss die Augen, rief sich ihr Gesicht vor Augen und dachte nach, was er in der Situation tun sollte, in die er sich hineinmanövriert hatte. Nein, er wollte nicht sein ganzes Leben aufs Spiel setzen, er wollte nicht mit einem Schlag alles auslöschen, was sie all die Jahre zusammen erlebt hatten, er wollte wieder Ordnung ins

Chaos bringen. Doukarelis war kein Mensch, der sein Leben im Handumdrehen völlig auf den Kopf stellt. Nein, wahrlich nicht.

44

Schließlich ging seine Frau doch ans Telefon. Er bat sie erneut um Verzeihung. Es sei ein Fehltritt gewesen, der nichts weiter zu bedeuten habe. Nur zwei Körper, die sich spontan an einem abgelegenen Ort vereint und dann wieder getrennt hätten. Es habe sich um eine Begierde des Fleisches und nicht der Seele gehandelt.

Maria Doukareli erklärte ihm: Was zerstört worden sei, könne nicht mehr gut gemacht werden. Er habe sich zu lange Zeit gelassen. Sie werde ihn nicht bitten, nach Hause zurückzukehren, falls das sein frommer Wunsch gewesen sei. Wenn er zurück in Athen sei, solle er seine Sachen abholen und für immer gehen. Er solle ihr den Zeitpunkt bekannt geben, damit sie nicht zu Hause sei, meinte sie zynisch und kühl. Sie wolle ihn nicht wiedersehen. Es sei der Moment gekommen, da sich ihre Wege trennten. Sie wolle nichts mehr davon hören. Absolut nichts. Dann legte sie auf. Das Glas war zersprungen. In ihren Herzen kam es zur großen Explosion. Was bis dahin ein untrennbares Ganzes gewesen war, zerbrach in seine Einzelteile, die sich Millionen Lichtjahre voneinander entfernten, um in die eisige Einsamkeit ihrer Galaxie einzutauchen. Der Hörer an seinem Ohr summte. Eine ganze Weile hielt er ihn noch wie erstarrt in seiner Hand, während er vor dem Gemeindcamt stand. Er senkte den Blick und musterte traurig seine verstaubten Schuhe. Es war vorbei. War das alles gewesen? Vor ihm zogen Bruchstücke der Erinnerung vorüber, die kleine

Wohnung und das ausgeleierte Sofa, sie gebeugt über ihren Schreibtisch, die erste und letzte Demo, an der sie beide teilgenommen hatten, der Militärjeep, der plötzlich vor ihnen stand und ihnen den Weg versperrte, die quietschenden Bremsen, der Hund, der aus heiterem Himmel den Weg gekreuzt hatte, angefahren wurde, sterbend auf dem Asphalt lag, mit erhobenem Kopf um sich blickte und voller Verwunderung den Tod nahen spürte, die Flüche der Soldaten hinter ihnen, während sie selbst in den Gässchen verschwanden, die *Neue Welle*, die Musik-Lokale, *Obwohl ich dich liebe, versteh ich dich nicht*, ihre Freunde, Parteigenossen, die ein neues Griechenland erträumten und dann im Nachhinein zu Helden des Widerstands und staatlichen Würdenträgern wurden, das Gesicht ihres ungeborenen Kindes. Draußen tobte der Wind, die Wellen schäumten, der Meltemi peitschte die See. Das sei der *späte Meltemi*, hörte er die Einheimischen sagen.

Immer noch hielt er den Hörer in der Hand, untrennbar verbunden miteinander und mit der Welt, die über diesen einsamen Ort hinausreichte. Er dachte, es gebe Momente, in denen *das Gewissen unmöglich eine so schwere Last tragen könne. Nur im Grabe könne der Mensch sie wieder loswerden.* In seinem leeren Blick war nichts, gar nichts mehr, nur seine schmerzliche Erinnerung. Lebende und Tote reisten bunt gemischt auf derselben Straße zum selben Ziel, *Mutter*. Er kehrte zurück ins Krankenzimmer zur letzten Stunde seiner Mutter. Zwei Stunden vor ihrem Tod hatte sie ihm noch fest die Hand gedrückt. *Mutter ... Mutter*, flüsterte er, er hätte sie gern umarmt, es hätte ihnen beiden gut getan. Doch er tat es nicht. So armselig waren die Worte und die Taten zwischen ihnen. Von klein auf sehnte er sich nach ihrer Umarmung. Manchmal nahm sie ihn zu sich ins Bett, und er durfte bei ihr schlafen. Für sie reichte ein „Mein Junge" aus, um darin die Zärtlichkeit der ganzen Welt einzuschließen. Für mehr war keine Zeit. Er sehnte sich nach ihr, selbst wenn sie in seiner Nähe war. Er erinnerte sich, dass sie ständig unterwegs war und vom Morgengrauen bis zur Abenddämmerung in fremden Häusern schuftete, für einen Kanten Brot, für ein paar Groschen. Damit hatte sie ihn aufgezogen und ihm ein Studium ermöglicht. Sogar in jener letzten Stunde sehnte er sich nach einer mütterlichen Umarmung. Ja, er erinnerte sich, wie sie ihm in den letzten Augenblicken ihr Geheimnis offenbarte, bevor sie es mit ins Grab nahm. Sie winkte ihn heran und flüsterte ihm mit ihrer heiseren, erschöpften Stimme ins Ohr, *Mutter*. „Der abgeschnittene Kopf, der damals an diesem Aprilmorgen am Laternenpfahl im Wind baumelte – das war dein Vater."

45

Doukarelis rollt die Geschichte noch einmal von vorne auf und seziert sein ganzes Leben, als sei er ein Schriftsteller, der Erzählung, Charaktere, Form und Inhalt überprüfen muss. Er sitzt auf seinem Balkon an der Schieferplatte des Tisches, zwischen den Geranien und unter dem bestirnten Himmel, hält ein Glas Weißwein in der Hand und zündet, versunken in seine Einsamkeit, seine Pfeife an. Die Welt ringsum schläft. Nur er bleibt wach und denkt nach. Sein auf den Mond gerichteter Blick erstarrt, und er erkennt den Mondkrater Aitken, das Mondmeer *Oceanus Procellarum* – mit einem Durchmesser von 2.240 Kilometern und einer Tiefe von 13 Kilometern –, den Umriss und den Dunst, der das schwache Licht in der Dunkelheit erstickt. Ist er selbst wirklich oder nur eine Illusion? Aber das Buch seines Lebens kann doch keine Illusion sein. Da ist er doch, hier sitzt er, ein Mensch aus Fleisch und Blut, und lässt alle Erlebnisse Revue passieren, die ihn all die Jahre geprägt haben. Wäre er nur ein fiktionaler Held, dann wären sein Leben, seine Untreue und die Trauer in seinem Blick nichts als eine Zeile mit Wörtern, die auf einer Linie liegen und in einem Buch abgedruckt wurden: Zellulosefasern, getrocknete schwarze Tinte, feine Pigmentgranulate, Phthalat-Alkydharz, Leinsamenöl, Phenolharz-Kolophoniumester, Petroleumlösungsmittel. Weiter nichts.

46

In den ersten Tagen nach seiner Rückkehr wohnte Doukarelis in einem zentral gelegenen Athener Hotel. Als Zeichen, dass er diesen ganzen Zustand als ein Provisorium betrachtete. Sein Leben erschien ihm wie eine Übergangsphase zwischen Diktatur und Demokratie. Ein paar Mal versuchte er, mit seiner Frau in Kontakt zu treten. Trotz ihrer Einwände kamen sie am Telefon ins Gespräch, und ihre Kommilitonin, die den Rechtsanwalt und späteren PASOK-Funktionär geheiratet hatte, *werter Herr Abgeordneter*, vermittelte ein Treffen, das nun tatsächlich in die Wege geleitet wurde. Sie verabredeten sich in einem Café auf neutralem Boden in Kifissia, fernab vom Kriegsgebiet, zu einem vorläufigen Waffenstillstandsabkommen. Sie setzten sich in eine stille Ecke, die vor indiskreten Blicken geschützt war. Denn wer weiß, was bei diesem eigenartigen Treffen für unvorhergesehene Dinge passieren konnten. Beide blieben zunächst in Deckung und waren so zugeknöpft und kühl, dass es sich anfühlte, als wehte ein kalter Windhauch vom Penteli herunter. Er redete und Maria Doukareli hörte zu. Sie hielt das Glas mit dem Mineralwasser fest in der Hand, doch ohne zu trinken. Sie hatte es einfach nur bestellt, um sich an etwas festzuhalten, um ihre Verlegenheit zu verbergen oder um ihre negative Energie irgendwohin zu lenken. Die Dinge schienen eine neue Wendung zu nehmen. Maria Doukareli begann, schwankend zu werden. Sie war nicht mehr die unnachgiebige, verratene und verletzte Ehefrau. Sie selbst sprach von *Voraussetzungen,* und ein kleines Lächeln stahl sich auf ihre Lippen, das ihren stirnrunzelnden Blick weich werden ließ. Alles schien wieder möglich. Eine Festung war gefallen, sozusagen. Die weibliche Seele ist unergründlich.

Doukarelis' Beziehung zu Antigoni hatte an Kraft und Intensität eingebüßt, war welk geworden wie eine Rose in einem Wasserglas. Ein paar Mal hatten sie sich gestritten und nicht wieder versöhnt. Sie drifteten auseinander und ihre Treffen wurden seltener. Antigoni bereitete sich auf die Fortsetzung ihrer Studien in London vor. Doukarelis stand zwischen den beiden Frauen, und die Waagschale begann sich unverhofft in Richtung von Maria Doukareli zu senken. Er würde wie ein geprügelter Hund zurück zu seiner Frau gehen. Sie würden einen Neubeginn machen. Schon wollte er wieder *Schwarzes Haar und Rosenaugen* singen, als die Geschichte Ende September eine neue Wendung nahm.

Antigoni besuchte ihn im Hotel. An der Tür schlug ihr das schwere Kirscharoma des Pfeifentabaks entgegen. Der Fernseher war an, er brauchte diese Art der Illusion, um seine Einsamkeit zu bekämpfen. Es lief gerade die Wiederholung einer amerikanischen Seifenoper, dann folgten Videoclips mit Boy George, *Do you really want to hurt me?,* und Michael Jackson, *Thriller.* Mit entschlossenem Blick verkündete sie ihm, sie sei im zweiten Monat schwanger. Sie wisse es schon länger, seit zwei Wochen sei sie sich fast sicher, doch sie habe die Bestätigung abgewartet, bevor sie es ihm sagen wollte. Soeben komme sie von ihrem Frauenarzt.

Sie hielt ihm seine Verantwortung vor Augen, als sei er ein ungezogener Junge, der – schlimm und unverbesserlich – in der Klasse für Radau sorgt. Sie stellte ihm ein Ultimatum. Sie zeigte ihm das Ultraschallbild, das an eine byzantinische Schriftrolle erinnerte. Auf dem Papier konnte er den Kopf und die Gliedmaßen des Babys erkennen. Sie erklärte, unabhängig von seiner Entscheidung, hätte sie sich entschlossen, das Kind zu behalten. Ihr Studium für den Doktortitel in London würde sie vorläufig aufschieben, um ihr Kind, das heißt, um sein und ihr Kind großzuziehen ...

Eine Weile starrte er auf das Ultraschallbild. Während sie mit ihm sprach, wirkte er beherrscht, ja ungerührt. In den letzten Monaten bestand sein Leben nur noch aus Unvorhergesehenem. Schlimmer konnte es nicht werden. Bis zu einem gewissen Grad hatte er gelernt, mit den plötzlichen Wetterumschwüngen, die über sein Leben und seine Seele hereinbrachen, umzugehen.

Er erhob sich aus seinem Sessel, seufzte, zündete sich die Pfeife an und blickte aus dem Hotelfenster hinunter auf die Straße. Er fragte sich, wo das wahre und wo das falsche Leben lag. Hier drinnen oder dort draußen im Menschengewühl? Am Rand des speckig glänzenden Bürgersteigs lag ein Bettler mit vergilbtem Bart und löchriger, verdreckter Kleidung und streckte den Passanten seine Hand entgegen. Autos, Busse, Motorräder und Fußgänger warteten an den Ampeln. Die Ungeduldigen hupten und beschimpften einander gestikulierend. Es war ein Tohuwabohu, es war wie im Irrenhaus. Der Sesamkringelverkäufer packte die Kringel mit seiner schwarz angelaufenen Zange, wickelte sie in

Pergamentpapier und reichte sie den Kunden. Der Himmel war wolkenverhangen, und man konnte den feuchten Dunst in der Luft spüren. Athen wirkte wie in einen Herbstnebel getaucht, der sich mit dem Smog vermischte. Alles deutete auf die ersten herbstlichen Regengüsse hin. Wie seltsam das Leben doch manchmal spielte.

Doukarelis führte die Hand zu den Borsten seines Vollbarts, den er hatte wachsen lassen. Dann wandte er sich um und blickte sie an. Er lächelte ihr zu. Sein Lächeln war ruhig, sanft und kindlich. Alles war auf dem richtigen Weg. Er küsste sie auf den Mund, hakte sie unter und sie stiegen in ein Taxi. Auf der ganzen Fahrt nach Glyfada schwieg er, hielt das Ultraschallbild so vorsichtig in der Hand, als wäre es sein ungeborenes Kind. Er blickte es an, seine Augen schimmerten feucht, als würde er jeden Moment in Tränen ausbrechen. Sie setzten sich in ein italienisches Lokal am Meer. Stundenlang betrachteten sie die See, hielten Händchen, beobachteten die Wellen, die Seetang an die Küste spülten, dachten an ihre gemeinsame Zukunft, das Kind und ihr Glück. Am Abend rief er seine Frau an und sagte ihr die ganze Wahrheit, obwohl ihm klar war, dass er ihr wehtat. Wieder einmal machte er einen Rückschritt und offenbarte die Unbeständigkeit seines Charakters. Doch er war es ihr schuldig, aufrichtig zu sein. Sie warf den Hörer auf die Gabel. Nun gab es kein Zurück mehr. Das Glas war in tausend Scherben zersprungen, die keiner mehr zusammenfügen konnte ...

Er und Antigoni mieteten eine Wohnung am Fuß des Lykavittos-Hügels. Dort fanden sie ein neues Dach für ihr gemeinsames Leben. Ohne Zwänge, Kompromisse und Schuldgefühle fühlte er sich frei. Aus seiner tiefen Liebe zu Antigoni heraus ließ er sich auf eine für seine Verhältnisse verrückte Liebesgeschichte ein.

47

Der damalige Sommer war Doukarelis' Terminus post quem. Ein Orkan war über ihn hinweggerast und hatte sein privates und berufliches Leben für immer verändert.

Anfangs war das Zusammenleben mit Antigoni aufgrund ihrer schwierigen Schwangerschaft nicht einfach. In den ersten Monaten wusste er nicht, wie er sich verhalten sollte, wie er auf ihre unerklärliche Aggressivität und ihre melancholischen Anwandlungen reagieren sollte. Trotz ihrer Reizbarkeit lernte er nach und nach, ihr seltsames Verhalten schweigend hinzunehmen. Ihr Geruchssinn war so empfindlich geworden, dass ihr alles in die Nase stieg und Brechreiz verursachte. Sie störte sich am Geruch des Tabaks, der seine Kleider durchdrang. Frühmorgens spürte sie am anderen Ende der Wohnung den Atemhauch seiner Zahncreme auf. „Schade, dass ich kein Jäger bin. Du wärst ein guter Jagdhund", meinte er dann scherzhaft zu ihr. Mit der Zeit konnte sie auch seinen Körpergeruch immer weniger ertragen, den typischen Duft, den seine Haut ausstrahlte, die unmerkliche Spur, die er in der Luft hinterließ. Kurz bevor er die Geduld verlor, las er in einem Buch über die Schwangerschaft, dass so etwas durchaus vorkommen könne. Schwangere Frauen ekelten sich tatsächlich manchmal vor ihrem eigenen Mann.

Der Tag, an dem seine Tochter geboren wurde, war der glücklichste seines Lebens. Sein Gesicht leuchtete auf eine neue und ganz ungewohnte Weise. Seinen engsten Freunden, aber auch den Kollegen und Studenten fiel auf, dass er mit der Sonne um die Wette strahlte und wie ein Honigkuchenpferd grinste.

Doukarelis verfolgte jeden Entwicklungsschritt der Kleinen. Er sorgte dafür, dass er in allen wichtigen Momenten dabei war. Er durchwachte die Nächte, wenn sie weinte, nahm sie in den Arm, um sie zu beruhigen, war dabei, als sie zum ersten Mal wie ein Engel lächelte, war dabei, als sie ihre ersten Schritte tat und als sie ihr erstes Wort sagte. Immer wieder horchte er auf, wenn das Baby in der Wiege tief aufseufzte. Da kam ihm die Bemerkung seiner Mutter in den Sinn: „Du hast als Kind in deiner Wiege immer so geseufzt." Wer weiß, warum. Vielleicht, weil das Leben noch vor ihm lag. Wenn er sorglos und ohne Böses zu ahnen dasaß, überkam ihn des Öfteren Furcht. Es brach ihm der Angstschweiß aus, dem Kind könnte etwas zugestoßen sein. Tausend verschiedene Möglichkeiten, die unwahrscheinlichsten Unfälle oder auch der plötzliche Kindstod schossen ihm durch den Kopf. Als sie eines Tages hinfiel und sich das Knie aufschlug, war er am Boden zerstört. Er packte sie und hob sie hoch, ihr Blut tropfte herunter und färbte sein weißes T-Shirt dunkelrot. Als sich das Kind beruhigt hatte und zu seiner Mutter lief, fror sein Blick an den roten Flecken – an ihrem Blut, an seinem eigenen Blut – fest. Er wusste nicht, was er tun sollte. Sollte er das Blut für immer und ewig auf dem T-Shirt belassen oder es in die Wäsche tun? Antigoni wurde sauer. Sie nannte sein Verhalten übertrieben, so eine Affenliebe sei zu nichts gut.

Er wollte, dass seine Tochter den Namen seiner Mutter trug: Efrosyni. Antigoni wehrte sich und bestand auf dem Namen Ismini. „Unser Leben ist doch keine Tragödie!", protestierte Doukarelis, bis sie sich auf einen Kompromiss einigten und dem Mädchen zwei Namen gaben: Ismini-Efrosyni. Im Grunde hatte Antigoni ihren Kopf durchgesetzt, denn der Name seiner Mutter stand nur auf der Geburtsurkunde und wurde weiter nicht benutzt. So behielt Ismini die Oberhand zwischen den beiden Namen und den beiden Persönlichkeiten.

Ein paar Monate nach dem ersten Geburtstag des Kindes beschlossen sie, eine Urlaubsreise zu machen, um sich zu erholen, wieder zueinander zu finden und ihre Beziehung zu pflegen. Sie ließen Ismini bei Antigonis Schwester zurück, die ihren Beruf aufgegeben hatte und bei ihren Kindern zu Hause blieb, und fuhren nach London. Das Wetter war regnerisch und wenig sommerlich. Daher verbrachten sie die meiste Zeit im Hotel. Sie entspannten sich und schliefen wieder miteinander. Eines Mittags, als sie im Bett nackt aufeinander lagen, platzte das Zimmermädchen zum Saubermachen herein. Sie schrien auf, zogen schnell das Betttuch über sich, und das Zimmermädchen schlug die Hände vors Gesicht. „I'm sorry ... I'm so sorry", stammelte sie und verschwand. Zunächst waren die beiden wie erstarrt und schämten sich in Grund und Boden, doch bald erholten sie sich von dem Schrecken. Die Vernunft war schließlich stärker als die Scham. Die Hotelangestellte war doch nur eine Unbekannte, die sie nie wieder sehen würden. Sie wussten nicht einmal mehr, wie sie aussah, genauso wenig wie das Zimmermädchen sie erkennen würde. Mit der Zeit wurde der Vorfall zu einer fernen Erinnerung, und schließlich lachten sie über die Episode.

Trotz der Wetterkapriolen fanden sie immer wieder Gelegenheit, sobald die Sonne zwischen den regenschweren Wolken hervorlugte, sich aus dem Hotel zu stehlen, um sich die Beine zu vertreten und sich unter die Menschenmenge in der Oxford Street und am Leicester Square zu mischen. Sie besuchten das British Museum, das Wachsfigurenkabinett, Restaurants und Buchhandlungen. Antigoni kaufte Kunstbände und Doukarelis archäologische Bücher zu Fragen der Typologie und zu neuen Grabungsmethoden. Antigoni wollte die Universität sehen, an der sie ihre Doktorarbeit hatte schreiben wollen. Diesen Traum hatte sie im tiefsten Innern noch nicht aufgegeben, doch er sollte unerfüllt bleiben. Es war ihre erste gemeinsame Reise und sie schmiedeten Pläne für exotischere Urlaubsziele. Sie brachten ihre extremsten Vorlieben und Wunschorte zur Deckung. Doukarelis wollte nach China reisen, nach Japan, nach Peru, in die Anden, nach Feuerland. Und sie in die Arktis, nach Tasmanien und auf die einsamen Inseln Neuseelands, in die fernsten und entlegensten Ecken des Planeten. Er wollte gern die Fußballweltmeisterschaft und die Olympischen Spiele aus der Nähe sehen, und sie sehnte sich nach dem Wiener Neujahrskonzert und einem Klarinettensolo von Woody Allen in New York.

In solchen glücklichen Momenten lief es mit Doukarelis' beruflicher Karriere wie am Schnürchen, obwohl einige an der Uni versuchten, ihm das Leben schwer zu machen. Er kam an, seine Vorlesungen waren gut besucht, und die Studenten hingen an seinen Lippen, *Herr*

Professor. Sein Spitzname, *Sherlock Holmes*, war seit seiner Ausgrabung auf Koufonissi in aller Munde. Unter den Studenten tauchten dann und wann auch Pseudoanarchisten in schwarzen Klamotten und Militärstiefeln auf, grüßten ihn mit einem Kopfnicken, das er erwiderte. Er war der neue Star der Kykladenarchäologie. Er war beliebt und begehrt. Des Öfteren wurde er von außeruniversitären Einrichtungen zu Vorträgen über seine Ausgrabung und die Funde auf Koufonissi eingeladen. Tageszeitungen und Fachzeitschriften fragten um Beiträge an. Ausländische Forschungsinstitute luden ihn ein, als Gastprofessor ur- und frühzeitliche Archäologie der Ägäis zu lehren. Und die Krönung war, dass zwei linke politische Gruppierungen bei ihm anfragten, ob er bei den anstehenden Parlamentswahlen auf ihren Listen kandidieren würde. So sehr ihm diese Angebote auch schmeichelten, er lehnte höflich ab. Er wolle, so sagte er, sich ganz der Archäologie widmen. Später ... vielleicht ... könne sein ... Antigoni widersprach und versuchte ihn zu überreden. Ihr Ehrgeiz war erwacht. Waren die anderen Kandidaten vielleicht besser? Vergeblich versuchte er, es ihr zu erklären: Die Sache war nicht, wer besser war, sondern dass er – wenigstens vorläufig – nichts mit Politik zu tun haben wollte. Für ihn hatte die Wissenschaft Vorrang. Eine Weile war sie deswegen sauer auf ihn, doch dann fand sie sich notgedrungen damit ab. Nun, dann würde sie eben keine Parlamentarier- oder Ministergattin werden.

Die letzte Grabungskampagne verlief entspannt und angenehm. Da Antigoni nicht daran teilnahm, waren Angeliki und Pavlos an seiner Seite. Sie schienen gut miteinander klar zu kommen und zeigten eine Vertrautheit, die über eine rein berufliche Beziehung hinausging. Es schien, als hätten sie über den letzten Winter hinweg Kontakt gehalten, wer weiß ... Doch mitten in der Grabungssaison änderten sich die Dinge schlagartig, als habe der Wind plötzlich gedreht. Doukarelis sah von weitem, dass sie sich stritten. Angeliki vergrub ihr Gesicht in den Händen und brach in Tränen aus. Weiter redeten sie nichts mehr miteinander, blickten sich nicht einmal mehr an. Sie waren wieder zu Fremden geworden. Bevor der Juli zu Ende ging, ersuchte Pavlos um Freistellung von der Grabung. Trotz Doukarelis' Einwänden blieb er unnachgiebig. Die Aufsichtsbehörde schickte einen Ersatz für Pavlos, eine junge Archäologin, die gerade ihre Doktorarbeit in den USA abgeschlossen hatte. Sie war außer der Reihe eingestellt worden und hatte keine Ahnung von Tuten und Blasen. Andreas und Myrto blieben bis zum Schluss und lebten in ihrer eigenen Welt. Sie hatten gemeinsame Interessen. Ihr Geschmack beim Shoppen war ähnlich. Sie waren verrückt nach Pizza, die ihnen auf der Grabung fehlte, sie hörten dieselbe Musik der griechischen Rockmusiker Jokarinis und Papakonstantinou. Abends las Andreas die Comiczeitschrift *Blek*, warf aber auch einen Blick in Myrtos Mädchenmagazine *Katerina* und *Manina*.

Antonis machte mitten in der Grabungssaison einen Fehltritt, stürzte in den Grabungsschnitt und brach sich das Bein. Eilig wurde er nach Naxos gebracht und von dort weiter nach Athen. Doukarelis verständigte die Aufsichtsbehörde und verlangte dringend nach einem neuen Konservator. Doch die Tage vergingen, und der

Ersatzmann kam und kam nicht auf die Insel. Täglich hing Doukarelis am Telefon, wieder einmal kam die Arbeit wegen bürokratischer Hürden nicht voran. Der Leiter der Aufsichtsbehörde, der damals den *werten Herrn Präfekten* nach Koufonissi begleitet hatte, war in den Ruhestand getreten und sein Posten noch nicht neu besetzt worden. Alle bekamen die Geschichte mit, als er eines Nachmittags nach der Grabungsarbeit wie so oft zur Telefonzelle pilgerte. Plötzlich erhob er mitten im Gespräch die Stimme und bekam einen Wutanfall. Er war außer sich, wie Zeus schleuderte er Blitz und Donnerkeil, beschwor Götter und Dämonen, lief rot an, fast stand ihm Schaum vorm Mund. Dann knallte er mit voller Wucht den Hörer an die Wand. Beinah wäre er in Stücke gesprungen. Dann ging er, immer noch laut schimpfend, und verschwand auf sein Zimmer. Koukoules näherte sich wie ein begossener Pudel, trat in die Telefonzelle und inspizierte den Hörer. *Wie gut, er funktionierte noch*, er würde hier lieber nicht weiter nachhaken. Kurz danach sah man Doukarelis mit seiner Reisetasche in ein Fischerboot steigen und zur Zeus-Insel Naxos übersetzen. In Athen setzte er Himmel und Erde in Bewegung und brachte alle seine Beziehungen ins Spiel. Zwei Tage später kam er mit Antonis' Ersatzmann wieder, einem älteren, bereits pensionierten Mann, *werter Herr Professor*, den man für die Zwecke der Grabung zwangsrekrutiert hatte. Durch diesen Unfall waren Doukarelis Antonis und dessen Sternbilder abhandengekommen.

Frau Evlalia und vor allem Kostis jubelten jedes Mal, wenn Doukarelis wieder zu Grabungen auf die Insel kam. Dabei hätte er sich eines Tages fast mit Frau Evlaia überworfen. Sie war eine gute Arbeiterin und schuftete hart, doch ihre Zunge stand nie still. Ihre Stimme, sonor wie eine tiefe Glocke, übertönte sogar den Lärm der Kreuzhacken. Sie verursachte Doukarelis Schwindel und Kopfschmerzen. Eines Tages schrie er sie an, sie solle endlich den Mund halten. „Du lenkst mir die ganze Grabungstruppe von der Arbeit ab. So lange, bis irgendein Unglück passiert." Sie erstarrte, ließ die Hacke sinken, brach in Tränen aus und lief ins Dorf zurück. Es stimmte, Doukarelis hatte sie beleidigt. Danach musste er sich sehr anstrengen, um sie am nächsten Tag zur Rückkehr zu bewegen. Schließlich ging er zu ihr und bat um Entschuldigung. So lange würden sie schon zusammenarbeiten, da wäre es doch schade, jetzt am Ende der Ausgrabung alles hinzuwerfen. Und Frau Evlalia kam hoch erhobenen Hauptes, mit triumphierender Miene und stolzem Blick zurück. Der Professor war vor ihr auf die Knie gefallen und hatte sie angefleht. So erzählte sie es später. Ein richtiger Professor! Das schmeichelte ihrer Eitelkeit.

Im letzten Grabungsjahr wurden in den Ruinen die Überreste von ausgedehnten, narrativen Wandmalereien entdeckt. Wildblumen, Felsen, Meeresmotive und Rosetten konnte man auf den ersten Blick erkennen, bevor Proben in ein Speziallabor geschickt wurden, um sich ein gcnaueres Bild zu machen. Da die Wandmalerei einen Meilenstein der kykladischen Archäologie darstellte, war dieser Fund der Höhepunkt einer besonders erfolgreichen Grabung. Vielleicht hatte sich der Besitzer des Wohnhauses, in dem sie gefunden wurde, unter den Einheimischen durch seine Stellung als Kaufmann, durch seine Macht und seinen Einfluss hervorgetan. Vielleicht war es auch ein öffentliches Gebäude gewesen. Jedenfalls stellte es ein deutliches Indiz für eine soziale Differenzierung in der örtlichen prähistorischen Gesellschaft dar.

Nach und nach legte sich auf Koufonissi das Aufsehen, das der Skandal um den Ehebruch und sein Nachspiel hervorgerufen hatten und geriet fast in Vergessenheit. Doukarelis fand seine Selbstachtung wieder und konnte durch sein Auftreten den Respekt der Inselbewohner für sich gewinnen. Der bereits zum Tode Verurteilte wurde wider Erwarten begnadigt. Schließlich hatte er ihre Insel bis ans Ende der Welt bekannt gemacht, was ihnen Touristen und Geld einbrachte. Bald würden weitere bedeutende archäologische Expeditionen auf die Ägäisinseln folgen. Das methodische Vorgehen bei der Grabung, die reichen Funde und die gut belegte Publikation innerhalb kürzester Zeit verliehen Doukarelis die Autorität eines anerkannten Archäologen. Jetzt konnte auch er seinen Namen in die Grabstele seines Nachruhms meißeln. Er war mittlerweile überzeugt, dass *die dunklen Mächte* seine universitäre Laufbahn nicht mehr aufhalten konnten. Jetzt erntete er die Lorbeeren seines Ruhms. Er fühlte, dass sein Körper der Begeisterung seiner Seele kaum folgen konnte.

48

Mitten in diese heitere Stimmung fiel im zweiten Herbst nach seiner Rückkehr aus Koufonissi ein Wermutstropfen. Der Rektor hatte ihn in sein Büro gerufen. Eine anonyme Anzeige war in seine Hände gelangt, *werter Herr Rektor*. Das Schreiben sprach seine Beziehung zu Antigoni unverblümt an. Allerdings hatte es auf den Gängen der Universität schon davor Gerüchte und Tratsch über den Skandal gegeben. Sie waren quer über die Ägäis gereist, express und mit der Geschwindigkeit von Elementarteilchen nach Athen gelangt und Doukarelis' Ankunft zuvorgekommen. Der Rektor fuchtelte mit dem Schreiben wie mit einem scharfen Schwert durch die Luft und warf es vor Doukarelis auf den Tisch. Es war nicht die Handschrift seiner Frau. Maria Doukareli würde so etwas nie tun, außerdem würde sie sich nicht hinter der Maske der Anonymität verstecken. Vielleicht stammte das Schreiben von Makis, doch im Grunde war es bedeutungslos. Der Rektor fragte, ob die darin erhobenen Vorwürfe zutreffen würden.

„Ja, sie sind wahr", antwortete er gelassen und ohne zu zögern.

Der Rektor nahm seine Brille ab und legte sie auf den Schreibtisch, lehnte sich in seinen Sessel zurück und betrachtete ihn mit prüfender und besorgter Miene. Seine Augen wirkten müde und trübe.

„Herr Doukarelis, Sie wissen, wie sehr ich Sie schätze. Aber Ihnen ist klar, dass es sich um eine ernste Angelegenheit handelt." Sein Gesicht verfinsterte sich, als ziehe gerade eine dunkle, regenschwere Wolke darüber hinweg. Doukarelis blickte nach oben, doch dort war nichts. Es war alles nur Einbildung.

Er fühlte sich wie ein Schüler, der von seinem Lehrer zurechtgewiesen wird. Diese Rolle kam ihm bekannt vor. Als Volksschüler hatte er einmal mit Bleistift das Orthografie-Diktat vom kommenden Tag in sein Heft abgeschrieben und dann ausradiert. Erschrocken beugte er sich über das Heft, um seine Tat vor dem Lehrer zu verheimlichen, der zwischen den Schulbänken hin und herging. Doch der hatte Lunte gerochen, nahm ihm das Schulheft weg und musterte mit seinen kurzsichtigen Augen die Seite mit den ausradierten Buchstaben durch seine dicken Brillengläser. Dann forderte er ihn mit Nachdruck auf, nach vorn zum Katheder zu kommen. Und sobald er kreidebleich vor aller Augen dort stand, ließ er ihn die Hände ausstrecken und schlug mit einem Rohrstock auf seine Handflächen ein. Immer wieder sauste der Stock herab. Die Hiebe, die auf sein Fleisch klatschten, hallten dumpf in den Ohren der schreckensstarren Klasse wider. Obwohl er Schmerzen hatte und ihm die Tränen in die Augen schossen, gab er keinen Ton von sich. Dann begann sein Körper zu zittern und wurde von einem stummen Schluchzen erschüttert. Er zählte die Schläge mit, eins, zwei, drei, und sagte sich, das sei jetzt der letzte, der letzte, der letzte. Doch der Lehrer hörte erst beim siebten Hieb mit dem Rohrstock auf. Dann versetzte er ihm noch eine Ohrfeige mit dem Handrücken, deren Wucht ihn gegen die erste Reihe der Schulbänke schleuderte. Fast wäre er zu Boden gestürzt.

„Saukerl!", schrie der Lehrer, wobei ihm der Speichel aus dem Mund spritzte und auf den Boden und auf die Bücher der Kinder triefte. Dann wartete er, bis der Schüler wieder an seinen Platz zurückgekehrt war, hielt sekundenlang den spitzen Zeigefinger auf ihn gerichtet, blickte ihm tief in die Augen und sagte: *„Du bist aus roter Kotze geboren!"*

Dann folgte eine Predigt zur Rettung der Nation, zur Rolle der Schule, der richtigen Erziehung, der Orthodoxie, den Prinzipien und Werten des Vaterlandes, die vor dem ehr- und gottlosen Kommunismus, vor dem roten Monstrum, dem nichts heilig sei, bewahrt werden müssten.

„Es muss mit Stumpf und Stiel ausgerottet werden", sagte er zu den Volksschülern. „Dieses Unkraut der schändlichen marxistisch-leninistischen Ideologie, das aus der griechischen Gesellschaft hervorschießt. Hier seht ihr das Resultat, hier direkt vor euch."

Als er nach Hause zurückkehrte, versuchte er, seiner Mutter aus dem Weg zu gehen. Am späten Abend wünschte er ihr eine gute Nacht, wobei er sich zur Wand drehte, *Mutter*, und sich rasch in seine Kissen verkroch. Doch sie ließ sich nicht täuschen. Sie hob die Decke hoch und sah sein linkes, geschwollenes und blau verfärbtes Auge und seine geschundenen Handflächen. Ganz früh am nächsten Morgen ging sie mit ihm zur Schule, die Hand in seinen Ärmel gekrallt, während er im weiten Drillichhemd und mit löchrigen Schuhen neben ihr herlief. Sie schob ihn vor den Lehrer hin.

Doukarelis senkte den Kopf, blickte durch das Loch im Schuh auf seine sich bewegenden nackten Zehen. Sie regte sich mächtig auf und schlug mit der Faust auf den Tisch.

„Ich hab ihn dir in die Schule geschickt, damit du ihm Lesen und Schreiben beibringst. Und nicht, damit du ihn zum Krüppel schlägst! Ich zeig dich beim Ministerium an!", warnte sie ihn.

Er sagte nichts, wollte eine Erklärung stammeln, doch Doukarelis' Mutter fuhr dazwischen. Sie wollte kein Wort mehr hören. Dann ging sie und ließ ihn mit gesenktem Blick, offenem Mund und völlig baff zurück. Seitdem rührte er ihn nie wieder an und vermied sogar jeden Blickkontakt in der Klasse.

Der Rektor spielte nun die Rolle seines Lehrers. Er war wieder der ungezogene Junge, den man auf den rechten Weg zurückführen musste. Doukarelis begriff die Anspielungen und Warnungen oder, besser gesagt, die Drohungen, und verstand sehr wohl, was sich hinter den Worten verbarg.

„Unter diesen Umständen, Herr Doukarelis, lassen Sie mir keine andere Wahl." Zwischen seinen kurzen Sätzen seufzte er ein paar Mal auf. Er blickte auf den Ring, den er am Mittelfinger trug, und drehte immer wieder daran. „Es muss eine außerordentliche Sitzung des Universitätsrats einberufen werden. Er muss darüber informiert werden ..."

Doukarelis fuhr ihm gleich in die Parade und redete Klartext, *werter Herr Rektor*. „Ich habe nicht vor, mich vor irgendjemandem zu rechtfertigen. Mein Privatleben geht niemanden etwas an, auch Sie nicht. Es gibt keine universitäre Regelung, die mich zwingen könnte, so etwas gegen meinen Willen zu tun. Und an Rücktritt denke ich sowieso nicht."

Der andere blickte ihn verwundert und überrascht, fast ängstlich an. Als er die Handflächen auf seinen Schreibtisch legte, war das Klirren des Goldrings auf der Glasplatte zu hören.

Doukarelis fand langsam Gefallen an der Szene. „Wer ohne Sünde ist, der werfe den ersten Stein", sagte er und spielte dabei auf das Getratsche an, das den Rektor selbst und seine Verfehlungen im Laufe seiner dreißigjährigen Universitätskarriere betraf. Danach listete er ihm eine Anzahl von Kollegen und Kolleginnen namentlich auf, die sich der Sünde einer Liebesbeziehung zu einer Studentin oder einem Studenten schuldig gemacht und von denen einige zu Ehen geführt hatten. Der Rektor riss die Augen auf. Mit einem sardonischen Lächeln stellte Doukarelis abschließend fest, wenn die Dinge eine so unangenehme Wendung nähmen, müsse er in erster Linie an sich selbst denken. In einem solchen Falle müsse er diese Namen, *und zwar alle Namen*, so hob er hervor, öffentlich machen, *werter Herr Rektor*.

49

Doukarelis merkte gar nicht, wie die Jahre vergingen. Antigoni verführte ihn zu einem anderen Leben jenseits der universitären Routine, seiner Ausgrabungen und des langweiligen Alltags. Ihre jugendliche Spontaneität brachte seine konservativen und wohlanständigen Ansichten ins Wanken. Wie eine Dampfwalze ebnete sie das Netzwerk seiner Gewohnheiten, das Geflecht seiner Bekanntschaften und das ganze Gebäude ein, das er seit seinen Studentenjahren bis zu dem damaligen Sommer auf Koufonissi errichtet hatte. Sie wollte das Leben, das sie gerade erst zu erforschen begann, mit all ihrer jugendlichen Intensität in vollen Zügen genießen. Und Doukarelis ließ sich von ihrer Kraft willig mitreißen.

Sie gingen viel aus, mal essen, mal ins Kino, manchmal zur Abwechslung auch in Studentenlokale, die in dunklen Ecken im Anarchistenviertel Exarchia lagen. Eines Abends trafen sie in der *Bar unter dem Meer* zufällig eine jugendliche Truppe von Antigonis Kommilitonen von der Philosophischen Fakultät an. *Sie hier, Herr Professor?* Sie trugen schwarze Klamotten, Militärstiefel, lange Haare, alle waren unrasiert. Sie holten sich Stühle an die Tische heran und unvermeidlich stand Doukarelis im Mittelpunkt der Aufmerksamkeit. Es wurden nur wenige Worte und schräge Blicke gewechselt, die Bierflaschen mit leerem Blick in den Händen gedreht. Doukarelis wirkte zugeknöpft, er fühlte sich unwohl und wie ein Fisch auf dem Trockenen. Auch die anderen waren auf der Hut, doch je später es wurde, desto mehr lösten sich die Zungen. Doukarelis fragte nach dem Studium, die anderen nach den archäologischen Forschungen. Sie wollten etwas über die Formen der Machtausübung, die gesellschaftlichen Schichten und Hierarchien auf den Kykladen der Ur- und Frühzeit erfahren. Alles lief gut, bis einer von ihnen geradeheraus fragte: „Und was ist mit Makis, Antigoni?" Doukarelis erstarrte, der Schluck Bier blieb ihm im Hals stecken. „Ich weiß nicht, hab ihn schon länger nicht mehr gesehen", meinte sie und das Gespräch erstarb.

Man traf sich ein zweites und drittes Mal am selben Ort. Zurückgezogen in finsteren Ecken tranken sie bis zum Umfallen billiges Bier, rauchten wie die Schlote und diskutierten stundenlang über Proudhon, Malatesta und Bakunin. Jetzt mussten sie sich nicht mehr verstecken, und als wäre es die natürlichste Sache der Welt, rauchten sie vor aller Augen ihren Joint. Sie bedrängten Doukarelis, fast zwangen sie ihn. Antigoni lächelte, probierte auch ein paar Züge, verschluckte sich anfangs am Rauch, doch dann gewöhnte sie sich dran. Die anderen brachen in Applaus aus, es war wie eine Initiation, er war kein Außenseiter mehr. „Heute Abend könnten wir 'nen Molotow zünden!", scherzten die schwarzen Klamottenträger. Es war das erste und letzte Mal, dass Doukarelis Gras rauchte. Von da an hielt er zu manchen von ihnen losen Kontakt. Das ging so weit, dass in späteren Jahren Gesinnungsgenossen aus dem früheren Studentenvolk ihn für einen der ihren hielten, für eine Fünfte Kolonne an der Universität.

Doch mit den Jahren kehrte alles wieder zum vertrauten, naturgegebenen Rhythmus zurück, sein Leben verfiel wieder in den alten Trott, fand zurück zum verlorenen Alltagsgrau. Sie blieben zu Hause und gingen kaum noch aus, insbesondere seit Antigoni ihre Stelle als Museumskuratorin angetreten hatte. Sie beschränkten sich auf Restaurantbesuche, und ab und zu gingen sie ins Kino zu Woody Allen-Filmen wie *Der Stadtneurotiker, Manhattan, Stardust Memories*.

Im Lauf der Zeit wurde Doukarelis immer seltsamer, grundlos jähzornig und griesgrämig. Er ließ sich anstecken vom Bazillus des universitären Daseins, von Kleinkariertheit und Pedanterie. Er begann, kleinen gesundheitlichen Problemen übermäßiges Gewicht beizumessen und entwickelte sich zum Hypochonder. Nebensächliche Symptome bekamen große Bedeutung. Eine einfache Erkältung, ein unmerklicher Schmerz versetzten ihn in Angst und Schrecken. Er dachte, sein letztes Stündlein hätte geschlagen, wie zum Beweis, dass sein Herz das nicht mehr lange mitmachen würde. Nein, nicht mehr lange, gleich würde es aufhören zu schlagen, gleich würde er auf der Strecke bleiben. Trotz seiner fortgesetzten Beschwerden weigerte er sich hartnäckig, einen Arzt aufzusuchen und sich einer Routineuntersuchung zu unterziehen. Egal, wie sehr Antigoni auch darauf bestand, damit er endlich der Wirklichkeit ins Auge sähe. Trotzdem gab es auch tatsächlich vorhandene chronische Leiden, die er mit der Zeit erworben hatte und wie Orden an der Brust seines Alters trug. Und wenn er für längere Zeit zu Kongressen, als Gastprofessor ins Ausland, zu Ausgrabungen fuhr, war ihm das

Medikamentenköfferchen so unersetzlich geworden wie sein Personalausweis oder Reisepass: Ranitidin und Cimetidin für sein Magengeschwür, Cortisonspray gegen Heuschnupfen, bronchienerweiternde Medikamente gegen das Asthma und entzündungshemmende Salben für die Hämorrhoiden.

In ihrer Wohnung auf dem Lykavittos-Hügel wuchs Ismini heran und wurde zur Frau, während er alterte und die Schultern hängen ließ. Seine Haut wurde fahl und faltig, sein Haar grau. Es schien, als sei das Licht, das viele Jahre in ihm geglüht hatte, erloschen und er bleibe leer, bleich und welk zurück. Wie verblichene Farbe, die abgeblättert ist. Antigoni hingegen blieb jung, attraktiv und hübsch, vielleicht hübscher denn je, da die Reife ihrem Körper und Gesicht die Ecken und Kanten nahm, das Unebenmäßige ausglich und das Vorteilhafte zur Geltung brachte. Ihr Altersunterschied schien immer größer zu werden. Es gab Augenblicke, da er sich dabei ertappte, dass er eifersüchtig wurde, wenn sie später von der Arbeit nach Hause kam. Er wurde misstrauisch und argwöhnisch. Nach und nach ließen sich in seinem Hinterkopf die winzigen Staubkörnchen des Zweifels nieder. Antigoni würde ihn verlassen, das war unvermeidlich. Was sollte sie noch mit ihm anfangen? Davon war er auch am Tag ihres Verschwindens überzeugt.

50

Warum war Doukarelis nach all den Jahren an diesen abgelegenen Ort zurückgekehrt? Hätte er irgendwo untertauchen und unbemerkt bleiben wollen, wäre er anderswohin gefahren, wo ihn niemand kannte. Aber hier hat er eine Vergangenheit. Und eine zweifelhafte Gegenwart. Von einer Zukunft jedoch ganz zu schweigen. Kehrt der Mörder nicht immer an den Ort des Verbrechens zurück? Wollte er hier seine Knochen zurücklassen, wie es angeblich die Elefanten auf ihrem mystischen Friedhof tun, wenn sie das Ende nahen fühlen? Obwohl Doukarelis' Seele einem wolkenverhangenen Himmel im Herzen des Winters gleicht, hat er nicht vor, sich vom Leben zu verabschieden. Zwei Aufgaben stärken seinen Lebenswillen: die Universität und Ismini. Seine Forschungen und Ausgrabungen sind seine moralische und berufliche Verpflichtung.

Doukarelis sucht in sich selbst nach dem Anfang der Geschichte, nach dem Ariadne-Faden, der sich in seiner Seele verknotet hat. In seiner Eigenschaft als Archäologe wollte er seine eigene Vergangenheit ausgraben, seine Erinnerung freilegen. Er selbst weiß am besten, dass er – im Sinne seiner Wissenschaft – Fragen stellen muss, die er zum Teil auch beantworten kann, wenn er in der Tiefe der Zeit zur Essenz der Dinge vorstößt. Er muss bei der Frage nach dem *Warum* anfangen, um Schlussfolgerungen ziehen zu können. Nur, dass in seinem Fall die meisten Fragen auf quälende Weise unbeantwortet bleiben.

Er will die Vergangenheit mit der Gegenwart versöhnen, um in die – wie auch immer geartete – Zukunft zu blicken. Er hat das Rieseln der Sanduhr im Ohr, er weiß, dass er nicht mehr jung ist. Er befindet sich im Herbst seines Lebens, die Blätter vergilben und fallen, bald ist er im Winter angekommen, auch für ihn ist das Ende absehbar. Aber noch ist er kein alter Mann, den die Zeit in die Knie gezwungen hat. Ja, er ist hierhergekommen, um mit sich selbst ins Reine zu kommen, um Ordnung ins Chaos zu bringen. Er fragt sich, ob er ein Masochist ist, der sein Schicksal beweint und – voller Weltschmerz – alle tragischen Erinnerungen und Erfahrungen nacherlebt. Doch er weiß, dass er – so wie einst Cassiopeia – auf diesem Boden seine Spuren hinterlassen hat. Es ist der Ort der lebenden Toten, der Gespenster und Schatten, die im hintersten Winkel seines Gedächtnisses, von Spinnweben überzogen, auf ihren Auftritt warten. Es ist der Boden, auf dem seine Ruinen stehen, es ist sein Jerusalem, oder auch die Erde, aus der die Triebe seines neuen Lebens wachsen werden. Dieser *kleine Vorgarten von Naxos*, wie er einmal einen Einwohner von Naxos über Koufonissi sagen hörte, war für ihn der Nabel der Welt, der Wendepunkt seines Lebens und auch seines Todes.

Jetzt ist er hier und wandert über die Insel. In jeder Ecke, im Wechselspiel von Licht und Schatten, in den heiter bis wolkigen Stimmungslagen des Himmels, in der sibyllinischen Schrift, die der Wind auf die Felsen malt, in den Wellen des Meeres – überall sieht er Antigonis Gestalt und Cassiopeias schmerzlichen Blick. Sie kommen auf dem alten Wanderweg von Pori herüber. In den Händen halten sie Weihegaben für die Große Göttin. Doch als sie die Hände nach ihm ausstrecken und er sie berühren will, verschwinden sie. In seiner Hand bleibt nur die Ahnung ihrer Gegenwart zurück und das Brausen des Windes, das vom Meer herüberweht. In der Jackentasche liegt schwer sein Mobiltelefon. Er legt es keinen Augenblick mehr aus der Hand. Er wartet auf den Anruf, auf das heftige Atmen am anderen Ende. Gerne würde er wissen, wer sich hinter diesen schrecklichen Lauten verbirgt. Vielleicht ist er der Einzige, der weiß, was aus seiner Frau geworden ist. Vielleicht kann er ...

Ja, der Gedanke war ihm durch den Kopf gegangen. Vielleicht war Makis das Gespenst aus der Vergangenheit. Ein paar Tage nach dem Anruf begann er daran zu glauben, dass Makis am anderen Ende der Leitung war. Ein paar Monate vor Antigonis Verschwinden hatte er ihn zum ersten Mal nach zwanzig Jahren wiedergesehen. Doukarelis war gerade im Büro seiner Frau im Museum gewesen, als er auf dem Gang fast mit ihm zusammenstieß. Er sah noch genauso aus, wie er ihn in Erinnerung hatte, er hatte sich überhaupt nicht verändert. Sein Gesicht strahlte dieselbe Jugendlichkeit aus, er war schlank und kleidete sich immer noch in die schwarzen Anarchisten-Klamotten, seine Haare trug er lang und nach hinten gebunden. Er fragte sich, ob er sich an ihn erinnerte. Aber gewiss doch. Sie tauschten ein paar kurze Blicke und versuchten, den jeweils anderen richtig einzuschätzen. Ihre Augen leuchteten auf. Es war die Flamme des Verrats, die immer noch glühte. Sie gingen in entgegengesetzte Richtungen, keiner wandte den Kopf nach dem anderen. Es war ein verhängnisvolles

Gefühl, das all die Jahre leise vor sich hingegärt hatte und jetzt wieder hochkam. Er erinnerte sich an Makis' Blick damals auf dem Rückweg zum Hauptort der Insel. Das Grabungsteam ging voran, er und Antigoni waren neben dem Kaktusfeigenbaum zurückgeblieben. Makis drehte sich um und blickte ihm direkt in die Augen. Sein Blick schien sie festzubannen, als sie dort allein in der Wildnis standen. Dann drehte er sich wieder um und ging zusammen mit den anderen weiter.

Doukarelis fragte sich, was Makis im Museum bei den Büros zu suchen hatte. Wollte er Antigoni nach all den Jahren besuchen? Hatte er sie getroffen? Antigoni verneinte seine Frage und schien aus allen Wolken zu fallen.

„Er muss zufällig hier gewesen sein", meinte sie. „Ich habe ihn vor zwanzig Jahren zum letzten Mal gesehen."

Zwei Wochen später standen sie ihm wieder gegenüber, diesmal am Eingang eines Strandlokals. Sie wollten rein, und er kam gerade raus. Sie machten große Augen und rangen nach Fassung. Er stand aufrecht vor ihnen, lächelte unmerklich und ein wenig verlegen. „Wie geht's dir, Antigoni?", fragte er. Durch Doukarelis blickte er hindurch, er war Luft für ihn.

„Grüß dich, Makis", sagte sie nervös. „Das ist ja Jahre her."

„Ja, wie viele? Zwanzig?", lächelte er. „So viele werden's sein", gab er sich selbst die Antwort. Und dann, *hahaha*, folgte ein seltsames, fast hysterisches Lachen.

Die Begegnung war kurz und schmerzlos.

„Na dann, mach's gut, ich muss los, ich bin schon spät dran", sagte er und ging.

Doukarelis denkt, dass es ein bisschen zu viele Zufälle auf einmal wären – die Rosen, die der unbekannte Verehrer immer wieder schickt, ihre Begegnung zuerst im Museum vor Antigonis Büro und dann hier im Lokal. Das ging zu weit, so viele teuflische Zufälle auf einmal gab's einfach nicht. Bestimmt hatte Makis Antigoni die Rosen geschickt. Wusste er vielleicht etwas über ihr Verschwinden? Steckte er dahinter? Dem Untersuchungsrichter hatte er nichts davon erzählt. Weil er nicht noch mehr über sein Privatleben offenbaren wollte, über den Verrat, über die Details einer Liebe, die auf einem Treuebruch gründete. Jetzt schien er es zu bereuen. Das war keine gute Idee. Damit hätte er die Ermittlungen der Polizei erleichtert und von Anfang an in eine bestimmte Richtung lenken können. Aber jetzt zögerte er. Vielleicht würde er nach seiner Rückkehr nach Athen aufs Polizeipräsidium gehen und dem Untersuchungsrichter alles sagen.

All das geistert ihm durch den Kopf, während er in sein Zimmer zurückkehrt. Sein Schlaf ist unruhig. Er sieht den abgeschnittenen Kopf seines Vaters vor sich, der am Laternenpfahl baumelt. Dann schließt er die Augen, und alles geht von vorne los. Er kommt in seinem Bett nicht zur Ruhe. Immer wieder steht ihm der quälende Anblick des abgeschnittenen Kopfes vor Augen, die Toten aus seiner Familie, makabre Bilder und Gedanken, der schwere Atem. Es ist, als hätte ihn jemand in eine riesige Pfanne mit siedend heißem Öl geworfen, in der er geröstet wird, erst auf der einen, dann auf der anderen Seite, bis er rosig durchgebraten und seine Haut zu einer knusprigen Kruste geworden ist. Er findet einfach keine Ruhe. So geht er hinaus auf die Straße, vorbei an den stillen Häusern, setzt kaum den Fuß auf den Boden, um keinen Lärm zu machen und um keine Blicke auf sich zu ziehen. Es herrscht vollkommene, pechschwarze Dunkelheit, der Mond hat sich an diesem Abend versteckt. Er lässt die Siedlung hinter sich, geht an den letzten, schwach erleuchteten Häusern vorbei und zündet eine kleine Laterne an, um die Wildnis, die vor ihm liegt, ein wenig aufzuhellen. Man könnte meinen, er sei verrückt geworden. Wenn man ihn bemerkt, wird er den Dorfklatsch wieder anheizen. Aber er ist weder ein Grabräuber noch hat er eine Liebesgeschichte am Laufen. Diesmal bietet er ihrer unersättlichen Neugier keine Nahrung. Sein einziger Wunsch ist, sich an die Abende am Rand der Küste zu erinnern und an den bestirnten Himmel, der sich bis zu den Wellen, bis zum Sand und ihren Leibern herabneigte. Er blickt nach oben und versucht, die Sternbilder zuzuordnen. Er glaubt, Geflüster zu hören, er hat das Gefühl, Antonis' Stimme dringe an sein Ohr. „Da ist Cepheus mit seinem dreieckigen Kopf, der die Arme zu Cassiopeia hinstreckt." Doch es ist nur der kühle Atem des Windes, der zwischen den Tamarisken weht. Er spürt in seinem Körper jedes Bauelement, die Urstoffe Asbest und Sauerstoff. Er hat das Gefühl, all das verbinde seine Existenz mit dem fernen All. Denn er weiß, dass in seinem Körper ein Teil des Sternenstaubs enthalten ist, den das All beim Erlöschen eines jeden Himmelskörpers verstreut. Ja, er glaubt, dass er sich hier, an diesem Ort, mit der Nabelschnur wiederverbinden kann, die ihn zu seinen Wurzeln, zum ursprünglichen Leben zurückführt. Er wollte bis zum

August auf der Insel bleiben, wenn der Meteorstrom der Perseiden wie Regen vom Himmel fällt. Er wollte den Strand wiederfinden, sich im goldenen Staub verlieren und sich am Tau der Laurentiustränen laben. Doch damit muss es genug sein, er kann seine restlichen Tage nicht auf Koufonissi verbringen. Das Leben geht weiter. Wie ein Schiffbrüchiger, den das Schicksal an diesen Strand verschlagen hat, blickt er starr in die Ferne, auf der Suche nach einem rettenden Schiff.

51

Die Inselbewohner erzählen, am Vorabend sei ein Verrückter draußen in der Einöde herumgewandert. Sie hätten ein schwaches Licht gesehen, das zwischen den Felsen und den niedrigen Zypressen an der Küste entlanggeisterte. Wer weiß, was die dort wieder trieben, vielleicht waren's Satanisten, vielleicht auch die jungen Rucksacktouristen, die ihre Zelte am Strand von Finikas aufgestellt hatten. *Der heutigen Jugend kann man nicht trauen, die sind verdorben. Man braucht doch nur im Vergleich einen Blick auf das Denkmal auf dem Hauptplatz zu werfen, dann ist alles klar.*

Doukarelis hört ihnen im Kafenion zu, wo er seit dem frühen Morgen thront, um seinen Kaffee zu trinken, damit er endlich wach wird. Woher sollen sie wissen, dass ausgerechnet er der Verrückte ist. Jetzt ist es wieder Zeit für seine soziologische Feldforschung. Von seinem Platz aus studiert er die Einheimischen wie ein Anthropologe. Unter ihnen sitzt auch der junge Priester. Es sind dieselben Menschen, auch wenn Tausende von Jahren vergangen sind. Was hat sich geändert? Auf ihren Gesichtern zeichnet sich das Schichtenprofil der Zeit ab. Auch wenn es ihnen selbst nicht bewusst ist, beeinflussen doch alle, die einst über diese Erde gegangen sind, ihr Leben. In der letzten Zeit haben die Dinge allerdings eine neue Wendung genommen. Doch der Mensch an sich ändert sich nicht. Er erinnert sich, wie damals, als er auf Koufonissi die Ausgrabung leitete, ein Trupp der

Staatlichen Elektrizitätsgesellschaft eingetroffen war, um zum ersten Mal Strom auf die Insel zu legen. Damals gab es keine asphaltierten Straßen, von Autos ganz zu schweigen. Die Werkzeuge wurden auf Eseln zur Ausgrabung transportiert. Heute verkehren jede Menge Fahrzeuge selbst auf diesem winzigen Flecken Erde. Eine Alternative zu dieser Entwicklung kann Doukarelis jedoch auch nicht bieten.

Zwischen den Gästen des Kafenions läuft der junge Albaner mit den groben Händen hin und her. Jemand sagt zu ihm, er brauche ihn morgen, um den Zaun auf seinem Grundstück zu reparieren. Er werde ihm auch ein Taschengeld geben. Das klingt großzügig. Den regulären Tagelohn bekommt nämlich sein Chef. Er solle sich nicht beschweren, das ganze Jahr über sitze er hier im Kafenion herum. „Kaffee kochen ist doch keine richtige Arbeit, Ilir ... Nicht wahr, Ilir?" Der Albaner lächelt verkrampft. „Ja", sagt er und entfernt sich.

„Das werden Satanisten gewesen sein", beharrt ein Alter.

„Ach was! Das sind bestimmt Ausländer, Italiener oder Deutsche. Die sind doch jetzt überall", meint ein anderer. „Was meinst du, Herr Pfarrer?", fragt er den Popen.

„Hm, keine Ahnung, mir scheint das an den Haaren herbeigezogen", verkündet der Mann in der Soutane, bevor alle in Schweigen verfallen.

Doukarelis erinnert sich an seinen Vorgänger, den alten, hageren und sonnenverbrannten Mann, der die Pflichten des Popen neben all seinen anderen Alltagssorgen übernommen hatte und darum kämpfte, mit seinen kargen Äckern und den paar Ziegen zu überleben und seine Familie zu ernähren. Dieser Pope hier ist wohlgenährt und hat weiße Haut. Er hat sich auf Koufonissi ins selbstgewählte Exil zurückgezogen. Er sieht sich als Eremit, der die Einfachheit sucht, um mit seiner jungen Frau ein einsiedlerisches Leben zu führen. Wenigstens benimmt er sich nicht wie die Touristen, die herkommen, ganz bezaubert sind und hier den Rest ihres Lebens verbringen wollen. In Wirklichkeit würden sie es kein Jahr auf der Insel aushalten. Wie begossene Pudel würden sie in die Städte mit ihrer riesigen Kanalisation zurückkehren. Wie die Ratten, die es nicht lange fern von den Abwasserkanälen und Müllhalden aushalten. Der alte Pope war gestorben, genauso wie Herr Anestis, Frau Annio und Frau Evlalia. Kostis hatte sein Fischerboot und sein Hab und Gut verkauft, hatte sich Zahnimplantate machen lassen und hatte sich – angezogen vom aufregenden Leben in Athen – auf und davon gemacht. Doch diese Insel war ein gesamtgriechisches Phänomen. Ihre Bevölkerung war, seit Doukarelis Koufonissi zum ersten Mal betreten hatte, um ganze sechzig Prozent gewachsen. Damit brach man alle Rekorde der letzten Jahrhunderte.

„Was erwartest du denn, um Himmels willen? Die Polizei tut doch nichts. Die Polizisten drücken sich den ganzen Tag im Büro herum und kratzen sich am Sack", fährt ein anderer fort. „Hier herrscht doch eine Lotterwirtschaft! Ein wahrer Saustall ist das!"

Als sein Handy läutet, schreckt Doukarelis hoch, und alle schauen ihn forschend an. Jetzt hat er ihre Aufmerksamkeit erregt. Lange Zeit war er nur ein Phantom, seine Gestalt war eine Geistererscheinung. Auf dem Stuhl saß für sie kein richtiger Mensch. In den letzten Tagen hatten sie ihn immer wieder in seinem weißen Leinenanzug und mit dem Strohhut gesehen. Möglicherweise erinnerten sie sich an sein früheres Leben und an den alten Doukarelis. Ihre kritischen Blicke krabbelten auf seiner Haut wie Tausendfüßler.

„Ich ruf dich gleich zurück", sagt er ins Telefon und legt auf. Zum Glück war es Ismini. Er ist erleichtert, denn er fühlt sich noch nicht in der Lage, das schreckliche Atmen zu ertragen, das der Atem seines Schicksals sein könnte.

Er lässt das Geld auf dem Tisch zurück und sagt „Danke, Ilir", bevor er geht. Auf den gepflasterten Weg im Dorf wurden mit weißer Farbe Blumen und Blütenblätter gemalt. Noch so eine Veränderung seit der Zeit der Ausgrabung.

Seine Vermieterin steht gerade im Innenhof. Sie schneidet zwischen den Rosenbüschen die welken Blüten und die vertrockneten Blätter ab. Es könnte ein von unsichtbarer Hand in die Luft gemaltes Bild sein, das von einem japanischen Haiku inspiriert wurde. Zwischen ihnen liegt in der Tat etwas Unausgesprochenes. Sie schenkt ihm ein Lächeln, doch offensichtlich liegt darin ein Hauch von Traurigkeit. Sie wirkt beunruhigt, verlegen und ein klein wenig verärgert. Er begrüßt sie und erwartet, dass sie ihn wieder zum Kaffee einlädt, doch diesmal hat er sich getäuscht. Heute hält sie sich zurück.

Er hat Lust auf ein Gespräch und nimmt auf dem Treppenabsatz Platz. Er stimmt ein Loblied auf ihren

Alltag an. Das sei die Quintessenz des Lebens. Die Menschen hier begnügten sich mit dem Einfachen und dem Wenigen, sie erlebten jede Stunde des Tages ganz bewusst. Morgen, Mittag, Nachmittag und Abend zeigten im Wechselspiel von Licht und Schatten deutliche Unterschiede, und die Menschen erlebten die Abfolge der Jahreszeiten intensiver. Die Sonne, das Licht und sein Fehlen, also das Spiel der Schatten bestimmten ihr Leben. Die Menschen hätten den Eindruck, die ganze Zeit gehöre ihnen, und sie fühlten keine Eile.

„Finden Sie?", bringt sie gerade mal hervor.

„Ja, genau. In den Städten jagst du der Zeit hinterher und holst sie doch nie ein. Dort glaubst du, die Zeit reiche niemals aus. Kaum zählst du bis drei, ist deine Zeit in dieser Welt schon wieder um."

„Oh, Herr Doukarelis, das klingt ja sehr pessimistisch. Was ist denn heute Morgen mit Ihnen los, dass Sie so ins Philosophieren kommen ..."

„Wissen Sie, ich und meine Frau haben uns gedacht, wenn wir in Rente gehen, suchen wir uns ein Haus auf einer Ägäisinsel, einen Bauernhof oben auf den Felsen, wo wir durch die Fensterfront auf das Meer in der Ferne schauen. So ein Leben würde mir gefallen: auf dem Sofa sitzen und – mit Blick auf den unendlichen Horizont – lesen und schreiben. Antigoni wollte Rosen züchten, sie wünschte sich einen großen Rosengarten und ich einen Weinberg, um meinen eigenen Wein anzubauen. Aber jetzt ist das alles dahin ..."

„Warum tun Sie es nicht? Das Leben geht weiter ..."

Nachdenklich hält er inne. Sie hat recht. Er schaut ihr in die Augen, und sie erwidert seinen Blick. Sie weiß genauso wenig wie Doukarelis, was das zu bedeuten hat. Er senkt als Erster die Augen. Das unmerkliche Zittern seiner Finger zeigt seine Unsicherheit. Er zieht seine Pfeife heraus und zündet sie an, um seine Verwirrung zu verbergen. Erneut klingelt sein Handy. Wieder bleibt alles in der Schwebe.

„Entschuldigen Sie", rechtfertigt er sich. „Es ist meine Tochter aus Athen."

Er geht die Treppe hoch und verschwindet in seinem Zimmer. Ismini erkundigt sich nach seinem Befinden und ob es Neuigkeiten gebe. Was sollte sich seit gestern verändert haben? *Nichts*. Sie hat eine Schwäche für ihn. Es ist der Elektra-Komplex. Zu ihrer Mutter hatte sie eine ambivalente Beziehung: Auseinandersetzungen, Reibereien, Wortgefechte, Verbote. Er hatte ihr nie etwas verboten, er war toleranter und weicher. Zu ihm kam sie, wenn sie Schwierigkeiten hatte, kuschelte sich in seinen Arm und erzählte ihm ihren Kummer. Ihre intimsten Geheimnisse offenbarte sie jedoch nur ihrer Mutter. Er erinnert sich an sein blutverschmiertes T-Shirt. Was damit wohl passiert war? Hatten sie es weggeworfen?

Sie beschwert sich über die extreme Hitze in Athen und erzählt, nächste Woche werde sie mit ihrer Cousine nach Folegandros reisen.

„Was, auch du gehst ins Exil?", neckt er sie.

„Wie meinst du das?"

„Die Insel war unter den Römern ein Verbannungsort, genau wie später unter der siebenjährigen Militärdiktatur."

Er rät ihr, die frühkykladische Siedlung in Kastellos

zu besuchen. Gut, sie verspricht es. Ja, sie würden alleine fahren, in ihrem jetzigen Zustand könne sie nicht viel Gesellschaft ertragen. Es sei eine ruhige Insel und daher genau das Richtige. *Ich hab die Nase voll, Papa!* Vorgestern seien schon wieder Polizeibeamte zu einer Befragung da gewesen. Auch ihre Tante sei vernommen worden. *Mir steht das alles bis oben hin.* Sie frage sich, wann er aus Koufonissi zurückkomme. Er versichert ihr, noch vor ihrer Abreise nach Folegandros werde er wieder in Athen sein. Außerdem habe er eine Menge zu erledigen. Er wolle sie sehen, und er vermisse sie. Ihre Antwort klingt wie ein Echo seiner Worte.

Er sagt, sie solle gut aufpassen und abends die Türen und Fenster gut verriegeln. Jaja, man könne nie wissen ... Ihr Tonfall klingt spöttisch. Er meint, sie solle sich nicht lustig machen.

„Wieso? Meinst du, alle Athener Perversen haben es auf mich abgesehen?"

„Was?"

Sie wiederholt, ob er meine, alle Perversen hätten es auf sie abgesehen.

„Was für Perverse?"

Doukarelis bleibt der Mund offen stehen. Er begreift nicht.

„Komm schon, Papa! Du bist ja ganz schön naiv und unschuldig! Dachtest du, wir hätten all die Jahre nicht gewusst, was an dem Abend damals passiert ist?"

An dem Abend damals ...

Ja, auch ihre Mutter habe alles gewusst, sie habe die Szene – von ihm unbemerkt – durch die halb offene Tür verfolgt. Das heißt, sie musste genau hinter ihm gestanden haben. Aber sie gab keinen Laut von sich, auch sie muss wie gelähmt gewesen sein und erwartete bestimmt, dass er reagierte und seine Familie beschützte, doch er tat nichts. Er zögerte feige, bekam es mit der Angst und rührte sich nicht von der Stelle.

Er war wie vor den Kopf geschlagen, er konnte es nicht fassen. Es war ein heißer Sommer damals. Die Temperaturen waren hoch, die Nacht feucht und dunstig, die Luftverschmutzung enorm, und der Zement dampfte. Es musste nach zwei Uhr nachts gewesen sein. Er saß immer noch in seinem Arbeitszimmer, las und trank eisgekühltes Bier. Das hatte er sich auf der Ausgrabung angewöhnt. Antigoni schlief. Plötzlich hörte er ein Geräusch in Isminis Zimmer, so etwas wie einen dumpfen Schlag an der Tür, dann ein Knarren.

Im Halbdunkel glaubte er einen Schatten zu erkennen. In der Ecke lehnte ein grober Stock, den er auf seine Wanderungen mitnahm, um die Hunde zu verjagen. Er packte ihn und schlich auf Zehenspitzen zu Isminis Zimmertür. Im Dämmerlicht der Stehlampe sah er, wie sich eine Silhouette über das Bett seiner Tochter beugte. Er brauchte ein paar Sekunden, um im Zwielicht zu unterscheiden, was Einbildung und was Wirklichkeit war. Er erblickte einen Satyr mit heruntergelassener Hose und mit erigiertem Penis, der drauf und dran war, sich auf sie zu stürzen. Er trug eine Maske und sah aus, als sei er Dionysos' Geleitzug auf den attischen rotfigurigen Vasen entsprungen. Sie schlief immer noch ahnungslos, er konnte ihre leisen Atemzüge hören und gleichzeitig das heftige Pochen seines Herzens. Dann drehte sich der Eindringling um und starrte ihn überrascht an. Doukarelis hatte den Stock erhoben. Noch ein Schritt, und er hätte ihn auf seinen Schädel niedersausen lassen, ihn zerschmettern und zu Brei schlagen können. Doch er war wie gelähmt, als blicke er in Medusas abscheuliches Antlitz. Da nutzte der andere sein Zögern und zog rasch seine Hose hoch, stürzte durch die offene Balkontür nach draußen, schwang sich über das Balkongitter und sprang mit einem Satz auf die Straße. Doukarelis legte den Holzprügel auf den Boden, sank in die Knie und bedeckte das Gesicht mit seinen schweißnassen Händen. Er zitterte am ganzen Körper. Er hatte nicht bemerkt, dass Antigoni hinter ihm stand. Sie hatte die Hände vor den Mund geschlagen, um ihren Aufschrei zu unterdrücken. Sie erwartete den alles entscheidenden Schlag, den er nicht zustande brachte. Danach drehte sie sich um und kehrte lautlos ins Schlafzimmer zurück. Nachdem Doukarelis die Balkontür verriegelt hatte, erbrach er sich in die Toilette. Wäre er nur zwei Minuten später gekommen ...

Als er schließlich ins Bett kam, fragte Antigoni ihn, was los sei. Sie habe Lärm gehört und ... Ihre Stimme war heiser, doch er dachte, sie klinge verschlafen. „Nichts", sagte er. „Es war nichts. Eine Tür hat geknarrt, da bin ich nachsehen gegangen. Es war nichts, schlaf ruhig weiter."

Er tat die ganze Nacht kein Auge zu. Und sie auch nicht. Obwohl ihre Körper vor Angst bebten, taten sie bis zum nächsten Morgen so, als sei nichts geschehen.

In den folgenden Tagen und auch in den folgenden Jahren fragte er sich immer wieder, ob nicht alles, was er gesehen hatte, eine Ausgeburt seiner Fantasie gewesen war, eine elektrische Entladung in seinem Hirn, vielleicht die Auswirkung des eiskaltes Bieres, der Einfluss des Alkohols. Doch nein, so war es nicht. Es war keine Einbildung.

„Mama hat mir damals, als du die Gastprofessur in Deutschland hattest, alles erzählt."

„Ismini, pass gut auf dich auf ..."

Jetzt ist es seine Stimme, die heiser und erschöpft klingt.

52

Mit acht Jahren hatte Doukarelis eines sonnigen Morgens beschlossen, Archäologe zu werden. Die Schulklasse machte mit ihrem Lehrer eine Exkursion zur prähistorischen Siedlung von Dimini. Er war von den steinernen Einfriedungen und Häusern beeindruckt, doch am meisten faszinierte ihn die Aussage des zufällig anwesenden Archäologen, dass die Siedlung sechstausend Jahre alt sei und vielleicht sogar noch älter. Da dachte er an sein eigenes Alter, verglich die beiden Zahlen und war vollkommen perplex. Er erinnert sich gut an den kahlköpfigen Archäologen mit dem Kugelbauch, an die Einzelheiten, die er ihnen aufzählte, ja sogar an die Keramikscherben, die er in den Händen hielt, an die dunkle Verzierung mit den geometrischen Motiven auf der hellen Oberfläche, an die Form der Vase, wozu sie diente und wie sie hergestellt wurde. Woher zum Teufel wusste er das alles, wenn doch seither sechstausend Jahre vergangen waren?

Am Schluss lobte der Archäologe den Lehrer für die Initiative, die Schüler zu motivieren, ihre weit zurückliegenden Wurzeln und die bedeutenden Kulturdenkmäler ihrer Heimat kennenzulernen. Der Lehrer hatte sich, stolz wie ein Pfingstochse, auf einem großen Stein postiert. Mit erhobenem Zeigefinger bemerkte er, es sei die Pflicht des Lehrers, die Schüler pädagogisch anzuleiten und ihnen die Gebote der orthodoxen Kirche sowie *die ruhmreiche Vergangenheit und die Geschichte unse-*

rer Vorfahren nahezubringen. Da hob Doukarelis, den die Worte des Archäologen mitgerissen hatten, zu aller Überraschung zögernd die Hand, um ihm eine Frage zu stellen. Der Lehrer warf ihm einen strengen, finsteren Blick zu, doch bevor er ihm klarmachen konnte, seine Hand gefälligst unten zu lassen, rief der Archäologe „Ja, mein Junge?" und gab ihm das Wort. Er wollte wissen, ob die Bewohner dieser urgeschichtlichen Siedlung Christen gewesen seien. Der Lehrer riss die Augen auf. Der Archäologe jedoch lachte los, so dass sein Bauch auf und ab hüpfte, immer weiter auf und ab, auf und ab.

„Nein, natürlich nicht! Sie haben ja viertausend Jahre vor Christus gelebt. Die Bewohner der Kykladen und von Mykene, die Minoer, Leonidas, Perikles, Sokrates, Platon, Aristoteles und Alexander der Große haben alle lange vor Christus gelebt. Nein, sie waren keine Christen", fuhr er, immer noch lachend, fort und steckte auch die Schüler mit einer Welle stürmischen Gelächters an. Der Lehrer lief rot an und zitterte am ganzen Leib. Als der Archäologe gegangen war, schimpfte er Doukarelis aus und bezeichnete ihn als *durch und durch ungebildet*.

So fand er sein Lebensziel: Er hatte den großen Wunsch, die Geheimnisse der Archäologie zu ergründen. Er wollte als Erster die Funde aus dem Schoß der Erde holen, die menschliches Leben nachwiesen, das so lange in Vergessenheit geraten war. Er wollte die verborgenen Fäden der früheren Existenzen mit seinem eigenen Leben verknüpfen, er wollte die versunkenen und vergessenen Geheimnisse entdecken, die Geschichte, die hinter den Idolen lag, hinter den Werkzeugen und Vasen, hinter den winzig kleinen Tonscherben. Die Archäologie sollte auf ihn eine unerhörte, nie versiegende Faszination ausüben und seine Begeisterung Jahr für Jahr wachsen. Sie gab seinem Leben Sinn und Substanz und half ihm bei der Verwirklichung seiner Träume.

Auch jetzt, getrieben von seinem ungebrochenen archäologischen Wissensdurst, will er in den letzten Tagen vor seiner Rückkehr nach Athen die frühkykladischen Siedlungen besuchen. Er will seinen Geist mit Bildern von den Kleinen Kykladen füllen, mit Felsen, karger Erde und Meer, mit einer mythischen Welt, die sein Leben für immer bestimmen sollte. Selbst jetzt – mitten im Wirbelsturm, der seinen persönlichen Schiffbruch verursacht hat – bot ihm die urgeschichtliche Archäologie Zuflucht und Rettungsanker. Auf der Suche nach der Urgeschichte forscht er nach seiner eigenen Vergangenheit und legt seine eigene Seele frei. Die Kykladen der Frühzeit waren für ihn von einem mythischen Zauber umgeben, den er – so gut er diese Welt auch kennenlernte, so viele Fragen er auch beantwortete – niemals bannen konnte.

Da sitzt er nun im Fischerboot, das auf dem Meer zwischen den unbewohnten Inseln hin und her geworfen wird, und blickt sich um, wie der Architekt, der seine Wohnhäuser begutachtet, oder der Priester, der die Seelen seiner Schäfchen zählt. Er betrachtet die Kaps und die Felseninseln und fragt sich, ob diese Wasser in ihren Tiefen prähistorische Schiffswracks bergen. Obwohl diese Welt voller Verlockungen war, hatten sich die antiken Reisenden niemals damit beschäftigt, und ihre modernen Reisegenossen in osmanischer Zeit hatten die Insel nicht einmal in ihre Landkarten eingetragen.

Doukarelis verlässt das Boot gegenüber von Glaronissi in Kato Koufonissi und nimmt zunächst die Fundstelle aus spätkykladischer Zeit in der Nähe der heutigen Marienkirche und danach die ebenso spätkykladische Örtlichkeit bei Nero in Augenschein. Dann geht es direkt weiter nach Keros, Kavos und Daskalio mit den berühmten Depots der zerschlagenen Kultidole und ihren reichhaltigen Funden. Das Rätsel ist immer noch ungelöst, warum diese bedeutende Kultur gerade auf diesem Fleckchen Erde ihre Blüte erlebte, an diesem abgeschotteten und unfruchtbaren Ort, der heutzutage als *Axis Mundi*, als Weltmittelpunkt für die Kykladen der damaligen Zeit betrachtet wird. Trotz der ausgedehnten Grabschänderei wurden dort bislang Überreste von über dreihundert Idolen mit verschränkten Armen und von tausend Marmorgefäßen gefunden. Diese Menge liegt weit über dem Durchschnitt der anderen Kykladeninseln. Das führt zur verschiedenen Spekulationen bis hin zur Annahme, dass es sich um ein für den gesamten Kykladenraum gültiges Heiligtum gehandelt haben könnte. Obwohl Doukarelis nicht an diese Theorie glaubt, vermutet er, dass auf diesen Inseln einst das Herz der kykladischen Kultur geschlagen hat.

Der Kapitän, der als Wassertaxi zwischen Koufonissi und Naxos hin- und herpendelt, ist derselbe, der ihn auch damals gefahren hat. Er weiß zwar nichts weiter Interessantes über die Gegend zu erzählen, doch er erinnert sich, dass schon einige Archäologen hier waren und Ausgrabungen durchführten. Ja, wenn ihn *der Herr Professor* etwas über das Reich der Fische fragte, sagt er mit einem breiten Grinsen, über Meerbrassen, Doraden, Rochen und Oktopusse, dann wüsste er Bescheid. Er muss laut schreien, um den Motorenlärm zu übertönen. In Kavos lässt er ihn aussteigen, dann auf der winzigen unbewohnten Felseninsel Daskalio. Geduldig wartet er ab, bis Doukarelis seinen Rundgang beendet hat. An der Ostseite ortet er die Überreste der Siedlung und an der Nordseite das Depot der zerschlagenen Kultidole und die Nekropole. Er schreitet das Grabungsgelände ab, spaziert zwischen Vergangenheit und nicht vorhandener Gegenwart hin und her und sammelt beschriftete und gravierte Tonscherben mit Spiralmuster. Ihn erfasst dieselbe Ekstase und Euphorie, die Archäologen immer ergreift, wenn sie an einem reichen Fundort mit langer archäologischer Vorgeschichte stehen.

Dann fahren sie an Kavos vorbei zwischen den wasserlosen Inseln hindurch. Der Kapitän erklärt ihm, dass gerade sie den Bewohnern der umliegenden Orte während der Besatzungszeit im Zweiten Weltkrieg zur Rettung wurden. Alle naselang seien die Italiener vorbeigekommen und hätten das Vieh konfisziert. So seien sie gezwungen gewesen, sich mit ihren Herden hierher zu flüchten, um ihren Besitz zu retten. Dort drüben liege die kleine Insel Loumbadiaris und weiter drüben Voulgaris, das man noch nicht erkennen könne. Später seien die Italiener bei dem Versuch, ihren ehemaligen deutschen Verbündeten zu entgehen, hier entlanggekommen und die Einheimischen hätten sie mit Fischerbooten nach Amorgos übergesetzt. Die Soldatenmäntel, die sie als Bezahlung erhielten, hätten sie dann zu Kleidern umgenäht. Doch die Deutschen hätten die Italiener auf der Flucht vor Nikouria eingeholt: Das Meer sei von ihren Leichen übersät gewesen.

„Tagelang wurden sie in Koufonissi an Land gespült", sagt er und schüttelt den Kopf.

„Ja, eine tragische Geschichte. Das waren schwere Zeiten damals", lautet Doukarelis' Kommentar.

Der Kapitän hebt ein Klagelied an. Er erzählt, die Inselbewohner, die einst armen, aber authentischen Inselbewohner, seien nun unverhofft zu Reichtum gekommen. Die Entdeckung der bedeutenden kykladischen Kultur hätte in den darauffolgenden Jahrzehnten alles verändert. „Daran waren auch Sie beteiligt, Herr Professor", beschwert er sich. Bloß keine Touristen mehr, es reiche jetzt! Der Tourismus und das schnelle Geld hätten seine Heimat verdorben und die Mentalität der Einheimischen beeinflusst. Ganz frustriert steht er am Steuer und hält seinen knurrigen Monolog.

Doukarelis scheint ihm mit einem Kopfnicken beizupflichten, doch seine Gedanken sind ganz woanders, in Wirklichkeit achtet er gar nicht auf die Worte des anderen. Plötzlich unterbricht er ihn und bittet ihn, bei den vorausliegenden unbewohnten Inseln anzulegen. Auch dort findet er verstreute Scherben, doch keine Spur einer dauerhaften Siedlung. Die Inseln dürften nur gelegentlich für Kulthandlungen benutzt worden sein. Auf Kato Antikeri und Prassia entdeckt er schließlich Hinweise auf eine frühkykladische Siedlung und Grabstätten aus römischer Zeit. Er fühlt die frische Meeresbrise, die ihm ins Gesicht bläst, und die Salzschicht auf seiner Haut. Der Wind fährt ihm durchs Haar, als streichelte ihn eine zärtliche Hand. Er schließt die Augen und stellt sich vor, dass Antigoni hinter ihm steht. Und er lächelt. Sie umarmt ihn von hinten und hält ihm die Augen zu. *Rate mal.* Er atmet tief ein und füllt seine Lungen mit Jod. Doch als sich graue Wolken vor die Sonne schieben und einen dunklen Schatten auf die Erde werfen, verfinstert eine plötzliche Melancholie sein Gesicht. Die Möwen flattern kreischend über ihn hinweg, er ist in ihr Herrschaftsgebiet eingedrungen. Hier paaren sie sich und legen ihre Eier ab. Hier brüten sie und ziehen ihre Jungen groß. Wieder einmal hat Doukarelis einen heiligen Ort entweiht. Gern würde er als schiffbrüchiger Eremit hier bleiben, zusammen mit dem Schwarm Möwen, der mal ins Wasser taucht, mal auf den Felsen sitzen bleibt und ihn aus der Ferne beobachtet. Es ist derselbe urtümliche Ort, den die ersten Kykladenbewohner mit ihren leichten Booten mitten in der Einsamkeit des Meeres vorfanden.

Er versucht, ihre kurzen Routen nachzuvollziehen. Es waren anstrengende Tagestouren. Da, schon sieht er sie vor sich, wie sie um die Felseninsel rudern, mitten in der Sonnenglut, den Naturelementen und auch der eigenen Natur ausgeliefert. So wird damals auch Cassiopeias Gefährte unterwegs gewesen sein.

Kurz bevor die Nacht hereinbricht, steigt Koukoules die Treppe zu seinem Zimmer hoch und bleibt auf dem Treppenabsatz stehen, *der Herr Bürgermeister*. Er hat seinen jungen Nachfolger mitgebracht. Mit seinem hölzernen Spazierstock hat er an die Tür geklopft. Er erzählt Doukarelis, er habe vom Kapitän erfahren, dass er einen Ausflug zu den unbewohnten Inseln gemacht habe. „Herr Professor, hier bleibt nichts verborgen." Im konkreten Fall also vor Koukoules. Der junge Bürgermeister sagt, er freue sich ganz besonders, einen so berühmten Archäologen kennenzulernen. Viel mehr fällt ihm nicht ein, aber er besteht darauf, ihn mit seinem Fischerboot nach Kopria zu fahren. Ein Fischer habe dort kürzlich zerschlagene Idole gefunden. Doukarelis findet den Vorschlag interessant. Obwohl ihn der morgendliche Ausflug ermüdet hat, nimmt er seinen Hut und kommt mit. Am Hafen entschuldigt sich Koukoules, in seinem Alter mache er keine abenteuerlichen Seefahrten mehr.

Auf dem Weg nach Kopria blickt Doukarelis zu den umliegenden Inseln und äußert seine Bewunderung für die Schönheit der Kleinen Kykladen, die im Gegenlicht schimmern. Der Bürgermeister stimmt zu. Deshalb sei auch das Insel- und Meeresgebiet von Koufonissi in das Schutzgebietsnetzwerk *Natura 2000* aufgenommen worden. Er werde ihn über das geplante Museum auf Koufonissi auf dem Laufenden halten, das in der alten Volksschule untergebracht werden soll. Und noch eine Überraschung! Der Bürgermeister ersucht ihn, alle aus Koufonissi stammenden Funde mitsamt den von Doukarelis' entdeckten menschlichen Überresten auf die Insel bringen zu lassen, damit sie dort ausgestellt werden können. Die Gemeinde setze die staatlichen Behörden unter Druck, auch Politiker seien schon in die Pflicht genommen worden, im Grunde sei das Recht auf ihrer Seite, *Herr Professor*. Er schlägt Doukarelis sogar vor, er selbst möge die Organisation übernehmen. Doukarelis erklärt ihm, das sei wohl nicht möglich, denn in solchen Fragen habe die 21. Aufsichtsbehörde für Altertümer das letzte Wort. *Eins, zwei ... Eins, zwei ...* Aber man könne nie wissen. Warum nicht? ... Jedenfalls spreche er ihm seine Anerkennung aus, nur selten zeigten Bürgermeister Interesse für kulturelle Angelegenheiten.

Auf Kopria angekommen blickt Doukarelis nach Pori hinüber und erkennt auf der Anhöhe die Siedlung, die er zwanzig Jahre zuvor ausgegraben hat. Aus dieser Perspektive bestätigt sich ihre hervorragende Lage oberhalb der Bucht mit dem ungehinderten Blick auf das offene Meer. Auf der nackten Felseninsel stößt er rasch auf eine abschüssige Stelle, wo der Boden nachgegeben hat. Als er kurz entschlossen mit den Händen gräbt, findet er Bruchstücke von Idolen und Gefäßen. Es scheint sich um eine reich ausgestattete Grabstätte oder um ein Depot von Kultgegenständen zu handeln. Besonders interessant an dem Fall ist, dass die Insel vor Tausenden von Jahren größer war, zum Teil jedoch im Meer versunken ist. Die Hügelkette, die sich im letzten Moment noch über Wasser halten konnte, bildete das äußerste Ende des Kykladenreichs. Wahrscheinlich müssten zur Sondierung Tauchgänge und dann eine Unterwassergrabung durchgeführt werden. Er ist beeindruckt.

53

Seine Vermieterin läuft ihm im Innenhof über den Weg. „Was habe ich da gehört, Herr Doukarelis? Sie leiten wieder eine Ausgrabung auf unserer Insel?"

Doukarelis lächelt. „Hier verbreiten sich die Neuigkeiten mit rasender Geschwindigkeit. Die sind ja schneller vor Ort als ich! Ich bin auf ein interessantes archäologisches Umfeld und vielversprechende Fundorte gestoßen. Aber mit einer Ausgrabung ist das nicht so einfach. Man muss sich durch das Dickicht der Bürokratie schlagen und gegen die Krakenarme der 21. Aufsichtsbehörde für Altertümer kämpfen. Wir werden sehen ..."

Wir werden sehen ... Ein vages Versprechen, kein Ja und kein Nein. Das ist nicht genau das, was seine Vermieterin erwartet hat. Warum nimmt er ihr jedes Mal den Wind aus den Segeln?

„Machen Sie sich nicht zu viele Gedanken. Was könnte besser für Sie sein? Es wäre uns eine große Freude, sie wieder hier zu haben. Und wer weiß ... Nach so vielen Jahren ernennt man Sie vielleicht zum Ehrenbürger und Sie kaufen sich schließlich doch noch das Haus in der Ägäis, das Sie sich erträumt haben."

Doukarelis nickt. „Ja richtig, wer weiß. Das Schicksal geht verschlungene Wege ... So etwas wäre nicht schlecht ..."

„Nicht wahr?"

„In dem Fall müssen Sie mir versprechen, öfter mal

Abende mit frischem Fisch und Meeresfrüchten zu organisieren."

Jetzt lächelt auch sie und scherzt: „Das könnte aber zu Missverständnissen führen. Wenn wir jeden Abend zusammen sitzen und die Sterne betrachten, da würden die Zungen nicht still stehen!"

„Na und? Sollen sie nur klatschen. Es ist ja nicht das erste Mal", sagt er genau in dem Augenblick, als sich der Mond am Himmel zeigt.

Doch jetzt müsse er sich beeilen, entschuldigt er sich, er sei beim Bürgermeister zum Essen eingeladen. Er schaffe es gerade noch, schnell zu duschen, bevor er wegmüsse. Sie würden ein andermal weiterplaudern ... In ihren Augen steht ein Leuchten.

Heute hat er das Gefühl, mit diesem Ort wieder eine Beziehung einzugehen. Nach jahrelanger Abwesenheit entdeckt er ihn wieder, und die Aussicht auf ein neues Grabungsabenteuer in diesen Meeren und auf den verlassenen Inseln erfüllt ihn mit Begeisterung. Er will wieder zurückreisen zur Geburtsstunde der Zivilisation, urzeitliche Geheimnisse ans Licht bringen, sich im Zauber der Zeit verlieren. Die Kykladenbewohner der Ur- und Frühzeit geben die Rätsel auf, und er muss die Antworten finden. In diesem Hochgefühl könnte er, vollkommen versöhnt mit der Welt, heute und hier seinen letzten Atemzug tun.

54

Was wäre, wenn Antigoni eines Tages quicklebendig wieder auftauchen würde? Doukarelis hat verschiedene Drehbücher im Kopf. Zum Beispiel: Antigoni kehrt nach langer Zeit wie ein weiblicher Odysseus zurück. Sie steckt den Schlüssel ins Schloss, schließt auf und tritt herein. Sie tischt ihm eine billige Ausrede auf. Sie sei entführt worden. Sie habe in den Händen entsprungener Sträflinge die Hölle durchlitten. Und um dem Szenario einen rassistischen Anstrich zu geben: in den Händen albanischer Straftäter (vorzugsweise) oder der rumänischen Mafia. Gerade sei sie ihnen auf spektakuläre, filmreife Art und Weise entkommen. Jetzt ist sie wieder hier, ein Mensch aus Fleisch und Blut. Wie überzeugend wirkt sie? Doch hier ist nicht Hollywood und vor allem keine Märchenwelt. Die böse Hexe hat ihre Lektion gelernt, und wenn sie nicht gestorben sind, dann leben sie noch heute. Oder: In einem Anfall von Aufrichtigkeit erzählt sie, sie sei mit ihrem Liebhaber durchgebrannt, doch jetzt kehre sie als reuige Sünderin zurück und sehe ihren Fehler ein. Er sei ihr Leben, sie liebe ihn, sie habe ihn immer geliebt, und sie bittet ihn, ihr zu verzeihen. Trotz seines Schmerzes wappnet er sein Herz und nimmt die Ehebrecherin, das Weib nach dem Sündenfall wieder auf ins Ehebett. Was man sät, erntet man. Hatte er nicht genauso gehandelt?

Er sitzt auf dem Balkon, zündet sich die Pfeife an und inhaliert den Rauch. Neben ihm liegen neue Editionen zu Archäologie und Geschichte der frühen Kykladenzeit. Der eine Buchumschlag zeigt ein pfannenförmiges Gefäß. Daneben überquert ein urzeitliches Kykladenschiff das Meer. Er will seine Erinnerung auffrischen. Man kann nie wissen ... Und auf einmal ... hat er wieder das Gefühl, dass er auf dieser ganzen Reise nicht allein ist. Während er Cassiopeias frühzeitliches Leben verfolgt, die Kykladenbewohner, die übers Meer rudern und den Alltag in ihren Häusern, fühlt er sich von jemand anderem beobachtet. Sein Puls beschleunigt sich, Schweiß bricht ihm aus. Er vernimmt den unmerklichen Wimpernschlag eines fremden Augenpaars, einen anderen Atem als seinen eigenen, einen fremden Herzschlag an seinem Ohr. Er wendet sich um. An der weißen Wand erkennt er ein schattenhaftes Gesicht, das ihm zuzwinkert. Erschrocken springt er auf. Schnell geht er ins Zimmer und verkriecht sich unter den Laken, um zu schlafen, um seine Gedanken einzuschläfern und um alles zu vergessen, was ihn quält.

Im Traum sitzt er ganz versunken auf seinem Sofa in der Wohnung am Lykavittos. Er blickt auf die Souvenirs an den Wänden und in den Ecken, die er und Antigoni von ihren Fernreisen mitgebracht haben: hölzerne Masken aus Afrika, die drohend über seinem Kopf hängen, Tonfiguren aus der Mythologie der Inka und Teppiche aus den Anden, Seidentücher, Keramikdrachen und Porzellan aus China, Bumerangs und Didgeridoos aus Australien. Und zwischen all diesen Dingen taucht plötzlich Antigonis Gesicht auf, ein Schatten, der ihn beobachtet, mit leeren Augenhöhlen, mit aufgerissenem Mund, als sei ihr Schmerz durch die Jahrhunderte versteinert – wie eine Maske aus einer Tragödie von Sophokles. *Doch Hades misst alle mit gleichem Maß.*

Erschöpft wacht er morgens auf und geht ins Kafenion unten am Hafen, um seinen Mokka zu trinken. Es gibt nichts Schöneres als einen Kykladenmorgen. Es ist angenehm kühl und er fühlt, wie ihm der feuchte Dunst durch die Haut bis in die Knochen dringt, er riecht das Jod in der Luft. Zu dieser Stunde fahren die Fischer vom offenen Meer in den Hafen ein. Am Ende der Mole laden sie Holzkisten mit auf Eis gekühltem Fisch aus. Gleich kommen die Hausfrauen und die Tavernenbesitzer, um frischen Fisch zu kaufen. Ilir ersteht ein Kilo kleiner Schnauzenbrassen für seinen Chef. Die Katzen versammeln sich rundherum und miauen um die Wette. Auch wenn man sie verjagt, sind sie nach kurzer Zeit wieder da.

Danach bleiben die Fischer allein auf ihren Kähnen zurück. Eimerweise schütten sie Wasser über die Tragekörbe mit den Netzen, um sie vom Fischgeruch zu befreien und die Schuppen ins Meer zu spülen.

Doukarelis schaut ihnen zu. Das schwarze Loch der Zeit hat ihn verschlungen. Vor ihm steht die urzeitliche Welt der Kykladen, die Welt Homers und seine eigene Zeit – miteinander verschmolzen und untrennbar verbunden.

Das Läuten des Telefons bringt ihn in die Realität zurück. Er blickt auf die Nummer. Er weiß, was der Anruf zu bedeuten hat. Er hat eine Vorahnung, ja, er erkennt den Anrufer. Sein Herz beginnt wie verrückt zu schlagen, sein Atem geht schwer und immer wieder ringt er nach Luft. Er lässt das Telefon läuten, bis es schließlich verstummt. Dann steht er auf und geht am Dock mit der Windmühle in Loutro vorbei, an der Kirche des heiligen Nikolaos und an der urzeitlichen Siedlung von Epano Mylos. Er lenkt seine Schritte nach Parianos. Er will in dieser Stunde allein und fern von den Menschen sein, in der Stunde der Wahrheit. Egal, was sie bringen mag.

55

Er keucht und seine Beine sind schwer wie Blei. Er möchte am Friedhof von Agrilia vorbei, um über die Nordseite der Insel durch unbewohntes Gebiet zum Ausgrabungsgelände zu kommen. Ja, genau dort möchte er in dieser Stunde sein. Aber er schafft es nicht, seine Beine tragen ihn nicht mehr. Erschöpft an die Felsen gelehnt ruft er den Untersuchungsrichter an. Der Untersuchungsrichter bedauert, *Herr Doukarelis*, aber er habe unerfreuliche Nachrichten. Die Leiche seiner Frau sei im Zustand fortgeschrittener Verwesung in einer Schlucht bei Parnitha gefunden worden. Die DNA-Analyse habe ihre Identität bestätigt. Auf die Spur des Mörders seien sie durch die Ermittlungen in Antigonis Arbeitsumfeld im Museum gekommen. Als sie ihn zur Vernehmung vorluden, habe er hysterisch, ja panisch reagiert. Er selbst habe die Wahrheit offenbart, man habe ihn gar nicht unter Druck setzen müssen. Der Hausmeister des Museums sei der unbekannte Verehrer gewesen, der die Rosen in Antigonis Büro hinterlassen hatte. Vor seinem Haus im Athener Umland habe er einen Rosengarten. Ja, und ein Agrarwissenschaftler habe bestätigt, dass die Rosen an jener Krankheit litten ... „Wie hatten Sie sie gesagt? Sternrußtau?" Er sei ein Verlierertyp. Er sei nicht mehr ganz richtig im Kopf gewesen nach der Prügelfolter im Verhörzentrum der Militärpolizei während der Junta, er wisse ja ... Bastonnade, Elektroschocks, Schläge auf die Geschlechtsorgane. Danach sei er ein gebrochener Mann gewesen. Nach der Wiederherstellung der Diktatur habe man ihm einen Job im Museum verschafft, damit er sich über Wasser halten konnte. Am Tag von Antigonis Verschwinden war er ihr mit seinem Auto gefolgt. Als er ihr dann – angeblich – rein zufällig auf den Athener Straßen über den Weg gelaufen sei, habe er ihr angeboten, sie ins Büro zurückzufahren. Das Auto habe dunkel getönte Scheiben. Er habe die Türen automatisch verriegelt, sie mit einem Messer bedroht und zu einem einsamen Haus in Artemida gebracht. Mit dem Messer in der Hand habe er sie vergewaltigt und die Tat gefilmt. Er habe ihr gedroht, das Video an ihre Tochter, ihren Mann und alle ihre Kollegen zu schicken, wenn sie nicht die Nacht mit ihm verbringen würde. Am nächsten Tag wollte er sie dann freilassen. Nachmittags habe er sie zu einem Hotel auf Euböa gefahren, da er nicht mehr damit rechnete, dass sie ihn anzeigen würde. Er habe geglaubt, sie in der Hand zu haben. Doch in der Nacht habe sie versucht, die Tür zu öffnen und zu fliehen. Da habe er sie erwürgt. In seinem Haus habe man das Video mit der Vergewaltigung gefunden. Ach ja, der andere Telefonanruf, den er vor ein paar Tagen erhalten habe, stamme vermutlich nicht vom Täter, er habe es abgestritten. Vielleicht irgendein Trittbrettfahrer oder Witzbold, in Athen seien viele Perverse unterwegs. Die Polizei erhalte tagtäglich Dutzende Beschwerden besorgter Bürger.

Der Untersuchungsrichter wiederholt, es täte ihm leid, *er bedaure die Sache wirklich zutiefst.* Er wünsche ihm Mut und Kraft und bitte ihn, so schnell wie möglich nach Athen zu kommen.

56

Doukarelis krümmt sich, er ist in sich zusammengesunken, eins geworden mit dem Kalkgestein, ein versteinertes Fossil unter den geologischen Schichten der Verzweiflung. Sein Herz und seine Seele sind vor Schmerz zerrissen und in tausend Stücke zersprungen. Die Welt ringsum hat aufgehört zu existieren, sie ist entschwunden und erloschen. Nur den unmerklichen Hauch des Windes hört er noch. Er fühlt, wie sein Gesicht zu Eis gefriert.

Doch er kann nicht für immer hier bleiben. Er ist kein kläglicher Überrest aus der Urzeit, der als Zeugnis seiner Existenz für die kommenden Jahrtausende zurückbleibt. Wie ein lebendiger Toter schleppt er sein zerbrochenes Ich zur Siedlung. Alle, die ihm unterwegs begegnen, *dem Herrn Professor*, haben den Eindruck, ein Gespenst vor sich zu haben, das aus der Ödnis kommt. Er ist leichenblass, sein Gesicht wirkt wie in Stein gemeißelt.

Seine Vermieterin fegt gerade den Innenhof. Er bleibt stumm hinter ihr stehen. Als sie sich umdreht und ihn – ein Schatten seiner Selbst – erblickt, zuckt sie zusammen, fast hätte sie aufgeschrien. Atemlos sagt er, er müsse auf der Stelle nach Athen.

„Was ist passiert?", fragt sie. Ihr steht ein toter Mann gegenüber. Die Wahrheit ist, dass Doukarelis schon seit einiger Zeit langsam abgestorben ist, schon seit langem hat er kein Leben mehr in sich.

„Man hat sie gefunden ...", sagt er. Er hat einen Kloß im Hals.

Er wollte ihr sagen, dass er daran gedacht hatte, noch ein paar Wochen auf der Insel zu bleiben. Er wollte sogar seine Tochter für einige Tage einladen, bevor das Semester wieder begann. Doch er sagt nichts. In solchen Augenblicken ...

Ihre Augenwinkel sind schon feucht, ihre Augen füllen sich mit Tränen. Kurz denkt sie daran, ihn zu umarmen und zu streicheln. Sie möchte, dass er sich an ihrer Schulter ausweint, als sei sie seine beste Freundin. Aber sie wagt es nicht.

Schnell packt er seine Sachen und zahlt die Rechnung. Sie hat vor, das Geld abzulehnen. „Nicht ...", will sie sagen, doch sie bleibt stumm und senkt den tränenverschleierten Blick. Kraftlos reicht er ihr die Hand, blickt ihr in die Augen und geht. Der Koffer schleift kratzend und mit quietschenden Rollen über den steingepflasterten Weg und erzeugt ein haarsträubendes Geräusch, das durch die engen Gassen hallt. Er achtet nicht auf Koukoules, der ihm ausweicht und etwas fragt, *Herr Professor, Herr Professor*, doch er antwortet nicht. Ilir stürmt aus dem Kafenion. Während er sich die Hände an einem Geschirrtuch abtrocknet, starrt er Doukarelis an. Auf dem felsigen Umriss von Keros gegenüber erkennt er die Schatten, die sich in den Schluchten niedergelassen haben.

Das Fischerboot, das ihn gestern zu den Felseninseln gefahren hat, setzt ihn jetzt nach Naxos über. Dann geht es weiter mit dem Linienschiff nach Piräus. Während es das Meer durchpflügt und unter dem Gelärm seines alten, verrosteten Motors seine vergängliche Spur hinterlässt, verliert Doukarelis kurz jedes Zeitgefühl und jede Orientierung. Er weiß nicht mehr, ob er kommt. Er weiß nicht mehr, ob er geht. Auf dem steinernen Leib der Insel Keros zeichnet sich im Nebel der Frühgeschichte Antigonis geheimnisvolle Gestalt ab, ihr archaisches Lächeln. Dann erlischt das Lächeln und ihr Gesicht verzerrt sich vor Schmerz und Angst. Er stellt sich vor, was sie in den letzten Augenblicken in den Händen dieses psychopathischen Rosenmörders erlitten haben muss. Wieder einmal stellte er sich als unfähig heraus. Er war nicht in der Lage zu handeln und diejenigen, die er liebt, zu schützen. Er denkt daran, Ismini anzurufen, doch er überlegt es sich wieder. Die nackte Wahrheit kann man zu zweit besser ertragen. Er hat das Gefühl, Antigoni sei an seiner Seite, ganz in seiner Nähe. Er sieht sie vor sich, wie sie den neuen Rock anprobiert, wie sie den Rosenstrauß in der Vase drapiert, wie sie das Weinglas an die Lippen führt. Immer noch spürt er den Geschmack ihres Lippenstifts auf seinem Mund. *Et si tu n'existais pas/Dis-moi pourqoui j'existerais ...*, flüstert es in seiner Seele.

Er wirft einen letzten Blick zurück auf Koufonissi, auf die dürre Landschaft mit ihren niedrigen Zypressen, der gelben Erde, den Steinen und den weißen Felsen, die unter der sengenden Sonne blinken, und mit dem Haus, das er am Rand des Meeres bauen wollte.

Sein Blick erhascht seine Vermieterin, die an der Mole steht. Sie hält die Hand schützend gegen die Sonne und folgt mit dem Blick dem Fischerboot, das sich immer weiter entfernt und zu einem Sandkorn wird, zu einem zarten Schatten, zum Zeiger einer Uhr. *Tick tack, tick tack*, hört er das ewige Rauschen der Zeit in seinen Ohren, während die letzten Körnchen durch die Sanduhr rieseln.

Der Autor

Emilios Solomou wurde 1971 auf Zypern geboren und studierte Geschichte und Archäologie an der Universität Athen sowie Journalismus auf seiner Heimatinsel. Für längere Zeit arbeitete er als Journalist für eine zyprische Tageszeitung; heute unterrichtet er an einer Mittelschule auf Zypern.
Solomou hat mehrere Erzählungen in den Zeitschriften „Ánev", „Néa Epochí", „In focus" und „Mandragóras" veröffentlicht. Einige davon wurden ins Englische und Bulgarische übersetzt. Bisher verfasste Solomou auf Griechisch vier Romane (2000, 2003, 2007 und 2013). Für den vorletzten mit dem Titel „Eine Axt in deiner Hand" (Ενα τσεκούρι στα χέρια σου, Verlag Ánev) erhielt er den zyprischen Staatspreis in der Kategorie Roman, für den vorliegenden Roman (Ημερολόγιο μιας απιστίας – The diary of an infidelity, Verlag Psychogiós) wurde Solomou 2013 der Literaturpreis der Europäischen Union zugesprochen.
Emilios Solomou ist mit einer Griechin verheiratet und hat zwei Kinder.

Zur Übersetzerin

Michaela Prinzinger, geboren in Wien, lebt seit 1990 als freie Autorin und Übersetzerin in Berlin. Sie reiste Ende der Siebzigerjahre zum ersten Mal nach Griechenland und begeisterte sich für die griechische Sprache und Literatur. In der Folge studierte sie in ihrer Heimatstadt Byzantinistik und Neogräzistik sowie Turkologie, ging dann als wissenschaftliche Mitarbeiterin an die FU Berlin und wurde dort mit einer Arbeit zur zeitgenössischen Frauenliteratur promoviert.

2000 wandte sie sich der literarischen Übersetzung zu und hat mittlerweile zahlreiche griechische Autorinnen und Autoren wie etwa Rhea Galanaki, Ioanna Karystiani und Petros Markaris für große Belletristikverlage übersetzt. Sie erhielt wiederholt Stipendien und Förderungen, 2003 wurde sie mit dem griechisch-deutschen Übersetzerpreis ausgezeichnet. Für Festivals und Kulturinstitutionen ist sie immer wieder als Kuratorin und Moderatorin tätig. 2014 rief sie die zweisprachige Kulturwebsite diablog.eu, deutsch-griechische Begegnungen, ins Leben. Es ist ihr ein Anliegen, den interkulturellen Dialog zu fördern und bilaterale Kulturinitiativen zu unterstützen.

Griechenland erleben
Griechenland erlesen
Erlesenes Griechenland

*Die **Griechenland Zeitung** gibt es im Abo als Druckversion und als E-Paper. Mehr dazu auf www.griechenland.net*

In Griechenland finden Sie die Griechenland Zeitung überall dort, wo fremdsprachige Presse erhältlich ist.

Ihre Zeitung – Ihre Bücher!

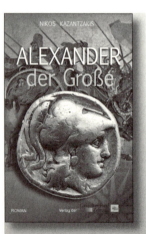

Neuerscheinung im Herbst 2015

Deutsche Erstausgabe des Romans von Nikos Kazantzakis. Der weltbekannte Autor liefert mit diesem Buch spannende, unterhaltende Lektüre für Jung und Alt.

Co-funded by the
Creative Europe Programme
of the European Union

Griechenland auf Deutsch!

Griechenland Zeitung, HellasProducts GmbH (ΕΠΕ),
Geraniou 41, 10431 Athen. Tel.: 0030 210 6560989, Fax: 0030 210 6561167.
E-Mail: info@griechenland-zeitung.com, Internet: www.griechenland.net